ディープフェイク

JN119772

1

『湯川（ゆかわ）さん、あの写真は何ですか』

東都（とうと）テレビの羽田（はた）プロデューサーが電話をかけてきた時、私は自宅のパソコンで中間テストの設問を考えているところだった。

まだ一学期。生徒はクラスに馴染（なじ）み、数学担当の私にも慣れ始めたところだ。中間テストの設問は、すこし易しくするつもりだった。何人か満点を取るだろう。初めから数学に苦手意識を持たせたくない。

「あの写真とは、何の話ですか」

テストに心を残しながらも尋ねた。

『いいですか、正直に話してください。今ならまだ、上を押さえられるかもしれない。じき、手遅れになりますよ』

羽田の声は暗く、詰問（きつもん）口調だ。私は戸惑（とまど）い、テストから羽田に気持ちを移した。

「そう言われても、何の話か本当にわからないんです」

羽田が黙り込んだ。

『――まさか、湯川さんがそんな人だとは思わなかったな』

吐き捨てるような口ぶりだった。

そのままぷつりと音声が切れ、通信は切断されていた。

「――どうしたんだろう」

羽田の口調は、完全に捨て台詞(ぜりふ)だった。電話をかけ直したが、応答しない。わけがわからず、私は彼の暴言をひとまず忘れ、テストに集中しようとした。

だが、難しかった。

(手遅れになりますよ)

天を仰(あお)いでキーボードから指を離す。あれはどういう意味だろう。

壁の時計を見ると午後十一時だ。帰宅してすぐ、レトルトのカレーを温めて夕食にした。食べながら中間テストを作り始めたので、食卓の上には汚れた食器が置きっぱなしになっている。

食器を重ね、キッチンに持ち込んで洗った。2LDKのマンションは、ひとりで暮らすには広い。妻の茜(あかね)と、娘の結衣(ゆい)は、先週から茜の実家に帰っている。

冷蔵庫も、今の私にはもてあますサイズだ。そのドアに、マグネットで写真がいくつか貼られている。三人並んだ家族の記念写真に交じり、羽田が送ってきたテレビ収録時のスチール写真もある。

一張羅(いっちょうら)のスーツを着て、カメラマンに乞(こ)われるまま熱血教師を気取った自分のポーズを見ると気恥ずかしく、茜に剝がしてくれと頼んだが、彼女は笑って取り合わなかった。思えば、あのころから茜には何かしら思うところがあったのだろう。

　写真の中の自分は、髪をスポーツ刈りにして顔立ちは面長で、太い眉を大げさに吊り上げて微笑んでいる。だがこの男は、半年後に妻が娘を連れて実家に戻ってしまうことを知らない。

　そろそろシャワーを浴び、明日の授業の用意をしなければ。テストの問題は明日また考えることにして、私はパソコンを閉じた。

「湯川鉄夫先生ですね！　少しお話を聞かせてください！」

　翌朝、学校の正門前で、テレビカメラを抱えたテレビクルーに待ち伏せされた。マスクをかけたレポーターの女性が強引にマイクを突き出してくる。カメラマンの腕にはテレビ局の腕章が巻かれていたが、出勤前のこの状況は不愉快だ。

「何ですか、あなたがたは」

「湯川先生をお待ちしていたんです。今日発売の週刊手帖の記事、ご覧になりましたか」

　電車の中吊り広告をよく見かける。不倫の記事が多く、ナンパな印象がある。年配の男性を中心に、よく売れている週刊誌だった。

「この記事です」

開いて押しつけられた週刊誌に、「鉄腕先生」という言葉が大きく印刷されているのを見て、ドキリとする。私のことだ。カメラが回っている。

「先生はこの少女と不適切な関係にあるという、記事の内容は間違いありませんか。この写真の光景、記憶にありますか」

「不適切な関係？　あなたはいったい、何を言ってるんですか」

尋（たず）ねながら、私の目は記事の中央に置かれた写真に吸い寄せられた。私の横顔が写っている。その前に座っている制服姿の少女には目隠しが入っているが、誰だかすぐわかった。守谷穂乃果（もりやほのか）だ。この春、父親の仕事の都合で転校した少女だった。

「記事を読んでください。湯川先生が、この春まで先生の教え子だった中学三年生の少女と、性的な関係を持ったとされているんです。これは本当ですか」

「そんな馬鹿なことをするわけがないでしょう。相手は子どもですよ！」

怒りで声が裏返った。週刊誌の写真は、ホテルの一室で撮られたようだ。私と守谷は、向かい合って椅子に腰かけている。その向こうにダブルベッドが見える。ラブホテルではない。少しランクの高いビジネスホテルのようだ。だが、もちろん覚えはない。

「この少女に見覚えはありますか」

「通してください」

もとの教え子だとは気づいていたが、そんなことはうかつに言えない。生徒がどんな迷惑をこうむるかわからない。私は強引にレポーターたちを押しのけて通ろうとした。

「逃げないでくださいよ！　後ろ暗いことがあるんじゃないですか、逃げるってことは」

登校する生徒が、私たちの騒ぎを横目で見ながら、急ぎ足で校内に入っていく。校舎から、同僚の教師がふたり、こちらに駆けてくるのが見えた。

「ここは学校ですよ！　許可も得ずに、撮影するのはやめてください」

教頭の土師が、走ったせいで息を弾ませながら叱る。その隙に、俊敏な体育教師の辻山が私をテレビクルーから救出してくれた。

「さっさと校舎に入りましょう」

「ありがとう。助かった」

肩を抱いて走りだす。

「あれは何の騒ぎですか？」

校舎の玄関に逃げ込むと、辻山が背後を振り返り、誰もついてきていないのを確かめながら言った。

「私にも何が何だかわかりません」

「えっ、湯川先生が出ている番組のスタッフじゃないの？」

「いきなり週刊手帖の記事を見せられました」

戸惑いながら説明を始めたところに、土師教頭が汗を拭きながら戻ってきた。

「学校の正門前で許可なく取材するとは、困った人たちだ」

「教頭、ありがとうございました。助かりました」

「湯川先生、いったい何ごとですか。生徒が職員室に駆け込んできて、湯川先生がテレビの人に捕まってると報告してくれたから、びっくりして見に行ったんです」

話しながら二階の職員室に向かった。部屋に入ったとたん、先にいた教員の何人かが、ぴたりと会話をやめて、こちらを振り返った。なかのふたりが、ごくさりげなく、デスクに広げていた新聞を畳むのが見えた。

数年前に感染症のパンデミックが起き、感染拡大を防ぐために学校が休校したり、授業をリモートで行えるよう対応したりした。ワクチンが開発され、今では少し落ち着いたが、登校できない生徒のために、リモート授業は今も一部で取り入れられている。そのための機材をいじっていた教員も、私を見て落ち着かない様子だった。

「まだいますね。週刊手帖と言いましたか」

窓から校門のあたりを覗(のぞ)き、教頭がぼやく。

「私の記事と写真が載っているそうです」

教頭が顔をしかめた時、先ほど新聞を畳んだ教師のひとりが、近づいてきた。

「それ、この記事じゃないですか」

開いて見せたのは、新聞の下段に出ている週刊手帖の広告だ。いつもの通り煽情的(せんじょうてき)なタイトルが並ぶなか、「折れた『鉄腕先生』」という文字と、私の顔写真が目を引いた。

私たちが渋い表情になった時、若手国語教師の本村(もとむら)が職員室に入ってきた。

「おはようございます！　そこのコンビニで買ってきましたよ、今朝の週刊手帖」

雑誌を掲げて朗(ほが)らかに言った直後、私に気づいたようで狼狽(ろうばい)した表情になる。きっと、新聞広告で気づいた誰かが、買ってこいと命じたのだろう。ずいぶん楽しそうだなと、嫌みのひとつも言いたくなる。

「それ、見せてくれないか」

うろたえながら、本村は、雑誌を手に近づいてきた。

巻頭は、大麻所持で逮捕された芸能人の記事だ。歌手や政治家の不倫、ダイエットに効果があるという食品、そんな記事に続き、中ほどに問題の記事が載っていた。

実は、週刊誌のネタにされるのは、初めてではない。最初のころこそ好意的に取り上げられていたが、時々テレビに出るようになると、「有名税」とばかりに、SNSのダベッターのやりとりを強調され、炎上させられた経験もある。だから、週刊誌に自分の顔写真が出ているくらいでは、そうそう驚かない。

だが、今回は嫌な気分に襲われた。

「この女の子、見覚えがある。守谷穂乃果さんではないですか」

教頭が眉をひそめる。生徒の名前をひとりひとり記憶しているとは、さすがだ。

「そうです。この春に転校しましたが」

「あの子ですね。テニス部にいた」

すらりと背が高く、クラスの女子が背の順に並ぶといちばん後ろになる。テニス部だが、剣道部に入れたくなるくらい涼しく凛々(りり)しい雰囲気の女子だった。

「この写真は――いや、待って」

こんな写真には覚えがないと言いかけた私を、教頭が急いで抑えた。

「話は校長室で聞きます」

プライバシーに関わることだから、教師たちがみんな耳をそばだてている場所では話すべきでないと配慮してくれたのだろう。だが、私はあえて声を張り上げ、周囲の教師たちの顔をひとつひとつ見まわした。

「この記事は、まったくのでたらめです。この写真の場所も見覚えはありません」

きちんと説明しなければ、教師たちは週刊誌を信じてしまうかもしれない。

私の言葉に、教師たちは頷いたり、無表情に聞き流したり、さまざまな反応をした。これまで仲間だと思っていた同僚たちの、意外に冷淡な反応に心が冷えた。

「――わかりました。私は湯川先生を信じます」

教頭は力強く頷き、私をともなって校長室に行った。校長の末光は、今年の夏に定年を迎える予定だ。表情は和やかで、あとわずか数か月をのどかに過ごすつもりなのだろう。

「校長、問題が起きました」

教頭の説明を聞き終えるまで、校長は慎重に耳を傾けていた。のんきな校長には珍しく、眉間に深いしわを寄せている。

「湯川君、女性が守谷さんであることは間違いないのですか」

「目隠しが入っていますが、制服は当校のものですし、顔立ちから見て彼女です」

「湯川君は覚えがないというのに、この写真と記事はどういうことでしょう」

教頭の説明を聞きながら、三人で週刊誌の記事を回し読みしたところだ。

私の意見を言わせてもらえるなら、記事は覚えがないどころか、名誉棄損で告訴したくなるような内容だった。

四月の中旬、「鉄腕先生」こと私、湯川鉄夫が、三月まで担任をしていた、いま中学三年生の「少女A」とビジネスホテルに入り、そこで関係を持ったというのだ。不快感で胃が重くなってきた。

「写真は合成です。だいたい、ホテルの部屋で撮影したように見えますが、私と守谷さんしかいなかったのなら、この写真はいったい誰が撮ったものなのか」

「それもそうだ。――おや、ここに小さく、写真はイメージだと書いてある」

校長が写真のキャプションを指さすと、教頭が眉をひそめた。

「それはひどいですね。こんなにでかでかと写真が載っていたら、それだけで事実だと信じる人もいますよ。悪意を感じるな」

「湯川先生と守谷さんがホテルに入るところを、別の生徒の保護者Bさんが目撃したと書いてあるのが、気になるね。この、Bという人が週刊誌の記者に話したんじゃないかな。湯川先生、心当たりはありませんか」

「いえ、まったく」

「守谷さん以外の人と、ここに書かれている新宿のビジネスホテルに入ったり、泊まったりしたことは？」

「新宿でビジネスホテルに泊まったことはありますが、記事にはホテルの名前が書かれていませんから、判断がつきかねます。それに、ビジネスホテルに泊まる時はひとりです。誰かと一緒に泊まったことはありません」

校長が顎に手を添え、悩ましそうに首をかしげた。

「守谷さんは大丈夫だろうか。転校したばかりですよね。騒ぎに巻き込まれてなければいいですが」

「心配ですね。だいたい、目隠しが入っているとはいえ、中学生の写真をこんな記事に掲載するなんて、常識はずれだ」

校長と教頭のやりとりを聞き、自分が真っ先に守谷の状況を思いやらねばならなかったのだと気づいて、一瞬、放心した。あまりに思いがけない事態が勃発したので、まだ中学生の守谷が受けた心の傷に、思いをいたすことができなかったのだ。

だいいち、私自身がまだ、現実に起きていることだとは思えない。

「ご両親と連絡は取れますか」

教頭がこちらを見た。

「転校先はわかります。母親の携帯電話も、番号を変えてなければわかります」

「――私が、お母さんの携帯に電話しましょう。湯川先生からの電話だと、後々、痛くもない腹を探られる恐れがありますから」

教頭が状況確認を引き受けてくれて、さすがにホッとした。

私が勤務するH市立常在（じょうざい）中学校の教頭は、いわば学校の「何でも屋」だ。朝は誰よりも早く来て、鍵を開ける。夜は誰よりも遅くまで残り、鍵を閉める。トラブルシューティングも、教頭の仕事だ。マスコミの前で頭を下げる以外は。近ごろ話題に上りやすい、モンスター・ペアレンツへの対応も例外ではない。

学校によって差はあるだろうが、だいたい教頭は似たようなもので、おかげで教頭になりたい教師が減っていると言われる。誰にでも務まる役割ではない。

「あ、守谷穂乃果さんのお母さんですか。こちらは、常在中学校の教頭をしております、土師と申します。どうも、突然お電話して申し訳ありません」

教頭が、さっそくスマホで電話をかける。スピーカーホンにすればいいのにと思うが、あまり機械に慣れていないのだろう。

「折り入ってお話ししたいことがあるのですが、今お時間はよろしいですか」

転校前の娘の学校から電話があるとは、母親は何ごとかと案じているだろう。

教頭は、発売されたばかりの週刊手帖の記事について、相手を刺激（しげき）しないよう、言葉を選びながら詳しく説明した。母親は、説明されてようやく、緊急事態の発生に気づいたようだ。

「いえ――まさか、湯川先生はそのような。はい、はい――そうです。ご存じのとおり、とても真面目（まじめ）な先生でいらっしゃいますから。――はい。私どもは、記事が捏造されたと考えています。穂乃果さんの写真がどこから漏れたのかわかりませんが、ともかく彼女が心配で」

校長は眉間にしわを寄せて、教頭の言葉に聞き入っている。

「今は学校に行かれているのですね。わかりました。――はい。夕方にでも、お電話いただければありがたいです。彼女には、記事は見せないほうがいいかもしれません」

学校の固定電話と、教頭自身の携帯電話の番号を教え、通話を終えた。

「守谷さんは学校ですか」

「ええ。夕方、帰宅した時に学校の様子を聞くと言われています。お母さんは記事に気づいてなかったので、今からコンビニに週刊誌を買いに行くそうです」

「今日、雑誌が出たのだから、そんなものでしょうな。周囲が気づくにしても、数日後か」

「転校先の誰かに話しておいたほうがいいでしょうか」

校長は腕組みして唸った。

「――どうしたものかな。転校の直後では、妙な先入観を持たせることにならないかな」

そっとしておいたほうがいいと、言外に匂わせている。事なかれ主義の校長らしい対処法だが、今度ばかりは私も彼に賛成だった。

「転校先の教員が、色眼鏡で守谷さんを見るようになるのも困りますね」

「そういうことだね。湯川先生、この写真に見覚えはないんですか」

校長が、週刊誌に掲載された私の写真を指差した。斜めを向いて背すじを伸ばして腰かけている。服装はスーツだ。ふだん学校に着てくるものではなく、テレビの収録時や、学校行事の際に着る一張羅だ。

「テレビに出た時の映像を使ったのかもしれません。これを着てましたから」

「なるほど。最近はテレビの画像も4Kとかできれいだから」

テレビに出るなんてよけいなことだと、以前から校長が考えていることには気づいていた。教師は生徒のことだけ考えていればいい。教育改革だの、子どものしつけだの、テレビに出て語るのは、タレントや教育評論家に任せておけばいい。そう考えているのだ。

教頭が腕時計に視線を走らせた。

「もうじき予鈴ですね。湯川先生、用意もあるでしょう。とりあえず、行ってください」

「わかりました」

私は立ち上がり、ふたりに頭を下げた。

「このたびは、面倒をおかけして」

「いや、湯川君が悪いわけじゃ」

校長が言いかけ、「まだわからんな」と思い直したような顔をした。

校長室を出て職員室に向かう間、何人かの生徒とすれ違った。

「湯川先生！　おはようございます！」

元気よく手を振り、挨拶する女子がいるかと思えば、

「あっ……おはようございます」

と、尻すぼみになる声で口ごもる男子もいる。私は「おはよう！」と元気よく返事をする。通り過ぎてから、生徒が「鉄ちゃん、今日も元気だね」と、囁きかわす声が聞こえてくる。

私は彼らに「鉄ちゃん」と呼ばれている。名前が鉄夫だからというより、雑誌やテレビがつけた愛称、「鉄腕先生」の短縮形だ。むしろ「鉄ちゃん」のほうが、温かくて親しみやすい。

私が「鉄腕」と呼ばれるようになったのは、四年前だった。

当時も今も、続けている日課がある。

仕事を終えて、学校から自宅までの道のりを、少し遠回りして繁華街など覗きながら歩いて帰るのだ。市立常在中学に通う生徒らの七割は、いわゆる中流の会社員

の家庭に生まれた子どもだ。残る三割は経済弱者で、うち一割はシングルマザーだった。

親はダブルワークも辞さずに働き、子どもに目が行き届かない。ひとりっ子が多いので、学校から帰宅すると自宅でスマホゲームに熱中するか、友達と遊びに出かける。ゲームはほどほどなら害もないし、友達と遊ぶのも健康的だ。だが、夜遊びは時として危険をともなう。

ファストフードの店などにたむろし、夜遅くまで時間を忘れて話し込んでいる生徒を見つけ、帰宅をうながすのが私の日課だった。

子どもには子どもの悩みもあって、つい深刻な話題で長引くこともあるのだろうが、遅くまで戻らないと親が心配する。万が一、警察のお世話になるような騒ぎを起こすと、子どもの将来に与える影響も心配だ。生徒は唇を尖らせて不満を呟きながらも、私の言葉にどうにか従い、家に帰っていく。

四年前のあの夜も、コンビニの駐車場で口論する男子生徒を見かけた。三年生の男子と、二年生の男子だった。激しく言い争っているので、気になって近づいた。

その時、二年生の森田尚己という生徒が、ナイフで三年生を刺そうとしたのだ。

私は慌てて間に飛び込んで、自分の左腕でナイフを受けた。三年生は逃げ、私は森田を制止した。子どもの力だ。腕の傷は全治一週間、軽傷だった。

三年生が近くの交番に駆け込んだので、警察官が来た。森田はまだ十四歳の誕生日を迎えておらず、逮捕はされなかったが、警察に事情を聞かれた。ところが、親と連絡が取れなかったので、被害者の私が親代わりとして同席するという、妙な事態になったのだ。

その事件がマスメディアに流れ、私を取材した週刊誌が「鉄腕先生」として記事にした。ナイフに負けない「鉄腕」で子どもを守ったと、私の名前の「鉄夫」にも掛け、かなり話を「盛った」記事だった。

以来、自分でも怖いくらい、マスコミに登場している。

ショートホームルームに出るため教室に向かう途中で、スマホに電話がかかってきた。

いつもなら無視するが、今朝は状況が不穏（ふおん）だ。電話に出た。

『湯川先生？　鹿谷（ろくたに）です』

鹿谷直哉（なおや）は、東都テレビの教育に関するバラエティ番組に、一緒に出演している塾講師だ。「ロック」という愛称で呼ばれている。

『羽田さんから話を聞いて、驚きました。大丈夫ですか』

「私も寝耳に水で。今日出た週刊誌に、記事が載っていて驚いています」

『週刊手帖ですね。湯川先生は、身に覚えがないのでしょう？』

探りを入れるような聞き方だ。

「当然ですよ。なぜあんな記事が出たのか、わけがわからない」

『嫌がらせかもしれませんね。湯川先生は目立つから』

「やっかみを受けるようなことは、何もないんですが」

『世間はそう見ないものですよ。ともかく、落ち着いたらまた話しましょう。安心してください。遠田先生も僕も、湯川先生の味方ですから』

「ありがとう。心強いです」

ロックは羽田プロデューサーに頼まれて、探りを入れたのかもしれない。塾講師のロックと教育評論家の遠田道子は、羽田の番組『ソフィアの地平』の出演者だ。

三人そろってほぼ毎週、番組に出ている。

私より少し若いロックは、俳優にしたいような白面の貴公子風の青年で、英語の教師だ。遠田は五十代の女性で、中学生と小学生の子どもがひとりずついる。彼女はやわらかい口調で、歯に衣着せぬ教育批判をズバズバするので、人気を集めている。そんなふたりに交じる私は、ひとり体格のいい、スポーツマン風の熱血教師というわけだ。

番組は、バラエティといいつつ硬派な視点も取り込んでおり、親と子がともに楽しめる教育番組になっている。

教育論を戦わせることはあっても、ロックや遠田とは互いに認め合い、仲良くやっているつもりだった。それも、今の電話の調子では、私の思い違いだったのかもしれない。

予鈴が鳴った。五分後に、ショートホームルームが始まる。教室に急がねばならない。

週刊手帖の記事をきっかけに、思いがけない人間関係の本音が見えてくるようだ。

2

朝の騒動など、序章にすぎなかった。

昼のワイドショーで、週刊手帖の記事が取り上げられたらしい。

私こと「鉄腕先生」が常在中学に勤務していることは、知れ渡っている。学校の代表番号は、ことの真偽を問う電話と、「ハレンチな教師を辞めさせろ！」と怒鳴る電話と、生徒の保護者からの心配そうな電話と、マスコミからの問い合わせとイタズラ電話で昼過ぎにはほぼパンクし、教頭の指示ですべての固定電話の受話器を上げておくことになった。

そろそろ、業務にも支障が出そうだ。

校門の前には、何社ものテレビ局がカメラをかまえて、私が出てくるのを待っている。

土師教頭の判断は早かった。すぐ警察に電話をかけ、子どもの下校時までに取材陣を立ち退かせてくれと交渉した。子どもに与える影響を最優先するべきだという教頭の言葉は、警察官を動かしたようで、取材陣は午後四時までに校門からきれいに姿を消した。

「今日は授業にならんな」

「外の様子が伝わったようですね」

「生徒がそわそわしてます」

教師たちが口々に不安をこぼす。

私の数学の授業も同じだった。みんな、窓の外をちらちら見ている。原因が私だとは、まだ気づいていないようだが、明日になれば気づくだろう。

「湯川先生、今日は自宅に戻らないほうがいいかもしれません」

教頭が、夕方になって私に告げた。

「それは――」

「近くに住んでいる知り合いに、様子を見に行ってもらったんです。自宅の前に、取材陣が張り付いているようですよ」

愕然(がくぜん)とした。私はただの中学教師で、タレントではない。あんな記事ひとつで、どうしてそこまでの扱いを受けるのか。

「ご家族はどうされていますか」

「妻は、娘を連れて実家に」

「それは良かった。いつから？」

「先週からです」

正直に答えただけだが、その答えは教頭を驚かせたようだ。

「今回のこととは関係ないのかな？」

「もちろんです。妻は、私が仕事ばかりしていると不満を口にしていまして」

「しかし――それがマスコミに漏れると、ますます印象を悪くするんじゃないだろうか」

教頭の言う通りだった。私は戸惑い、困り果てた。妻子と別居中だとわかったら、記者たちはどう考えるだろう。守谷との関係がバレたせいではないかと疑うかもしれない。

「ともかく、自宅以外に泊まれる場所はありますか」

「それは――」

私自身の実家は、山梨なので通えない。今の状況で、妻の茜の実家に泊めてくれとは言いだせない。

「ホテルにでも泊まるしかないですね」

「予約を入れたほうがいいですよ。コロナが落ち着いて、宿も取りにくくなったようだし」

「探してみます」

「もし、どうしても見つからなかったら言ってください。最悪の場合、学校に泊まる手もありますから」

教頭は親切に言ってくれた。

たしかにこの学校は、体育館にシャワールームがあるし、保健室にベッドもある。着替えと食事さえ用意できれば、泊まり込んでもなんとかなる。

「いや、教頭、それは良くないですよ。こんな記事が出て問題になっている状況で、湯川先生が校内に泊まり込むなんて、保護者が何と言うか」

三年生の学年主任、常見が会話に割り込んできた。ひげの剃り跡が濃い、五十代のベテラン教師だ。社会科を教えている。

「まあ、ホテルが取れない場合の話ですから。そうおっしゃるなら、常見先生が自宅に泊めてあげればいいんじゃないですか」

「そんな、どうして私が」

常見は露骨に嫌そうな表情になった。

彼は「鉄腕」事件の前から、私が毎日、繁華街を見回って生徒を補導したり保護したりしているのが気に入らないようだった。

生徒指導については、常見が決めた見回りの担当がある。それ以外の日まで自発的に回ると、他の教師が負担に感じるというのだ。

「立川のビジネスホテルが取れそうです」

私は急いで検索し、声を上げた。

教頭が、ホッとした顔になった。

「それは良かった。しばらく、経済的な負担にはなるでしょうが」

「そんなの、本やテレビで稼いでるんだから、湯川先生には問題ないでしょう」

常見が嫌みな言葉を投げる。金銭的なやっかみというより、自分より目立つ教師がそばにいるのが嫌なのだろう。ジャージ姿で教壇に立つ教師もいるなか、常見はいつもワイシャツにジャケット着用だ。他人の目を気にするタイプなのだ。

「校門を出る時にマスコミに捕まらないように、誰かの車に乗せてもらったらどうかな」

教頭は常見を無視して、職員室を見渡した。

「良かったら、僕の車に乗っていきますか。汚いですけど」

朝、校門まで救出に来てくれた辻山が、手を挙げた。気のいい体育教師だ。これまであまり親しくしたことはないが、私とは五つ違いくらいで、年齢も近い。

「助かります。ありがとう」

「いや、いいですよ。困った時はお互い様で」

さっさと学校を出たかった。

居残っても仕事に集中できないし、職員室の妙な雰囲気も気になる。ノートパソコンは持ち歩いているので、中間テストの試験問題を作るくらいなら、ホテルでもできそうだ。

私が待っていたのは、守谷穂乃果の母親からの連絡だった。向こうの学校の様子を聞きたかった。まさか、あの記事が彼女のことだと、転校先でバレたりはしていないと思うが心配だ。

守谷の母親から教頭に電話があったのは、午後五時ごろだった。

「――そうですか。はい、はい。わかりました。湯川先生も心配されています。ええ、伝えますので」

電話を受けた教頭の表情は明るかった。

「守谷さんは、ふだん通りに学校から帰宅したそうです。特に変わったことはなかったと言っているそうですよ」

「今日、出たばかりの雑誌ですからね。影響が出るとすれば、明日以降じゃないですか」

常見が眉をひそめている。

「様子を見るしかありませんね」

「――まったく。湯川先生、本当に守谷と何もなかったんですか？」

私はあっけにとられた。

「ありませんよ。当たり前でしょう。私の娘と同じくらいの年齢なんですよ」

「娘にイタズラする父親だって、いるわけだから」

「常見先生！」

毒を含んだ常見の言葉に、教頭が顔をしかめた。

「もういいですから、今日は湯川先生も帰ったほうがいい。しばらくホテル暮らしをするとしても、身の回りの品が必要でしょう」

教頭の言う通りだった。着替えや歯ブラシなど、買いに行かねばならない。

「明日は、少し落ち着いていればいいですが」

不安を滲ませ、教頭が見送ってくれた。

「常見先生は、教師は人気商売だと思ってるのかもしれませんね」

校舎裏の駐車場に停めた車に乗り込み、辻山が苦笑しながら言った。

「湯川先生が生徒の人気者なので、妬(ねた)んでるんですよ」

「――まさか」

ふふふ、と辻山が含み笑いをする。そういう辻山も、生徒に好かれるタイプだ。

「すみません、車の中が散らかり放題で」

助手席に置かれていたバッグやおもちゃを、辻山が後部座席に投げ込む。

「お子さんのですか」

「そうなんです。まだ保育園児なので、いろいろ大変で」

ラジコンカーに使うようなリモコンがあるのを見つけて尋ねた。それにしては、猫のぬいぐるみやおもちゃのブレスレットらしいものも交じっている。

「男の子でしたっけ」

「いえ、娘ですよ」

辻山が笑っている。

そう言えば、私の娘――結衣は、小さい頃からものを作るのが好きだった。カラフルな粘土で動物をこしらえたり、大きめのビーズでアクセサリーを作ったりしていた。

中学二年になった今、彼女はパソコンで絵を描くのが趣味だ。

「保育園なら、可愛い盛りでしょう」

「可愛いですけど、あれは小さい怪獣ですね。たまに手がつけられなくて、こっちが泣きたくなってきます」

「ああ、わかりますよ」

結衣はおとなしい子どもだったが、我の強いところもあって、自分の希望が聞き入れられないと、梃子でも動かなかった。

「言葉が通じるようになれば、少しはわかり合えますかねえ」

「いや、女の子は口が達者ですからね。ああ言えばこう言うで、じきに敵わなくなります」

「そうか、経験者でしたね！」

車の中でふたりして笑った。

「買い物、手伝いましょうか？」

「いえいえ。このあたりまで来れば、くたびれたおっさんのことなんか、誰も気にしないでしょうから」

辻山は、立川駅から近いビジネスホテルの前で降ろしてくれた。明日も迎えに来てくれるという。親切な男だ。

「湯川先生。しばらく身辺が騒がしいでしょうけど、あまり気に病まないほうがいいですよ。気を付けて!」

車で去り際に、明るく手を振った。

ホテルのフロントは事務的な女性で、眉ひとつ動かさずにチェックインの手続きをしてくれた。近くにコンビニがあるし、立川駅まで行けばルミネなどもある。すぐにホテルを出て、歯ブラシや下着を買いに行った。食事はコンビニ弁当だ。

立川駅の近くで、ちらちらとこちらを気にしている中年男性がいた。それだけだった。

——なんだ、平気じゃないか。

騒いでいるのは週刊誌だけだ。私の世界が崩壊したわけではない。

ホテルの部屋に戻り、試験問題を考えながら弁当を食べていると、スマホが鳴った。妻の茜からだった。

『——鉄ちゃん?』

茜は昔から私を鉄ちゃんと呼んでいる。

「茜、実は——」

『どうして電話してこないの。メッセージ送ったでしょ』

今日は、SNSの通知が鳴りやまず、学校にいる間はスマホの電源を切っていた。ホテルに戻ってようやく電源を入れたのだが、千を超えるメッセージに、見るのを諦めたのだ。

自分のダベッターアカウントは、フォロワーが三万人ほどいる。学校にいる間は、他の教師らの目もあるので投稿を控えていたが、ホテルに入ってすぐ、今回の騒動は身に覚えのないことだと短い声明を書いておいた。

そこにも、応援コメントから罵詈雑言まで、嵐のように返信がついている。

「ごめん。まだメッセージ、読めてないんだ。週刊手帖の記事なら、ガセネタだから」

『週刊手帖? テレビでずっと、鉄ちゃんのことを話してるよ』

ホテルにもテレビはあるが、戻った時につけてみても、自分のことなどどこでも放送していなかったので、安心して切った。

「あのさ、教え子に手を出したりなんか、絶対にしてないから」

茜は笑いとばした。

『当たり前でしょ。鉄ちゃんがそんなことしないのは知ってる』

何と言えばいいのかわからず、私は口ごもった。仕事に夢中で、娘の勉強も見てくれないと怒って実家に帰った妻が、自分を理解してくれている。ホッとして、胸のうちがじんわり温かくなった。

『それより、これからどうするの。自宅の前にテレビ局が張り付いてるみたいだけど』

「ひとまずホテルにいる。学校の先生たちが協力してくれて」

『そうじゃなくて。ちゃんとメディアの前に出て説明しなきゃ、いつまで経っても解決しないんじゃないの。誤解なんでしょ』

「記者会見を開くことも考えるよ。まだ、僕にも何がなんだかわからないんだ」

『ちゃんとしてね。結衣が、学校に行きたくないって言ってる』

愕然とした。結衣の父親が「鉄腕先生」であることは、当然、周囲の生徒らも知っているのだ。こんな騒ぎになれば、娘にも迷惑がかかるのは当たり前だった。学校にも行けないくらい困惑している娘のことを考えると、胸が締め付けられた。

「結衣はいる？」

『いるけど、電話には出ないって』

「僕は何もしてないんだ。結衣にそう説明してくれよ」

『そんなの、説明したって一緒でしょ。結衣だって、まさかあなたが自分と同い年くらいの女の子に手を出したなんて思ってない。だけど明日、あの子が学校に行けば、何を言われるか目に見えてる』

「落ち着くまで学校を休ませろよ。僕は何も悪くないんだ。何もしていないのに、どうして責められなきゃいけない？」

奇妙な沈黙が、茜と私の間に落ちた。

『何も悪くないのに、どうしてこんな報道が出るの？』

私が答えられないでいるうちに、通話は切れた。

昨夜、羽田からの電話を受けてから、私は自分のことしか考えられなくなっていた。

――わからない。いったいなぜ、あんな記事が掲載されたのか。

コンビニの袋から、週刊手帖を取り出した。内容を分析するため、買ってきた。写真が「イメージ写真」であることは、キャプションにも書かれている。私と守谷の写真を別々に撮り、まるで向かい合っているように組み合わせたのだ。悪趣味だった。

記事はでたらめと憶測のオンパレードだが、そのなかで気になる部分がある。

「『どう見ても恋人同士でした』。ふたりがホテルに入っていくところを目撃したBさんは、こう語る。Bさんは、『鉄腕先生』が教鞭(きょうべん)をとる中学校の、生徒の保護者だ。Bさんが見守るなか、湯川は先に生徒をひとりでホテルに入らせ、しばらく時間をおいてから自分もエントランスに入っていったという。おそらく、同時にホテルの入り口をくぐるところを防犯カメラなどに残したくなかったのだろう」

常在中学の生徒は、四百人余りいる。保護者は八百人近くだ。Bが何者なのか、心当たりはまったくない。

記事には、安藤珠樹という署名もあった。見覚えのない名前だ。Bという保護者が、安藤に連絡を取り、私が生徒とホテルに入ったと嘘をついたのだろうか。

思いついて、溜まっていたSNSのメッセージをざっと読んだ。案の定、週刊沖楽の勇山岩男記者も、連絡してほしいとメッセージを残していた。まだ十時前だったので、遠慮なく電話をかけた。

『湯川先生？　ずっとご連絡をお待ちしていたんですよ！』

勇山が頓狂な声を上げた。

勇山は、四年前に私を「鉄腕先生」として世間に紹介した記者だ。彼の記事を読めば、私という人間が生徒のために身体を張って、刃物の前にでも飛び込んでいくような、熱血漢に見えただろう。

『週刊手帖の記事について、説明をお聞かせ願えませんか』

「まさか君まで、私が女生徒を食い物にする教師だなんて、思っていないだろうね――」

『まさか！　違うでしょう。――違うんですよね？』

どうやら勇山は、疑いを捨てきれていないようだ。私はうんざりした。

「当たり前ですよ。自分の娘と同じくらいの年齢の子どもなんですよ？」

『そうですよね！　それじゃ、どうしてあんな記事が出たんですか？』

「私が聞きたいですよ。どこからあんなでまかせを引っ張り出してきたのか」

『心当たりはないんですか』

「まったくありません。勇山さん、あの記事を書いた、安藤珠樹という記者を知りませんか」

『いや――聞いたことないですね。だけど、どんな記者なのか、探りを入れてみましょう。手帖の編集部には知り合いもいますから』

「保護者Bという人物から、私と生徒がそれぞれホテルに入るところを見たという証言を得たと書いています。それがどうも怪しいと思う」

『Bの捏造かもしれませんね。それを安藤記者が信じ込んだのか。わかりました、調べてみます！』

　勇山は調子よく承諾した。

『それで、湯川先生、今どちらにいらっしゃるんですか？』

「立川のホテルに泊まってます。自宅の周辺には記者とテレビカメラがひしめいているそうですから」

『ええ、そうらしいです。良かったら、僕にインタビューさせてもらえませんか。

このまま逃げていたら、後ろ暗いことがあるのかと思われて損ですよ』

「記者会見を開こうと思っていましたが」

『学校でですか？　それも必要ですが、まず僕にインタビューさせてもらえるなら、会見の準備も手伝いますよ』

勇山はお調子者だが、彼の提案には心を惹かれた。テレビに出たりはしていたが、記者会見などというものに縁はない。おそらく教育委員会が事態の調査と収拾に乗り出し、校長や教頭と一緒に、会見に応じることになるとは思うが、私もそういう場では素人だ。

『ね、湯川先生。先生さえよろしければ、今からそちらに伺います。ホテルの名前を教えていただけますか』

勇山は、私の逡巡が肯定に傾いていることを読み取っていた。ホテルの名前を聞き出すと、『三十分ほどで行きますから』と言って、通話を切った。

――インタビューは、校長らに断ってからのほうが良かっただろうか。

そうは言っても、あの事なかれ主義者の校長は、インタビューを受けるなどと聞いたら、止めるに決まっている。ダベッターをやっていることだって、小言を言われたくらいだ。

すぐにまた、スマホに着信があった。勇山が思いがけない早さで到着したのかと思ったら、画面には遠田道子と表示されていた。

「遠田さん？」

『湯川先生、大丈夫？』

教育評論家の遠田は、鼻にかかった低い声で話す。マッシュルーム型にカットした白髪を茶色く染めて、学校や教育のあり方、家庭での学習やしつけなど、ずばずばと遠慮ない言葉を吐くのだが、子どもに対する愛情が豊かで人気がある。愛称は「きのこ」だ。

「わけがわからないことが起きて、弱りきっています」

『心当たりはないのよね、当然』

「ありません。夜道を歩いていて、いきなり背中に斬り付けられた気分です。どうして僕が、娘と同じくらいの教え子に手を出したりするのか」

『それって週刊手帖のこと？——ひょっとして、ネットはまだ見てない？』

「何の話ですか？」

『ちょっと湯川先生、すぐネットで検索してみて。とんでもないことになってるんだから』

面食らい、パソコンのブラウザで、とりあえず「鉄腕先生」と入力して検索してみた。

「――なんだこれは」

『見つけた？』

「変な記事がぞろぞろと――何ですかこれ」

『今日の昼に、テレビ局でＡＤさんに教えられたの。湯川先生、誰かに恨まれてない？』

あちこちのブログに、「鉄腕先生」への中傷がばらまかれている。主な内容は、私が教え子をホテルに連れ込んだというものと、男子生徒に体罰を加えたというものだ。いずれも、私にはまったく心当たりがないのに、私の写真がふんだんに使われている。しかも、ブログの内容に沿った、並んでホテルに入る瞬間や、生徒の耳を摑んでいる写真だ。写真の力は怖い。知らない人間が見れば、本当にあったことだと誤解するかもしれない。

怒るというより、だんだん気持ちが悪くなってきた。

「これはいったい――」

『本当に心当たりがないの？』

「ありません！」

まるで、自分にそっくりなもうひとりの自分がいるようだ。そいつが、私の知らないところで、好き勝手をしている。

「この写真、捏造ですか。信じられないな」

『ディープフェイクと言ってね、昔のアイコラなんかとは比べ物にもならない精巧な写真や動画がつくれるようになってるの。写真ならともかく、動画でも本人がちゃんと喋ってるように、音声まで捏造できるんだからね』

ディープフェイクという言葉に聞き覚えはあるし、ＡＩがどんどん優秀になって、写真や動画を自動生成できるようになったというニュースも見かける。が、身近な話題だとはまったく考えていなかった。米国とか、どこか遠い世界の話のように感じていたのだ。こんな形で自分の身に災難が降りかかるとは、夢にも想像しなかった。

「だけど、大統領とか俳優とか、有名人を相手にするならわかりますけど。僕みたいなただの教師にそんなことをして、何の得があるんですか」

『さあね。そんなこと私にもわからないけど』

遠田が呆れたように言う。

『だけど、こういうの見せられて、冷静な判断ができる人は、この国ではまだ少数派みたいよ。覚悟したほうがいいわよ、湯川先生。これからまだまだ批判の嵐が待ってるから』

「だって、私は何もしてないんですよ！」

『事実かどうかなんて、彼らには無関係だから。早いうちに、弁護士に相談したら？　あと警察とね。こういう誹謗中傷や嫌がらせを受けていると相談したほうがいい』

私は途方に暮れた。弁護士なんて、自分には縁のない世界の話だと思っていた。こういうケースで力になってくれる、腕のいい弁護士はどこにいるのだろう。

『とにかく、がんばってね。こういう時は、くじけたり弱気になったりしたら負けだから。世界を敵に回しても、自分が正しいと信じるなら戦いなさいね。何かあったら電話して。あまり頼りにはならないかもしれないけど、愚痴は聞くから』

遠田が電話を切った後も、私はネットの検索を続けた。ＳＮＳ、ブログ、動画投稿サイトと検索し、男子生徒の耳を摑んで吊り上げたり、髪を摑んで前後に揺さぶったりする、暴力的な「私」の動画にたどりついた。

「――なんだよ、これは。もう十二万回も再生されてるじゃないか」

私の顔ははっきり見えるが、生徒の顔にはボカシが入っている。声を聞いても誰だかわからない。おそらく、知らない子どもだ。

巧妙な手だ。

この生徒が誰なのか、動画を見ても誰にもわからない。こんな出来事が本当にあったのかと本人に問いただしたくても、できない。

私が警察に訴え出たとして、この動画が捏造だと、どうすれば証明できるのだろう。

動画の中の「私」は、子どもを恫喝（どうかつ）するように、「舐（な）めてんのか！」「殺すぞ！」などと喚（わめ）いている。ありえない。私は、生徒に対してだけでなく、生まれてから今まで、こんな乱暴な言葉を吐いたことはない。だが、私の声にそっくりだ。

動画についたコメントも様々だが、八割が私に対する怒りと中傷だ。私を「殺す」と言っているものさえあった。

胸がむかむかした。ここで怒っている人々は、本当の私を知らない、会ったこともない人たちだ。それが、私を人間以下のように罵（ののし）っている。

ネットの中で、自分ではない自分が生まれ、育っている。肌に粟（あわ）が立つ感覚がした。

3

「湯川先生、ご飯食べれてますか。これ、僕からの差し入れです」

週刊沖楽の勇山記者が持ってきたのは、コンビニの袋に入った肉まんだった。夕食の弁当を食べた後だったが、私は受け取った。実を言えば、かなり上（うわ）の空（そら）だった。

ビジネスホテルの部屋で話すのも気づまりなので、ロビーで落ち合い、近くのカフェに来ている。

勇山は、小学校の教師になった後、自分の適性は教員ではないと感じて出版社に転職し、記者になったという変わり種だ。疲弊する教育現場から現状をリポートし、課題をみんなに伝えるのが自分の使命だと常々語っている。

それで、四年前に私が森田に刺される事件が起きた時も、取材に飛んできた。

「もう、今朝は週刊手帖の新聞広告を見て、心臓が止まるかと思いましたよ！」

勇山は大げさに言って、マジックで書いたような黒々とした眉を下げた。

「びっくりしたのは僕のほうだよ」

私は買ってきた週刊手帖の記事を開き、眉間にしわを寄せた。気分が悪い。

「事実無根もいいところだ。週刊誌って、ここまでデタラメな記事を載せるものかい？」

「いや、僕がよその雑誌に難癖つけるのもなんですが――。手帖はたしかに、ガセを摑むことも多いみたいです。先日は、歌手のＭが不倫相手とホテルで会ってると、写真入りですっぱ抜いたんですけど、蓋を開けるとＭの実妹でね。Ｍに訴えられてます」

「いい加減だなあ。そんな嘘っぱち、書かれるほうはたまったものじゃないよ」

「この女生徒は、湯川先生の生徒に間違いないんですか」

「元生徒だ」

　昼間、校長や教頭らに説明したのと同じことを、勇山にも話してやった。

「先生のおっしゃる通り、目撃証言をした『生徒の保護者』というのが気になりますね」

　コーヒーを前に、勇山は腕組みしている。メモを取らないのは、テーブルに置いたICレコーダーで録音しているからだ。

「手帖にいる知り合いに、この記事を書いた安藤珠樹という記者について聞いてみたんです。どうやら、外部のライターのようで」

「勇山君の知り合いは、安藤という人を知っているんですか」

「ええ。女性のライターで、もう四、五年は手帖の仕事をしているそうです。しっかりした人のようですよ」

「しっかりした人が、こんなデマを記事にするかな。僕はこの保護者と話して、なぜこんな作り話をしたのか、聞いてみたいですね」

「うーん、ネタ元はバラさないでしょう。うちで先生の反論を掲載すればいいじゃないですか。記事の中で、目撃者だという保護者が実在するなら話したいと書きましょうよ」

「それはぜひお願いしたいね。それから、気になることがあって」

私はノートパソコンでブラウザを起ち上げ、先ほど遠田に教えられた捏造記事を見せた。

「どう思う？　これもみんな、僕には身に覚えがないんだ。ひどいと思わないか」

「えっ、こんなにあるんですか。この、男子生徒の耳を摑んで持ち上げてる動画――」

「まったくの嘘っぱちですよ」

「それじゃ、この動画は捏造ですか」

「ディープフェイクというそうだ」

遠田に聞いた言葉を受け売りで話すと、勇山が大きく頷いた。

「ＡＩですね。湯川先生のように、よくテレビに出ていて、映像データが豊富にある人のほうが捏造しやすいんです」

あれから私もネットを検索して、ディープフェイクとは何なのか、現在どの程度まで技術が進んでいるのか、ひと通り調べてみた。

ＡＩの学習手法のひとつ「ディープラーニング」と、「フェイク」とを組み合わせた言葉だ。

ディープラーニングは、日本語では深層学習と訳される。モデルになったのは、人間の脳の神経回路だ。大量のデータを入力すると、人間の協力なしでコンピューターが自動的にパターンをつかむ。大量の猫の写真から猫の特徴をつかみ、犬の写真を見ても「これは猫ではない」と判断できるようになるのだ。赤ん坊のころから人間の脳がやっていることを、コンピューターにやらせたのだ。

ディープラーニング技術を利用してフェイク画像を作成したのがディープフェイクだった。

私が想像していた以上に、すでにさまざまな問題が起きている。アダルトなコンテンツに無関係な著名人の顔をはめ込んでみたり、オバマ元大統領に当時のトランプ大統領のことを「完全な馬鹿者」だと罵らせてみたり。いくつか実際の動画も見てみたが、本物そっくりだった。偽物だと言われなければ、きっと気づかない。しかも、内容からフェイクだと判断しやすいものだけではない。

海外では、オリバー・テイラーという実在しない記者が書いた記事が、れっきとした新聞に、それと気づかれず掲載されたことがある。新聞に掲載された記事の書き手が、AIによって創造された、偽の経歴と偽の顔写真を持つ、どこの誰ともわからない何者かだなんて、誰が気づけるだろう。国内でも、地震被害を見舞う官房長官の画像を加工して、満面の笑顔で記者会見を行っているかのような悪意に満ちた写真を拡散したケースもあった。

私そっくりのディープフェイク動画は、それに勝るとも劣らぬ精巧さだ。

「見て、気分が悪くなりました。誰かが、こんな動画を作って喜んでいるんですよ。僕に対して悪意があるとしか思えない」

「先生は本当に、心当たりないんですか」

勇山が身を乗り出している。その表情から見て、何かひとつくらいは思い当たる節(ふし)があるんじゃないかと期待しているらしい。

「まったく、ありません」

「この、山ほどある動画とか記事にも、まったく心当たりはないのですか」

「僕だって、問題だと言われている動画などを、すべて見たわけではないですよ。だけど、今の動画なんかは論外です」

「先生は、女生徒と不適切な関係を持ったことはないんですね」

「いっさい、ありません」

ICレコーダーを意識し、はっきりとした口調で言った。

「生徒に体罰を加えたことはありますか」

勇山が、動画を顎でしゃくった。

「――この動画のようなことは、いっさいありません」

「ん？　いや、先生。この動画だけじゃないんです。生徒に体罰を加えたことはありますか。イエスかノーで答えてください」

私の答えが引っかかったのか、勇山はしつこく重ねて尋ねた。私はやや眉をひそめた。

「体罰はないです。ノーですよ。生徒もいろんな子がいますから、あんまり馬鹿なことをしていたら強く叱りますけどね」

「湯川先生が子どもを叱る時は、どんなふうに叱るんですか」

「諭すんですよ。もちろん言葉で」

説明しながら、頭の中で自分のこれまでの生徒への接し方を振り返っていた。教師になって十五年。体罰などしたことはない。誤解を受けたくないので、生徒の身体に触れることもなるべく避けている。

だが――。

ふいに、四年前を思い出した。

森田が一年先輩の相手に、ナイフを握って突っかかった時のことだ。

あの時、私は森田のナイフを左前腕に受け、右手で彼を薙ぎ払った。もちろん、あれは体罰などではなく、正当防衛だ。そのことは警察でも説明済みだ。

それから、森田が刺そうとした少年。仲間と一緒になり、執拗に森田を虐めていた。一度、森田を囲んでひとりが脇を抱え、身動きできなくして頭や身体を小突いていたところに、たまたま私が通りかかった。

私は彼らを注意し、「こんなことをされたら、君らだって嫌だろう」と言いながら、身体を同じように小突いてみせた。

あれは、体罰か？

あんな問題が起きたのは、あの時、一度きりだ。直後に森田の事件が起き、私が「鉄腕先生」ともてはやされることになった。その後は、生徒たちも私に一目置くようになり、大きな問題は起きていない。

「――そうですか。湯川先生に心当たりがないとすると、誰が、なぜこんなフェイク動画を流しているのか、調べるのはやっかいですね。先生は有名人だから、嫉妬されることもあるでしょうし。先生自身が気づいてないところで、逆恨みを買っているかもしれない」

勇山の言う通りだ。だがもちろん、このまま泣き寝入りするつもりはない。事実ではないのだから、反論しなければ。

「弁護士に相談しろと言われたんですが、弁護士の心当たりもなくてね。どうしたものか」

「ネットで誹謗中傷の被害を受けた人の、相談に乗っている弁護士なら何人か知っていますよ。こういうことは、慣れた人がいいですからね」

「ぜひ紹介してください。ここまで来ると、素人の手には負えません」

「わかりました。社に戻って名刺を調べて、明日にでもお知らせします」

「ありがとう。助かります」

「湯川先生の反論は、すぐ記事にしてデスクに見てもらいます。任せてください」

勇山は、頼もしく請け合って帰っていった。

四年前、森田の事件を記事にされた時は、あまりにも私自身を英雄のように持ち上げすぎていて、誇らしくは感じたが、正直に言えば「やりすぎだ」とも思っていた。だが、こうなると勇山の行動力が助けになる。

遠田との電話の後、不安にかられていた気分が、少し落ち着いた。

翌朝は再び、体育教師の辻山が車で迎えに来てくれた。

車の中に散乱していたおもちゃは、きれいに片づいている。

「しばらくホテル住まいですか」

「そうなんです。いや、毎日来てもらうのはいくら何でも申し訳ないので、なるべく早く公共交通機関で通いますが」

「僕は別にかまわないですよ」

辻山は、朝から健康的で、溌溂（はつらつ）としている。常在中学の体育教師のなかで、いちばんの若手だ。容姿も爽（さわ）やかで、女生徒の人気が高い。

「来週は中間テストだし、湯川先生も大変でしょう」

的確にハンドルを切りながら、辻山がのんびりと話す。

「まあ、ホテルでも仕事はできますけどね。何というか——自分の身から出た錆（さび）なら、自業自得としんぼうもできますが、まったく身に覚えがないので。正直、当惑しています」

辻山が聞いてくれるので、学校までの道のりで、つい愚痴をこぼした。校門の周辺に、マスコミと思（おぼ）しき大人たちが何人かうろついていたが、テレビカメラはいなかった。昨日、教頭が警察に頼んで追い払ったのが効いたのかもしれない。

辻山と申し合わせて、始業時刻より早めに着くようにしたのだが、職員室に入ると、教頭が学年主任の常見と深刻な顔で話していた。

「ああ、湯川先生。いいところに」

机についた教頭が手招きしている。昨日の今日だが、教頭は疲れた表情になっていた。

「何でしょう」

「八時ごろに教育委員会の人が来ますから、会ってください。湯川先生から直接、話を聞きたいそうです」

「週刊手帖の件ですか」

「それだけでもないようです。——言いにくいですが、ネットは見ていますか」

——あのフェイク動画の嵐のことか。

唇を噛(か)んで私が答えようとすると、常見がとげとげしい視線をこちらに向けた。

「嬉しそうにテレビなんかに出て、天狗(てんぐ)になってるからこんなことになるんだ！　生徒にも学校にも迷惑をかけて、いったいどうするつもりだ！」

「——私は何も！」

　まあまあ、と教頭が割って入る。

「湯川先生には身に覚えがなくとも、これだけ騒ぎになってしまうと教育委員会も放置するわけにはいかないんですよ。直接、説明をすれば、彼らもわかってくれるでしょう」

　常見は、憎々しげに私を睨(にら)み、自分の机に戻っていった。

　私も自分の机に向かうと、職員室の向こうから、やりとりを見ていたらしい辻山と目が合った。一瞬、辻山が「大変ですね」と言いたげな苦笑を浮かべ、かすかに頷いたように見えた。

「常見先生、おはようございます」

一年生担当の国語教師、本村が常見の席に近づいていく。昨日、週刊手帖を嬉しそうに買ってきた男だ。

パワハラぎみの常見は、他の教師たちにもあまり好かれていないのだが、今年、常在中学に着任した本村は、傍(はた)から見ても気の毒なくらい、懸命にすり寄っている。常見は不機嫌そうに応じていた。

校長が定年を迎え、土師教頭が校長に繰り上がれば、常見は次の教頭候補だ。

「——なんだこれ」

机の上に、見覚えのない茶封筒があった。雑誌が入るサイズだ。表、裏を確認したが、封筒には何も書かれていない。振ってみると、ガサゴソと紙の音がする。ハサミを出して封を切り、中を覗いた。ブラウザの印刷機能を使ったらしい、ブログなどの記事の印刷が、数十枚は入っている。

中をパラパラと見て、血の気が引くのを感じた。

——ネットのフェイク記事だ。

昨夜、遠田に教えられて検索した記事を、わざわざ印刷して私の机に置いた人間がいる。

「——これ、誰がここに置いたかご存じですか」

周囲を見回し、いちばん近い机にいる理科教師に尋ねた。彼女は赤いフレームの眼鏡越しに封筒を見て、首を横に振った。

「いいえ。湯川先生のじゃないんですか」

「誰かがここに置いたみたいで」

「私は教頭先生の次に職員室に着いて、それからずっとここに座ってますけど、湯川先生の机には誰も近づきませんでしたよ。昨日からあるんじゃないですか」

私が帰った後に、校内で印刷して、机に置いたのだろうか。この記事が騒ぎになったのは昨日の夕方以降だ。

親切で置いた――わけではないだろう。

他の誰かに見られたくなくて、私は封筒ごと自分のスポーツバッグに落とし込んだ。

――いったい誰がこんな真似を。

気味が悪い。職員室にいる教職員を見回す。よく知っていると考えていた同僚が、みんな赤の他人のように見える。

八時前に教育委員が到着したと知らされた時も、まだ私の気分は落ち着かなかった。委員の待つ応接室に行き、教頭が立ち会うなか、言ってみれば「事情聴取」を受けることになったわけだ。

「湯川さん」

応接室で待っていたのが信楽裕子(しがらきゆうこ)だったので、少し意表を突かれた。ワールドカップにも出たことのある元女子サッカー選手で、スポーツ医学を学び、体育大学で教鞭をとった後、教育委員に任命された。

彼女は私を見ると、朗(ほが)らかな微笑を浮かべて立ち上がろうとさえした。

「信楽さん、ご無沙汰(ぶさた)しています」

「お久しぶりですね。まさか、こんなことでお会いするとは思わなかったですが」

信楽とも、何度かテレビの収録で会ったことがある。好人物で、スタッフにもこまやかに気を遣う人だった。だが、教育委員会は、信楽と私が知り合いだと知っているのだろうか。コンプライアンス上、問題はないのか。

「大丈夫、面識があることは報告してありますから」

私の不安が表情に出ていたのだろう。信楽が安心させるように言葉を継いだ。

「言い換えれば、知人の私を送り込むくらい、教育委員会は今回の件を、何かの間違いだと考えているということですよ。気を楽にして、話を聞かせてください」

こんな状況になると、こちらに寄り添うような信楽の言葉が、涙が出るほどありがたい。

昨日から判明したことを説明した。週刊手帖の件や、インターネットに溢れるフエイクニュースの件も、信楽はほぼ正確に把握していた。短い時間しかなかったはずだが、仕事が速い。

「では、すべてデマなんですね」

信楽が、まっすぐに私を見つめる。

「はい。身に覚えのないことです」

「それでは、記者会見を開いて正式に否定しましょう。早いほうがいい。記者会見は、常在中学でセッティングをお願いできますか。私も出ますから」

教頭が頷いた。

「わかりました。こちらで準備します」

「週刊手帖に関しては、弁護士と相談したほうがいいですね」

信楽のアドバイスに、私も身を乗り出した。

「いま、知人に頼んで、こういう問題に詳しい弁護士を探してもらっています」

「決まったら教えてください。それから、警察にも被害を届けたほうがいいですね。ネットの件ですが、かなり悪質です」

信楽が来て、物事が前向きな方向にどんどん進んでいく。心底ありがたかった。

「湯川さんが、こんなことをする人ではないことくらい、みんなわかってますよ。誰かがあなたを陥れようとしているんですね。心当たりはないんですか」

「それが――まったくないんです」

「手がかりなしですか」

信楽の表情が曇る。

「教頭先生、失礼します」

応接室のドアを慌ただしくノックする者があり、教頭が立ち上がって外に出た。

「来てくださったのが信楽さんで、本当に助かりました。私には、いまだに現実感がなくて」

「とにかく犯人を突き止めましょう。これは、私たち教育者に対する侮辱です。一緒に戦いますよ」

心強い言葉だった。

戻ってきた教頭は、若干青ざめた顔色になっていたが、呼ばれた理由については何も言わなかった。

「記者会見は、今日の午後にでも開催したほうがいいです。できるだけ早く」

信楽はそう言い残し、戻っていった。

「もうすぐ予鈴ですね」

教頭が眉根を寄せて呟く。時計を確かめたが、この落ち着かない気分で、生徒に会うのも気づまりだった。

「湯川先生、ショートホームルームは、神崎（かんざき）先生に代わってもらったほうがいいかもしれませんね」

副担任の名前を挙げる。正直に言って複雑な気分だったが、今はそれもありだと思った。

「実は、水森（みずもり）さん夫妻が来ているんです」

教頭の表情が、先ほどからいっきに暗くなった理由がやっとわかった。

「水森さんですか――」

「困ったものです。会議室に通しましたが、週刊手帖の記事や、テレビの報道を鵜呑（うの）みにしているらしい」

水森というのは、湯川が担任しているクラスの、三年生の男子生徒の両親だ。子どものほうは、少し「お山の大将」的な尊大さはあるが、よく言えば活発な普通の生徒だ。だが、親が困った人たちだった。いわゆるモンスター・ペアレンツなのだ。

「校長は――」

こんな時こそ、校長が対応すべきだ。

「校長は、乗鞍（のりくら）先生のところに行っているんですよ。先生に呼ばれたらしくて」

市議会議員の名前が出てきた。乗鞍は、常在中学の校区と関係が深いので、何かといえば学校に現れる政治家だ。

水森夫妻が、報道を見て押しかけてきたのだとすると、教頭ひとりに対応を押しつける気にはなれなかった。

「私も行きます」

「――いや、それは」

「私が直接、根も葉もないことだと否定したほうがいいと思います」

「――湯川先生が、そう言われるなら」

教頭の後について、会議室に行った。応接室が使用中だったので、こちらに通すしかなかったのだろう。会議室とは名ばかりで、図書室の隣にある、物置か控室のような空間だ。長テーブルとパイプ椅子がいくつかある。

そこに、四十代の水森夫妻がいた。夫は濃いグレーのスーツを着てネクタイを締めているが、無精ひげが伸びている。妻のほうは、長い茶髪にちりちりのパーマを当て、赤と黒のチェックのワンピースを着ている。

ふたりが、じろりとこちらを睨んだ。夫のほうは、目が赤く充血している。

「お待たせしました」

教頭が、まずは待たせたことを詫びた。水森は、教頭には目もくれず、私の顔を見つけると舌なめずりするようにこちらを眺めまわした。

「これは、これは。湯川先生ですか。あんなハレンチな記事が出たのに、今日も学校に来ているとはね。まさか、教壇に立つつもりではないでしょうな」

そのつもりだった私は、少々ムッとした。

「水森さん、ご無沙汰しています。今日は私の記事をご覧になって、来られたんですか」

「そうですよ。あんなものを見たら、すっ飛んでくるでしょう。他の保護者は何をしているんです？　自分の子どもに危険が迫っているのに、ぼんやりしすぎだな」

他の保護者も、昨日から何人も電話をかけてきている。だが、それには触れなかった。

「これから記者会見を行う予定ですが、週刊手帖の記事は、まったくのデタラメです。荒唐無稽もいいところです」

「へえ、デタラメ？　あの記事が全部、嘘だというんですか」

「ええ、嘘です」

私はきっぱりと言った。水森夫妻には、これまで何度か痛い目に遭っている。たとえば、息子の水森健人が一年生の時、他の生徒と殴り合いになった。きっかけは健人が、持ち前の尊大さで、他の生徒の美術作品をけなしたことだったらしい。先に手を出したのは相手の生徒だったので、夫妻が学校に怒鳴り込んできたのだ。

その件を皮切りに、夫妻は何度も学校に乗り込んできた。子どもの喧嘩（けんか）に親が出るタイプだった。なぜかいつも、ふたりセットで乗り込んでくる。妻のほうは、今はふてくされたようにこちらを睨むばかりだ。

「あれが嘘なら、どうしてそんなデタラメな記事が雑誌に載ったりするんですか。湯川先生が、学校の仕事をおろそかにして、テレビに出たりしているからじゃないんですか」

「おろそかにしたりしていません。学校の休みを利用してのことですから」

「休み？　学校の教師に休みなんてあるんですか？　二十四時間三百六十五日、生徒のことを考えているのが教師でしょうが」

　水森が目を吊り上げる。無茶苦茶な理屈だが、本人はそう信じているらしい。

「とにかく、学校の仕事はきちんとしていますから」

「きちんとしていたらね、先生。こんな馬鹿げた記事が週刊誌に載ったりしないですよ」

　机の上の週刊手帖を、手の平で勢いよくパンと叩く。このために持参したのだ。

「こんな記事が出ただけで、生徒にどれだけ迷惑をかけているか、わかっているんですかね？　おまけに、昨日からマスコミが校門のあたりに張り付いているせいで、子どもが怖がっているそうじゃないですか」

私は初めてたじろいだ。私のせいではないが、子どもの恐怖は感じるからだ。

水森の目が勝ち誇ったように輝いた。いつも不思議に感じるのだが、クレーマーやモンスター・ペアレンツと呼ばれる人々は、なぜか相手の弱点を見抜くのに長けている。弱みを見せると、嵩にかかって責め立ててくる。

「ちゃんと責任を取る気はあるんでしょうな。だいたい、なぜ今日も湯川先生が学校に来ているんですか。騒動に責任を感じていたら、当然、謹慎しているべきでしょうが」

「いや、水森さん。湯川先生には、これから記者会見で記事の内容が嘘だと証言していただきますから」

教頭が無理やり割って入る。教頭も、水森には手を焼いている。水森健人も今年は三年生、あと一年で卒業だ。子どもに罪はないが、この親と縁が切れると思うとホッとする。

「教頭先生、この件は学校側の監督責任を問いたいんですよ。学校が、湯川先生を野放しにしているから、こんな事件が起きるんでしょうが」

水森がねちねちとしつこく教頭に苦情を言い始めた。教頭の眉間に深い皺が刻まれる。

「いえ、湯川先生は教師として、必要なことをされているだけですから。それより、健人君はこの件について何か言っていますか」

「落ち着かなくて、学校に行っても勉強が手につかないと言っていますよ。どうしてくれるんですか、こんなことになって」

「健人は学校に行きたくないと言ってるんですよ！　学校の責任ですよ！」

水森の妻が、甲高い声で叫んだ。彼女はめったに口を開かないが、話し始めると耳に刺さるような尖った声を出す。

教頭が顔をしかめた。

「記事そのものが間違いですから、じき沈静化するでしょう。健人君には、落ち着いて学校に出てくるよう話してあげてください。何でしたら、私が直接説得しますから」

「楽観的すぎませんかね。それより、担任の先生を代えていただけませんか」

水森が身を乗り出した。

「湯川先生が担任でいる限り、こんな騒ぎはこれから何度でも起きますよ。なにしろ、有名人なんだから」

今度は私が顔をしかめた。心地よさそうにこちらを睨む水森の目を見て、彼の心底が透けて見えたのだ。

――この男、私に嫉妬していたのか。

道理で、執拗に絡んでくると思った。水森健人は、一年生のとき私のクラスになり、二年生のクラス替えで、いったん私のもとを離れた。二年生の時の担任はベテランの社会科教師で、年齢が上だからか、水森もあまりクレームをつけてはこなかったのだ。三年生になって、また私が担任になったとたん、ねちっこく絡んでくるようになった。

つまり、私が気に入らなかったのだ。

水森夫妻はいま、繁華街でスナックを経営している。

水森は若い頃、俳優を目指していたらしい。健人が一年生の時、友達に自慢していたのを私も聞いてしまった。芸能事務所に籍を置き、コンビニやパチンコ店でアルバイトをして食いつなぎながら、オーディションを受けまくっていたようだ。

だが、うまくいかなかったのか。

芸能界に対する未練があって、テレビに登場する私を見ると腹立たしいのかもしれない。

「水森さん。湯川先生に落ち度があるならともかく、今回の件は事実無根です。もし必要があるなら、担任の件は教育委員会や私どもが考えることですから」

教頭が毅然（きぜん）と胸を張る。水森はあからさまにムッとした表情を浮かべた。

「よっぽど自信がありそうですな。――それなら、しばらく様子を見ましょう。混乱がおさまらなければ私にも考えがある」

　夫妻は立ち上がった。

「そいつの化けの皮が、剝がれなきゃいいですがね」

　捨て台詞を吐いて、彼らは帰っていった。

4

　記者会見は、常在中学の体育館で行った。

　パイプ椅子を並べ、午後一時からとマスコミ各社にアナウンスした。

　前の長机に並んだのは、校長、教育委員会の信楽（しがらき）と、私の三名だ。こういう時だけ、校長は張り切って表舞台に立とうとする。

「まず皆さんにお願いしたいのですが、この件で私たちがもっとも留意しなければならないのは、写真の出た女生徒のプライバシーです。生徒になんらかの被害が及ぶようなことは、ぜったいに避けねばなりません」

　進行役の信楽が口火を切ると、記者たちは一瞬しんとして、何人かがしっかりと頷いた。

　その様子を見て、私も胸を撫（な）でおろした。目隠しが入っているとはいえ、あんな形で中学三年生の少女の写真が使われたことがすでに、犯罪にも等しい。ここにいる記者たちは、それを理解してくれている。

週刊沖楽の勇山記者もいるし、他の顔見知りも何人か交じっていた。

「これから湯川先生が説明しますが、女生徒の特定につながるような情報は、いっさいお話しできません。ご理解をお願いします」

信楽の、元サッカー選手としての知名度と、凛々しく爽やかな風貌とが、この記者会見にもプラスに働いていた。しかも彼女は、現役時代からマスコミ慣れしている。

「常在中学の校長、末光でございます。このたびは、皆さまご多用ななかお集まりいただき、まことに恐縮です」

緊張のせいなのか、赤い顔をして校長がマイクを握った時、嫌な予感がした。

「まずは、当校に関わる問題で、このように世間をお騒がせし、大変申し訳ございません」

いきなり何を謝るんだと驚き、私は左隣に座る校長を振り向いて凝視した。彼は百人近い報道陣を前に、いつもと違う高揚を感じているのか、頬を赤くし、額に汗を浮かべている。先ほど、教頭を含めた四人で、記者会見の段取りを考えた時とは話が違う。

ひょっとすると、こういう場に出ると、なんとなく謝らなければいけない気分になってしまうタイプなのかもしれない。

「これから少しお時間をいただいて、昨日発売された週刊手帖の記事につき、説明させていただきます」

「校長、それについては私から」

早いうちに、私がマイクを取ったほうが良さそうだった。私は強引に話に割り込んだ。校長がちらりと不満そうな色を目に浮かべた。

「湯川です。お忙しいなか集まってくださった皆さまに、御礼申し上げます。また、報道を見て驚いておられる常在中学の生徒とその保護者の皆さま、地域の皆さまには、どうぞ安心してくださるようにと申し上げたいです」

パイプ椅子に腰かけ、私を見つめ返す百対の目を、素早く見渡す。

「週刊手帖の記事に書かれていたことは、事実ではありません」

力強く否定すると、記者たちからため息のような声が漏れた。私の態度に、ためらいがないからだろう。私は言葉を飾らず、率直に話すと決めていた。

「私と生徒が、まるでビジネスホテルの一室で会っていたかのような写真を使われておりましたが、あれは合成写真です。写真のキャプションにもその旨が書かれておりましたが、読者の誤解を招く表現で、断固抗議します」

何度もフラッシュが焚かれ、シャッターを切る音がする。テレビカメラも回っている。

「記事の内容について、本来なら事実とファンタジーの切り分けをするところなのでしょうが、今回は『すべてデマ』としか言いようがありません。記事の中で、今年の四月に新宿のビジネスホテルで私が生徒と会ったことになっていますが、四月に仕事の都合で新宿のビジネスホテルに宿泊したことは事実です。四月十二日、シングルの部屋に一泊しました。もちろん、私ひとりです」

会場の椅子に腰を下ろした勇山記者が、ちらちらと前方の女性記者に視線をやるのが目に留まった。紺色のパンツスーツに身を包み、ほっそりした三十前後の女性だ。髪はシニョンというのだろうか、小さいお団子状にまとめ、すらりとした首の長さが際立っている。

信楽が「質問はありますか」と言ったとたん、その女性が手を挙げた。

「週刊手帖の安藤と申します。先生が『すべてデマ』とおっしゃる記事を書いた者です」

——この人が安藤珠樹か。

私は驚いて彼女に見入った。安藤は、怒ったような目をしていた。記者たちが、彼女の声にこもる怒りに興味を覚えた様子で、わざわざ身体の向きを変えて、見ている。

「四月のビジネスホテル宿泊は、私も裏を取ってあります。正直に答えてくださってありがとうございます。その四月十二日、先生が女生徒と少し時間をずらしてホテルに入るところを、目撃した人がいるのです。先生のことをよく知っている人物です。それについては、どう説明されますか」

マイクを回された私は当惑した。

「説明と言われてもですね。その、目撃した人が誰なのか聞いても、答えてくれないでしょう？　私は正直に話しているんですよ。その人が勘違いしたのか、嘘をついているのか、それはわかりません。しかし、私はその日、相手の年齢にかかわらず、女性と泊まったりしていません」

そもそも、私が「そんな事実はなかった」ことを証明するのは難しいし、そんな義務もない。私が誰かと泊まったと言うのなら、そんな言いがかりをつけるほうが証明すべきことだ。

証拠もなくこんな記事を書くなんて、名誉棄損もいいところだ。その言葉が喉元（のどもと）までせり上がってきたが、我慢した。

「その目撃者は、こうも言っています」

安藤は、手帳に目を落として読み上げた。

「『子どもたちから聞いたのだが、湯川先生は生徒の「えこひいき」が激しい。気に入った生徒には、まるで保護者のように、温かく手を差し伸べる。湯川先生が、今年の春まで担任だったクラスでいちばん可愛がっていたのが、問題の女生徒Aだ。子どもが言うことだからと私も話半分に聞いていたが、去年の文化祭で、Aの身体にべたべたタッチしている湯川先生を見て、あの話は本当だったのかと私もようやく理解した』」

私は啞然とし、言葉を失って安藤を見つめていた。今までこの件に興味を失いつつあった他の記者たちが、今の証言を聞いて、再び関心を取り戻すのを感じた。

――私が、守谷穂乃果をえこひいきしていただって。

とんでもないでまかせだった。どんな生徒に対しても公平に接している。中学生にもなると、子どももいろいろだ。真面目なの、おとなしいの、活発なの、やんちゃ坊主、大人顔負けに狡猾な子だっている。だが、そこは十代前半の子どもで、どれだけワルっぽくふるまっても、大人の目から見れば可愛いものだ。

守谷穂乃果は、勉強もできるし性格も真面目だ。いい子だと思うが、だからと言ってえこひいきなどしない。

ましてや、身体を触るなど論外だ。

だが、去年の文化祭と妙に細かい指定を聞いて、記憶を探った。

去年、私の受け持ちクラスの出し物は演劇だった。クラスにライトノベル作家志望の少年がいて、彼が台本を書いた勇者の転生物語だった。何にもできない中学生が異世界で目覚めると、他人になりすましたうえに、その能力をコピーすることができる特殊能力を持っていたという話だ。その能力を利用して、どんどん異世界でのし上がっていく。

守谷は、異世界の魔女役だった。真っ黒なフードつきのマントと、ねじれた杖は、小道具係のお手製で、フードが首のあたりでもたついていたので、直してやった記憶はある。まさか、そのことを言っているのだろうか。

「正直、何の話をされているのか——と、困惑しているのですが」

私はマイクを握り、安藤に向かった。

「誤解を受けないように、性別にかかわらず、生徒の身体にみだりに触れたりしないよう、ふだんから気をつけています。特定の生徒をえこひいきしたりもしていません」

安藤の目に、炎が燃え上がるのが見えた。なぜか彼女は怒っている。目撃者に、何か吹き込まれたのだろうか。

「いや、待ってください。今日のこの場は、週刊手帖の記事内容について、湯川先生から話を聞くために開催しています。先生がえこひいきしていたかどうかは、また別の話ですから。道義的な問題はあっても、生徒をえこひいきすることと、女生徒に性的な接触をすることとは重みが違います」

校長が割り込んできた。私は思わず顔をしかめそうになった。校長の言い方だと、まるで私が一部の生徒を特別扱いしていたことを認めているようにも取れる。

他の記者が勢いよく手を挙げたので、信楽がそちらを当てた。

「『東京じゃーなる』の吉川です。ネットにいま、湯川先生が男子生徒に体罰を加えている動画などがたくさん出てきているのですが、ご存じでしょうか」

私はなるべく冷静で、余裕のある態度を心掛けた。

「人に教えられて検索しました。たしかに、私もびっくりするほどありましたね」

会場からクスクスと笑い声が漏れ聞こえる。私は気を良くした。

「あの動画についてはいかがですか。男子生徒の耳を摑んで、身体が浮くほど持ち上げて揺さぶっていますが」

「フェイク動画でしょう。どこかの動画を持ってきて、私の顔だけ入れ替えたんじゃないでしょうか」

「捏造だとおっしゃるんですか。それにしては、ずいぶん精巧でしたけど」

「はい。間違いなく捏造です」

記者たちがざわめく。もちろん彼らもあの動画を見たのだ。

「詳しい人に聞いたところ、今はああいう動画を簡単に作れるそうですね」

私は遠田の受け売りを口にした。

「では、あくまで湯川先生は、生徒に対する体罰や、性的な接触はしていないと主張されるんですね」

「はい、しておりません」

「誰かがああいう動画などを捏造したということですか。心当たりはありますか」

「いいえ。もし心当たりがあれば、とっくに警察に行ってるんですけどね。むしろ皆さんに教えていただきたいくらいです。あんな動画を作って私を陥れるくらい、恨んだり、嫌ったりしている人をご存じですか？」

私がとぼけた表情で尋ねると、また会場から笑い声が漏れた。和(なご)やかで、友好的な空気が流れた。

「重ねてのお願いになりますが、生徒のプライバシーにご留意ください。将来のある子どもたちです。ご協力のほど、よろしくお願いします」

教育委員の信楽がそう締めくくり、記者会見はお開きになった。

勇山とは一瞬視線が合ったが、こんな場で親しげにふるまうことはできない。互いに目で挨拶して、私は信楽や校長と一緒に席を離れた。週刊手帖の安藤珠樹は、最後まで私を睨むように見ていた。

「まずまず、問題なく終わりましたね」

信楽がホッとしたように言った。いちばん胸を撫でおろしたのは私だ。昨日、週刊手帖の記事を見せられた時には、不意打ちで横面を殴られたような気分がしたが、今日の様子を見るかぎり、安藤という記者の独断専行だったようだ。

ワイドショー番組や報道番組で、今日の会見の模様が正しく報じられれば、この騒ぎもおさまるに違いない。

信楽も同意見だった。

「弁護士と警察には、すぐ相談したほうがいいです。会見のニュースが流れても、悪いことは嘘でもすぐ拡散しますが、良いことは真実でもなかなか拡散しないものです」

彼女の言葉には含蓄がある。冤罪で容疑者扱いされた人が、後で無実だとはっきりしても、報道されないケースが多いのだ。

マスコミが求めているのは真実ではなく、価値のあるニュースだ。つまり、一般大衆が飛びつく目新しい情報だ。

たとえ真実であっても、読者に飽きられたネタなど報道する値打ちがない。

一般大衆が注目しているうちに、間違いを訂正させねばならない。

「もし必要なら、名誉棄損で裁判に訴えることも考えるべきですね」

信楽はそう助言し、帰っていった。

「やっぱり、すぐに記者会見を開いて良かったですね」

教頭が、会見の様子を観察して、笑顔になっていた。

「まだわかりませんよ。これで、報道の雰囲気が変わればいいけど」

校長は依然として渋面（じゅうめん）をしている。

「乗鞍（のりくら）先生が、とても心配していてね」

校長が今朝、市議会議員の乗鞍陽子（ようこ）と会っていたことを思い出す。元は高校教師だった議員で、五十代後半になる今も、教育に関する情熱を持ち続けている。

「何かおっしゃったんですか」

「もし、子どものメンタルに影響を与えた可能性があるなら、生徒からのヒヤリングや、カウンセラーを呼ぶなどの対応を考えたほうがいいというんだが」

「ヒヤリング――」

教頭が、かすかに苦い表情を浮かべている。

「いったい、生徒から何をヒヤリングするんでしょう」

校長が一瞬、言い澱（よど）んだ。

「うーん、これは乗鞍先生が『もし本当に何かあったのなら』と前置きされたことだよ。生徒から、湯川先生について見たことや聞いたこと、どう思っているかなど、聞いてみてはどうかということだ」

「そんな馬鹿な」

教頭の語気が荒くなる。

「あの先生は、現場によけいなくちばしを入れすぎます。そんなヒヤリングは、湯川先生の人気投票にしかならないでしょう。だいいち、ヒヤリングを実施すれば、かえって湯川先生に疑いを持つ生徒が現れるかもしれません。まだ中学生の子どもなんですよ、相手は。なりは大人びてますが、判断力は年相応なんですから」

私が言いたかったことを、教頭が代わりに言ってくれた。乗鞍議員は、市議会に教育のプロとしての立場で参加していると自認しているらしいが、時おり、突拍子もないことをしたり、言ったりするのだ。

「いや、私ももちろんそう思う」

校長が慌てて弁解した。

「だが、乗鞍先生は市議会だけじゃなく、与党の本部にも影響力があるからな。早く騒ぎがおさまればいいが、また何を言ってくるか」

そんなことは、相手が何か言ってきてから考えればいいことだ。校長は言い訳しているが、ひょっとすると校長も水森と同じで、私の「芸能活動」が気に食わなかったのだろうか。校長だけではない。学年主任の常見も、その腰巾着で国語教師の本村もだ。他の教師たちだって、何を考えているかわかったものではない。

「なるべく早く、弁護士に相談します。これ以上、騒ぎが大きくならないように。そしてもちろん、早めに終息するように」

「そうですね。そうしてください」

校長と教頭が、そろって頷いた。


今日一日は、授業を休んで自習にするよう指示され、私は職員室で中間テストと自宅学習用のプリントを作っていた。

午後三時すぎ、固定電話が鳴った。

とっさに私が受話器を上げた。他の教師たちは、ほとんどがまだ授業に出ているし、教頭はスマートフォンで誰かと喋っている。

「はい、常在中学です」

『以前お世話になりました守谷穂乃果の母ですが、教頭先生はいらっしゃいますか』

――和香(わか)さんか。

ハッとして、私は教頭の姿をもう一度見た。やはり、まだ電話に出ている。しかたがない。しばらく、私が話すしかない。

「守谷さん、湯川です。このたびは、お騒がせして――」

守谷も息を呑んだようだった。

「穂乃果さんは、変わりありませんか。新しい学校に馴染めそうですか」

『湯川先生――』

『それが――』

守谷の母親は、話しにくそうに口ごもった。

『穂乃果は、前の学校で「鉄腕先生」のクラスにいたと話していたらしいんです』

話の成り行きが見え、私は息を殺して続きを待った。

『男の子が、学校にこっそり週刊手帖を持ってきたらしくて。写真を見て、穂乃果じゃないかと言いだしたようで』

「そんな――」

『先ほど、真っ青な顔をして家に帰ってきました。自分の部屋にこもって、出てこないんです。学校に電話して、先生に尋ねてやっと様子がわかったんですよ』

中学生くらいの子どもの、つまらないことを執拗に追及する残酷さや潔癖さ、他人の尻馬に乗りやすい幼さや、精神的に追い詰められやすい弱さを、私は日々、目の当たりにしている。

たとえ週刊手帖の写真が自分だと気づいたとしても、目隠しが入っていて顔は見えないのだから、自分ではないと突っぱねればいいのだが、守谷穂乃果は生真面目だから、嘘をつけなかったのだろう。

言葉もなかった。

事実ではないのだから、私自身は当然、はっきりと否定する。場合によっては、雑誌を訴える。私にはその強さがある。

だが、私と「ホテルに行った」と書かれた、中学生の少女はどうなる。

おかしなことだが、こうした話題になると、世間は突然、女性の側に厳しい態度を取る。痴漢の被害に遭えば、肌を露出する衣服を着たり、派手な化粧をしたりする女性の側に落ち度があると言われる。薬物を飲まされてレイプされれば、男とふたりきりで食事をすれば当たり前だと非難される。場合によっては、女性の側が何か期待していたのだろうと言われかねない。

教師と同じホテルに泊まったと言われた中学生が、周囲からどんな目で見られるか、考えただけで寒気がする。

守谷穂乃果がどんな顔をして自宅に戻ったか、想像がついた。

『どうしたらいいのか――』

守谷の声が震えている。

「守谷さん、落ち着いて」

私が宥めようとした時、教頭がスマホを置いてこちらを見た。

「どなたですか？」

「守谷さんのお母さんです」

受話器を押さえて答えると、教頭が飛んできた。私と守谷の家族を接触させたくないのだ。万が一、あとで何か起きて、「口裏を合わせた」ように見られてはいけないと説明していた。一理ある。

実は、守谷の母親は私の高校の同級生で、短い期間だがつきあっていたこともある。多感で純な高校生の、手を握るだけで幸せになれる類の恋愛関係だ。もちろんそんなことは、学校の同僚にも、妻の茜にも話したことはないが、もし今その過去を掘り返されれば、よけいな憶測を招く恐れがあった。

「向こうの学校で、生徒に知られていじめられたらしいです」

さっと教頭の顔色が曇る。

「もしもし、お電話代わりました、教頭の土師です」

教頭が守谷和香と話している間、ぼんやり聞いていた。

守谷のために、私にできることはあるだろうか。もしも、私が向こうの学校に乗り込んでいったりすれば、よけいに奇妙に見えるだろう。守谷にかけられた疑いを晴らすには、まず私にかけられた疑惑を晴らすことだ。

私の身の潔白を証明すれば、誰も彼女を後ろ指で差したりはしなくなる。

「すぐに、そちらの先生と相談します。ええ、湯川先生は潔白ですよ。もちろんです。誰かがとんでもない嘘をついて、先生を陥れようとしているんです。事情を話して、学校側が穂乃果さんを見守ってくれるように頼みますから。——そうですね、明日は学校を休ませたほうがいいかもしれません。それも私からお願いしておきます」

受話器を置いた時、教頭の眉間には深い皺が刻まれていた。

「あの記事は罪深いですよ。たとえ目隠しを入れていたとしても、未成年の写真をあんな形で掲載するなんて——」

「キャプションに、イメージ写真だと書いてありましたよね。いざとなれば、あれを免罪符にするつもりじゃないでしょうか」

それにしても肖像権(しょうぞうけん)の侵害ではある。たとえ犯罪者でも、未成年なら個人情報を徹底的に隠そうという世の中だ。罪もない少女の写真を悪用するなど、言語道断(ごんごどうだん)だった。

——記者会見で、少しは良い方向に事態が進展し始めたと感じていたのに。

教頭が、守谷の転校先と話すと言って、席に戻っていった。

ふと気づくと、スマホに勇山記者からメールが届いていた。弁護士の名前と連絡先を教える内容だった。

私は迷わず、弁護士に電話をかけ始めた。

5

「警察に被害を届けるべきですね」

勇山記者に紹介された弁護士の春日（かすが）は、話を聞くなりそう言った。

勇山からのメールを見てすぐ弁護士に連絡を取り、その日のうちにと頼み込んで、立川のビジネスホテルまで来てもらったのだ。

春日弁護士は、五十歳前後の、ほっそりした理知的な顔立ちの男性だった。黒い縁（ふち）のメガネをかけ、値が張りそうなシルバーグレーのスーツを着ている。手指は爪の先まで清潔に整えられ、手入れのいい肌は血色（けっしょく）がいい。

「ネットでの誹謗中傷事件は、軽い気持ちのイタズラから、手の込んだ確信的で犯罪的なものまでさまざまです。湯川さんのケースは後者で、名誉棄損にあたりますね」

ホテルのロビーに置かれたソファに座り、春日はスパスパと歯切れのいい言葉を並べた。私からの電話を受け、すぐに自分でもネットを検索してくれたそうだ。

「ネットの嫌がらせは、本当に多いんです。警察も、すべてには対応しきれないほどです。ただし、明らかに名誉棄損や威力業務妨害にあたると判断されるケースでは、動いてくれます」

春日の言葉に、安堵（あんど）のあまり「良かったぁ」と声が漏れた。ホテルのフロントに立つ女性が、ちらりとこちらを見た。

「週刊手帖の記事が出てから、いきなりこんな状況に追い込まれまして、情けないですが、頭が真っ白になっていました。もう、どうすればいいかわからなくて」

「当事者ですから、当然ですね。著名人を狙う嫌がらせも多いです。そのなかでも、湯川さんのケースは度を越していますね」

「そんなに、ひどいですか」

「私もいろんな相談を受けてきましたが、ここまでひどいケースは珍しいです。たとえば、この合成された動画」

春日が自分のタブレットで開いて見せたのは、私が男子生徒の耳を摑んで揺さぶっているフェイク動画だった。

「手が込んでいますね。動画、写真、中傷めいた目撃情報と、数や種類も多い。見るのも嫌でしょうけど、ひとつひとつ印刷して、警察に相談する時の材料にしましょう」

「わかりました」

春日は、ネットで見つけた中傷について、どんな情報を保存しておけばいいか、説明してくれた。

「先ほどの動画のように、なかでも悪質なものをいくつか選んで、発信者情報の開示請求を出してはどうでしょうか」

「開示請求――発信者情報ですか」

「動画サイトやプロバイダに、発信者のＩＰアドレスや登録された個人情報を開示させるんです。相手の住所や氏名がわかるケースもありますよ」

「そんなことができるんですか」

匿名性の高いネットでは、犯人を見つけるのは無理だろうと諦めかけていた。

「手続きは私のほうで代行できますが、時間と手間がかかります。ただ、たとえばこの動画なら投稿されたのが三日前ですから、相手を突き止められる可能性がありますね」

「時間が経つと突き止めにくくなるんですか」

「ええ。たとえば動画投稿サイトにしてもプロバイダにしても、情報を三か月程度しか保存していないんです。時間が経過するほど見つけにくくなりますから、早めに着手したほうがいいです。そうすれば、損害賠償の請求や、誹謗中傷記事の削除を請求することもできますから」

「ぜひ、お願いします」

藁にもすがる思いで、私は頼んだ。春日が提示した、それぞれの手続きにかかる費用は、ごく普通の公立中学の教師である私には、払えないほどではないが、正直かなり痛い金額だった。それでも、なんとか工面するつもりだった。

――私をこんな目に遭わせたやつが何者なのか、どうしても知りたい。

嘘ばかりの記事も、ぜひ削除してもらいたい。元通りの日常を、取り返したい。

春日が帰った後も、私はしばらくロビーで放心していた。守谷の母親から学校に電話があった後、そそくさとホテルに戻った。辻山を待たず、タクシーを呼んだ。

――何か食べに行こうか。

時計を見ると、午後九時になっていた。春日との会話に夢中で、食事も忘れていた。

ホテルを出てすぐ、スマホに電話がかかってきた。教頭の土師からだった。

『湯川先生、なんともありませんか』

消えるようにいなくなったので心配してくれたのか、教頭が尋ねた。

「大丈夫です。弁護士と会っていました」

『ああ、そうでしたか』

「発信者情報の開示請求という、手続きなどを教えてもらっていました」

『その弁護士さんにお願いされるということですね』

「その予定です」

教頭はホッとした様子だった。

『実は、明日からのことで電話したんですが』

明日も普通に出勤するつもりだった。

『しばらく学校に出勤せず、自宅かホテルで待機してください』

思いがけない宣告だった。

「そんな——どうしてですか。今日の記者会見で、私に関する記事は、デマとご理解いただけたものと思っていました」

『もちろん、私たちは湯川先生を信じていますよ。いくつかのテレビ局が、夕方の番組で湯川先生の記者会見を取り上げていました。そちらも、私たちが確認した限りでは、好意的な報道でした』

「それなら——」

『ですが、しばらく様子を見ましょう。守谷さんの話も聞いたでしょう。湯川先生の責任ではなくても、今の状態で先生が教壇に立つと、生徒が落ち着きませんから』

——生徒が落ち着かない。

私は呆然（ぼうぜん）とし、教頭の言葉を噛みしめていた。生徒のためと言われると、教師は多少のことなら耐え忍ばねばならない気分になる。殺し文句だ。

だが、つい数時間前まで教頭は正反対のことを言い、私を支持していたはずだ。

「それは、生徒の保護者か誰かが、そんなふうに言っているんでしょうか」

つい、難詰（なんきつ）するような語調になった。私が帰った後で、誰かが「湯川を学校に来させるな」と言いだしたのに決まっている。腹立たしさと悔しさで、眉間に皺が寄った。

『——湯川先生、落ち着いてください。最終的に判断したのは、校長と私です』

「でも、誰かがそうすべきだとクレームをつけたんですよね！」

やるせなくて、声がひび割れた。教頭のため息が聞こえ、必要以上に感情的になっていたことに気がついた。週刊手帖の記事を見て以来、自分は落ち着いている、冷静に対応していると考えてきたが、自分で思っている以上に傷ついたのかもしれない。

『私に、湯川先生の気持ちがわかるとは言いません。週刊誌に載ること自体、想像もつかない事態ですから』

「——すみません」

『湯川先生が謝るようなことではありませんよ。私も、なんとか早くおさまるようにと考えてはいるのですが、こういうことは一度始まると、なかなか沈静化が難しいですから』

「教頭が尽力してくださっているのは、わかっています。無理を言ってすみません。この数日、自分がどうなるのかわからない不安にかられていまして」

『――そうでしょうね。大変だとは思いますが、しばらくはしんぼうが必要です。人生って、うまくいかないものですよね。どんなに頑張っていても、どんなに真面目にやっていても、突然、思いがけないことが起きて、足をすくわれることがありますし。ですが、そういう不幸に見舞われた時に、人間の真価が試されるんだと思います』

私はただ、黙っていた。今こんな場面で、自分の真価なんか試されてもなという心の声が、無言のうちに滲み出たのか、教頭が小さく笑った。

『今こんなことを聞かされても、腹立たしいだけだとは思いますが――。しばらくは修行だと思って、待機してください』

「修行、ですか」

教頭にそこまで言われては、呑むしかない。

「私が休む間、授業とクラスはどうすれば？」

『神崎先生に、クラスのホームルームを担当してもらいます』

教頭は、あっさり副担任の名前を挙げた。

『授業は、他の数学の先生方に協力していただいて、手分けします』

「もう、そこまで決まっているんですね」

外堀を埋めてから、私に電話をかけてきた。今さらじたばたしても、逃げようがない。

『先ほど、誰かがクレームをつけてきたのかと言われましたが』

教頭は、私に少し譲歩して、現状を知らせようと考えたようだった。

『先生の想像以上に、たくさんの保護者が電話をかけてきたんです。メディアの取材や記者会見などがあって、うちの子が怖がっていると言ってね。非日常の世界が、突然始まったわけですから』

「──そんな」

担任しているクラスの子どもたちの顔が思い浮かび、唇を嚙んだ。今日、学校で会った時には、みんな元気そうだったし、笑顔で挨拶してくれた。怖がっているというのは、思い過ごしではないのか。

とはいえ、保護者にそこまで言われては、私を教壇に立たせるのが難しいこともわかる。

「わかりました。しばらくはホテルか、自宅でおとなしくしています。ですが、いつまでそうしていればいいんでしょう？」

『大丈夫、状況が落ち着けば、すぐ戻ってこられますよ。毎日、連絡を取りましょう。様子を知らせますから』

教頭は誠実な人だった。おそらく、言葉の通りに毎日、連絡をくれるだろう。これ以上は教頭を追い詰めるだけと悟り、自重した。

「——わかりました。待ちます」

『聞き入れてくれてありがとう。湯川先生、力を落としてはいけませんよ。人生は長いんです。いろんなことが起きます。人間誰でも、一度や二度は大きくつまずくものですから』

どう答えればいいのかわからなかった。教頭は、明日も必ず電話するともういちど約束して、通話を終えた。

——教頭は、私が挫折を知らないとでも思っているのだろうか。

気づくとホテルを出て、隣の古いオフィスビルとの境にある暗がりに隠れ、スマホを耳に当てていた。我に返るまで、ほかの何も目に入っていなかったようだ。通りすぎていく年配の女性が、じろじろと私を見ていた。

そもそも、周囲から見れば、今の私は自分に満足しているように見えるのか。

テレビに出ているから？

本を書いているから？

著名人扱いされて、マスコミにちやほやされているから？

だが、その実情は、仕事に夢中で家族を顧みないと妻に叱られ、実家に戻られてしまうような家庭を抱えている。好きで家族を顧みないわけじゃない。この国の公立中学の教師が、人並み以上に忙しいからだ。真面目に仕事をしていれば、自宅にも仕事を持ち帰らないとやっていけない。

今はそうでもないが、常在中学の一部の生徒が荒れた時期があった。ちょうど、私が「鉄腕先生」などと呼ばれ始めたころだ。繁華街の見回りを始めたのも、子どもたちだけで夜の街を徘徊（はいかい）するのを止めさせるためだった。

それがきっかけで、脚光を浴びただけだ。

近くのコンビニに向かった。どこかで夕食をとるつもりだったが、すっかり食欲も失せていた。コンビニで親子丼の弁当と缶ビール、コーヒーなどを選び、レジに並んだ。順番が来ると、レジの若い女性が、まじまじと私の顔を見つめた。ＰＯＳ端末でレジを打つ間も、こちらの存在が気になってしかたがないようだ。

隣のレジに並ぶ列から、「鉄腕先生だ」という押し殺した声も聞こえてきた。

「こんなとこにいてもいいのかな」

私の耳に届くとは思わなかったのだろうか。顔が熱くなり、こちらが悪いことをしたわけでもないのに、いたたまれない気分になる。

ＱＲコード決済で支払った。釣り銭を受け取らなくていいし、早い。

「あの――」

レジの女性が何か言いかけたが、私は袋を引っ掴んで逃げるように飛び出した。

「あ――」

という、ため息にも似た声が、後ろから追いかけてきた。私は小走りになり、コンビニからホテルまでの道のりを急いだ。

有名になりたかったわけじゃない。顔を知られると、ただ道を歩いていても指を差される。鉄腕先生だとささやきかわされ、勝手に写真を撮られ、視線がどこまでも追いかけてくる。

ふだんはいい。子どもの教育に熱心な教師と見られてきたから、声をかけてくれた人たちも、みんな喜んで握手やサインを求めてきた。「子どもの見守り、頑張ってね！」と声をかけてくれる中年の女性もいた。家に帰れば、きっと中学生や高校生くらいの子どもがいるのだろう。その子どもたちの、健全かつ安全な成長を心から願っているのだろう。そう感じるような、温かい声援ばかりを受けてきた。

それがどうだろう。ちょっとフェイクニュースが流れただけで、みんな私を遠巻きにする。まるで監視するみたいにじろじろ見つめて、ひそひそ話をするくせに、声をかけてはこない。

これまで自分がやってきたことは、何だったのだろう？　あの笑顔や励ましの言葉は、上っ面だけのものだったのだろうか。私がテレビの人気者だったから？　みんな、私の何を見ていたのだろう。

ホテルに戻る前に、誰かがこちらを見ていないか、振り返って確認してしまった。顔を伏せ、急ぎ足にエレベーターホールに向かう。フロントの女性が、「お帰りなさいませ」とよく通る声で言った。ふだんなら私も愛想よく挨拶するところだが、今日は小さく頷いただけで、そのままエレベーターに乗り込んだ。

――これはマスクとサングラスがいるな。

顔を見られるのが怖い。そんな気分になったのは、生まれて初めてだ。ウイルス禍が落ち着いて多くの人がマスクを外し、私自身もようやくマスクを手放したところだったのに。

誰かが乗り込んでくるのを避けるため、エレベーターの「閉」ボタンを連打し、ドアが閉まるとホッとした。誰にも会わないよう祈りながら、部屋に戻る。

一昨日は、自宅に戻って中間テストの設問を考えていた。あまり日数がないと言いつつ、良い問題を作るのに頭を悩ませていたのが懐かしい。今となってはあれが、とてつもなく平和な時間だったのだと思える。

ホテルの部屋で食事をとった。缶ビールを半分飲んだころ、スマホに着信があった。

妻の茜からだとわかり、私は電話に出るのをためらった。結衣は今日、学校に行ったのだろうか。それとも、行きたくないと言っていたとおり、休んでしまったのだろうか。

──私のせいで。

『どうだった。何か変わったことは？』

茜の性急な問いかけに、ため息をつきそうになる。

「明日からしばらく学校を休めと言われた」

『どうして？』

「そんなこと、僕にもわかるわけないじゃないか！」

非難されたと感じ、つい強い口調で応じてしまった。彼女はしばらく黙っていた。

『──あのね、鉄ちゃん。今回のことは、鉄ちゃんが悪いわけじゃない。それは私たちもわかってる』

「──ごめん。生徒の親から何件も電話があって、湯川を教壇に立たせるなと言われたと聞いて、いらいらして」

『世間が、ちょっとナーバスになっているんだと思う。鉄ちゃんは見てないかもしれないけど、お昼のワイドショーとか、けっこう内容がひどかったから』

「今日の昼には記者会見を開いて説明したんだ。記者の様子を見るかぎり、わかってもらえたと思ったんだけど」

『夕方の番組では、たしかに記者会見の内容が好意的に報道されていたと思うよ。鉄ちゃんの答え方も落ち着いていたし』

テレビなどほとんど見ないと思っていた茜が、ワイドショーを見ていたことに驚いた。考えてみれば、実家には彼女の両親がいる。彼らはテレビ好きで、居間には巨大な薄型テレビが置いてあったはずだ。

「でも、僕が学校を出た後で、動きがあったようなんだ。ついさっき、教頭から電話で指示されたから」

『それは、もしかしたら――』

茜が遠慮がちに言い澱(よど)んだ。

「何か知ってるのか？　知ってるなら教えてくれ」

『夕方のテレビ番組に、なんとかいう市議会議員が出て、鉄ちゃんのことを非難してた。ひょっとすると、それが関係してるのかなあと思って』

「乗鞍議員かな？　乗鞍陽子」

『うん、なんかそんな名前だった。真っ赤なスーツを着てる人』

「間違いない」

元高校教師の市議会議員だが、派手好きで、赤いスーツを好んで着ている。

――彼女か。

テレビで非難の声を上げただけではないだろう。乗鞍は、校長とも親しい。校長に私を出勤させるなと頼んだのだ。きっとそうだ。

『鉄ちゃん、早まったらだめだよ。とにかく今は、教頭先生が待機しろと言うのなら、黙って待機したほうがいいし。しばらくすれば、きっと落ち着くから』

「だといいけど――。結衣はどうしてる？」

『うん、まあまあ――』

「まああって、今日は登校したのか？」

『ううん。学校には行きたくないって。朝からずっと、部屋にこもってる。食事は差し入れたけど』

茜の実家は郊外にあって部屋数が多いうえ、茜の両親は孫の結衣に甘い。余っている部屋を、結衣の個室としてぜいたくに使わせてくれているのだ。

「結衣に伝えてくれ。結衣が恥ずかしがるようなことは、何ひとつないんだ。週刊手帖の件も、テレビの件も、僕への嫌がらせだ。なんの根拠もないし、証拠もない。どうせすぐに、落ち着くから」

茜が一瞬、ためらった。

『——信じていいんだよね？』

私は虚を衝かれた。

「——茜は僕を信じてないのか？」

『そうじゃないけど』

「だって、不安なんだろう？」

『鉄ちゃんが女生徒に手を出したりしないのは、よくわかってるよ。教育熱心だし、生徒のことを真剣に考えて、正しい方向に育てようとしていることも。だけど——』

「だけど？」

不安になり、私は口ごもった。

『ネットの動画を見てしまったの。鉄ちゃんが子どもの耳をつかんで揺さぶってるやつ』

「あれはフェイクだよ。あんな生徒はうちにいないし、制服だってよく見れば違う」

『そうだよね。あれはフェイクだと私も思う』

あれは、という言葉に悪い予感がする。

『だけど、生徒のことを大事に思って、真面目に守ろうとすればするほど、つい手が出る場面もあるんじゃないかと思うから、それが心配なの。──森田君の時みたいに』

「森田の時は、僕は被害者だ。刺されたんだから」

『そうじゃなくて──森田君に刺されかけた上級生がいたじゃない。鉄ちゃん、あの子が森田君をいじめていた時に、叱ったって言ってたでしょう。はずみで、ちょっと手が出てしまったって』

「──そんな、茜が心配するほど、殴ったりしたわけじゃないよ」

『そうなの？』

「そうだよ。森田を小突きまわしていたから、叱っただけだ」

『それなら、いいけど──。鉄ちゃんはいつも、私たちより生徒のほうを優先してきたんだから、その生徒たちから裏切られないでね』

茜は疲れた声をしていた。通話が切れたが、最後はやっぱり捨て台詞のようだった。

──いつも、私たちより生徒のほうを優先してきた。

それは、実家に帰る前の日に、茜が言い放った言葉だった。

あの日、茜の不満は、堤防が決壊したかのように爆発した。結衣がインフルエンザにかかった時、うつると困るからと、私がホテルから仕事に通ったことまで持ち出された。中学三年生を担任していて、ちょうど受験の季節だったのだ。私がもしインフルエンザに感染し、それを生徒にうつしでもしたらと思うと、いくら娘が不憫でも、自宅にいることはできなかった。

結衣の入学式や卒業式を、茜に任せっきりだったのもしかたがない。その日は私の学校でも同じように入学式や卒業式があったのだ。担任が欠席するわけにはいかない。こんなのは、すべての教師のジレンマだ。

四年前の結衣の誕生日には、私は警察署にいた。森田に刺されて、被害者なのに保護者の代わりに彼に付き添っていた。それ以外の誕生日だって、ほとんどまともに祝えたためしはない。わかっている。

去年もその前の年も、結衣の誕生日はテレビ番組の収録で自宅に戻ったのが遅かった。だが、それほど家族が不満を覚えていたのなら、その時にそう言ってほしかった。

爆発するほど不満を溜め込んでいたなんて、気づかなかった。黙っていても悟れと言われても、私には無理だ。

——もう元には戻れないのかな。

茜の気持ちが落ち着くのを待って、今度の土日にでも実家に謝りに行く。そのつもりだったが、この調子ではそれどころではない。いま私が向こうの実家に行けば、騒ぎになるかもしれない。

このまま、別れるのか。そうなれば、結衣は茜に引き取られるのか。私に落ち度があるとは思わないが、離婚の際には母親が子どもを引き取ることが多いと聞く。

ビールの残りを、喉を鳴らしてひと息に飲み干した。あまり酒に強いほうではない。気分は、やけっぱちだ。

明日から学校にも行けない。中間試験の問題はどうするのだろうなどと、考えてもしかたがない。今日はもう、風呂に入って、さっさと寝てしまったほうがよさそうだ。

服を脱ごうとすると、またスマホに着信があった。名前を見て、私は躊躇した。

以前は一日に何度もかかってきたこともあるが、ここしばらくは話していなかった。昨年、高校を中退して、大工の見習いになったと言っていたはずだ。電話がないのは、仕事が順調で忙しいのだろうと思っていた。

電話をかけてきたのは、森田——私を刺した元生徒だった。

6

『なあ、先生。何やってんだよ』

ためらいながら電話に出ると、森田がいきなりそう言った。

「何とは？」

『ネットで、先生のことすごくディスられてるんだ。生徒を殴ったり、耳つかんで引きずったりしたって？』

「そんなこと、するわけないじゃないか」

私はがっくりと肩を落とした。

「先生が、森田にそんなことしたか？」

『ううん、してない。それじゃあれ、嘘なの？　動画も全部？』

「嘘だ。フェイクニュースだ。でっちあげられたんだ」

『何それ、わけわからん』

わけがわからないのは、私も同様だ。

「仕事、うまくいってるか？」

『うーん。まあまあかなあ』

「人間関係は？　森田はいい奴だけど、周囲に誤解されやすいからなあ」

『うちの社長がさ、いい人なんだ。だから、仕事は問題ないんだけど』

すっと声が小さくなった語尾が気になる。

「――けど？」

森田は、私が焦れるくらい、長い間黙っていた。沈黙の長さが、事態の深刻さに比例しているような気がして、気が重くなった。

『――ううん。なんでもない』

「こら。なんでもないって感じじゃなかったぞ。森田は四年前もそうだったよな。そのくせ、突然キレて、遠藤にナイフ持って飛びかかったんだから」

『ああ、もう、勘弁してよ。先生が止めてくれなかったら、大変なことになってたの、俺にもよくわかってるよ』

情けない声を出したので、私は笑い声を上げた。

「わかってたら、よろしい。でもな、何か困ったことが起きてるのなら、先生でなくても、周りの人に相談するんだぞ。もう中学生じゃないんだから、ギリギリまで追い込まれて、思い詰めたりするんじゃないぞ」

『うん――』

存外、素直に森田が返事をする。

四年前、森田は、一学年上の遠藤という生徒に目をつけられていた。

私が勤務する常在中学は、市内でも若干、低所得な家庭が多いエリアを校区内に抱えている。

同じ学校でも、子どもたちの間で格差がある。教科書代などは必要なくとも、私服や鞄、靴などでも差がつく。ふつうという言葉が指す内容が、家庭によって大きく異なる。

子どもはそういう、ちょっとした違いにも敏感で、無意味な優越感を抱いたり、無用な劣等感に悩んだりもするものだ。

三年生の遠藤は、父親がアパレルメーカー勤務の会社員で、母親は近所の喫茶店でアルバイトという家庭で育った。かたや、森田はシングルマザーの家庭だった。森田の母親は堅い性格で、近所の建築会社の経理とコンビニのパートを掛け持ちしていた。息子を真面目に育てていたが、パートやアルバイトの給料で親子の暮らしを立てるのは、苦労も多かったはずだ。

事件の発端は、森田がサッカー部のエースになったことだ。常在中学のサッカー部は、都内の強豪として知られている。顧問は、体育教師の辻山ともうひとりだ。交代で指導に当たっているらしい。

遠藤も一年生の時はサッカー部だったが、二年生に進級するとすぐ、退部した。

膝(ひざ)が痛むと申告したが、技術的についていけなかったのが真相らしい。

一年生でサッカー部に入るとすぐ、めきめきと頭角(とうかく)を現した森田に、遠藤は嫉妬した。

遠藤よりずっとサッカーが上手な、ひとつ年下の森田は、踵(かかと)や爪先(つまさき)に穴があくまで運動靴を履(は)きつぶしたし、詰襟(つめえり)の制服は、知り合いにもらったお古だった。事件の後でわかったことだが、遠藤はそれをしつこくからかっていたのだ。

社交的で友達が多い遠藤には、サッカーは上手だがおとなしくて内向的な下級生を、言葉の槍(やり)で傷つけることくらい、朝飯前だったようだ。

言葉でいじめても森田が歯向かってこないと、だんだん遠藤は調子に乗った。よろけるふりをして突き飛ばしたり、軽く小突いたり、嫌がらせもエスカレートしていった。

私がようやく気づいて遠藤を叱ったのも、その頃だ。

「でもな、先生はあの時、森田はすごいなと思ったんだ」

『すごい？　何が？』

森田は恥ずかしそうに尋ねた。

そろそろ十八歳だろうが、まだまだ初心(うぶ)なところがあって、建設現場のような荒っぽい職場にいても、すれていない。

「遠藤が、森田の着ているものに、妙に絡んでいっただろう？　だけど、森田はずっとそれを無視してた。だから、大人っぽくて偉い奴だなと思ったんだ」

『俺んち、貧乏だからな。だけど、母さんが買ってくれたものだから、どれも大事に着てたよ』

「うん。森田は立派だと思う。森田のお母さんは、鼻が高いな」

『――ん』

森田の声が、翳（かげ）っている。何が彼の心に引っかかったのか、わからなかった。

「電話してきたのは、何か用があったんじゃないのか？」

『いや、テレビ見てびっくりして』

「心配かけたな。だけど、先生は何も悪いことをしているわけじゃないし、時間が経てば何とかなりそうだから」

明日から出勤できないことは、言わなかった。もう卒業した森田に、よけいな心配をさせてもいけない。

『それじゃ、先生もあまり気を落とすなよ』

どっちが生徒かわからんなと苦笑しながら、通話を終えた。森田と話して、気分は少し良くなっていた。四年前はどうなることかと思ったが、立派に立ち直ってくれた。警察官も、事件に至る状況を総合的に聞いてくれて、形式的ではない対応をしてくれた。周囲のサポートが良かったのだろう。

シャワーを浴びて、今夜はもう寝ることにした。明日から、どう時間を使えばいいのか、それが悩みの種だった。


明け方、軽い揺れで目を覚ました。

地震だ。

軽いとはいっても、窓がガタガタと鳴り、ベッドが揺さぶられる感じがして、眠りから引き戻されるくらいの地震だった。

ビルの上層階は揺れが増幅されるし、寝ていると揺れを敏感に感じやすい。だから大きく感じたのだ、落ち着けと自分に言い聞かせたが、胸がどきどきしている。

スマホに緊急速報は入っていない。いろいろ検索してみると、千葉県沖が震源で、私のいる立川は震度2と出ていた。

なんだ、と安堵(あんど)したものの、それからもう一度眠るのは難しかった。午前四時五十分。窓のカーテンを開けてみると、外は暗いが、空の一部がうっすら明るみ始めている。

自宅ならまだしも、こんな時にホテルで大地震に遭うなんて、ぜったいに御免(ごめん)被(こうむ)りたい。何の用意もしていないから、歩いてでも自宅に戻らざるをえなくなるだろう。

──そうか。いま大地震なんか起きたら、私の事件どころじゃなくなるな。

一瞬、そんな馬鹿げた空想が脳裏をよぎり、自分を叱りつけた。

しかし、自分はいったいどうして、こんな時にひとりでホテルの部屋にいるのだろう。

誰かが私を陥れようとしているからだ。

朝まだき、揺れに驚いた私の鼓動は、ふだんよりずっと速いが、頭はやけにすっきりと冴えている。

週刊手帖の記事、そしてネットのフェイク動画やニュース。

ただのいたずらにしては、手が込んでいる。量も多いし、機動的ですらある。私を憎んでいる誰かが、事実を捻じ曲げてでも、私を今いる場所から引きずり下ろそうとしているのだ。だが、いったい誰だろう。

私を嫌っている、誰か。

私を憎んでいる、誰か。

憎まれて喜ぶ人間は、あまりいない。「憎まれてなんぼ」と虚勢を張る人間はいても、本心は違うのが普通だろう。

できれば愛されたい。できれば尊敬されたい。いい人だと思ってもらいたい。そういうものだ。

だからこそ、私を憎んだり嫌ったりしている人間がいれば、気づくに違いないと思っていた。だが、よく考えてみても、なかなかそれらしい相手はいない。はっきりと反感を示す人間はいる。たとえば、学年主任の常見がそうだ。四年前の事件までは、そんな態度ではなかった。事件の後、テレビに出るようになってから、嫉妬心を露わにするようになった。

――嫉妬でここまでするだろうか。

だいたい、常見にできるとは思えない。ITが苦手で、今でもガリ版刷りが懐かしいなどと言っているパソコン音痴だ。犯人は、写真や動画の加工もできる。SNSにも慣れているようだ。タイプとしては正反対だ。

――では、誰が。

憎しみを抱きやすいのは、その相手と近しい関係にある人間だという。まったく無関係な相手には、嫉妬心も抱きにくい。

仕事関係なら、常在中学の教職員。それに、生徒とその保護者。

モンスター・ペアレンツの水森夫妻の顔が浮かんだ。夫のほうが、私に嫉妬しているのは間違いない。彼らのパソコンスキルは知らないが、動機は充分ある。なにより、学校にクレームばかりつけてくる、あの態度だ。

それから、東都テレビの羽田プロデューサーと、彼の教育関連バラエティ番組『ソフィアの地平』を思い出した。出演者は、塾講師のロックこと鹿谷直哉と、教育評論家の遠田道子と私の三人だが、私の後釜に座りたい人間だっているかもしれない。

他の出演者たちはどうだろう？　遠田はマイペースだが、羽田の子分のようなロックには、私を陥れるメリットがあるだろうか？

それから、市議会議員の乗鞍陽子も怪しい。彼女はなぜ、週刊手帖の記事が出た翌日、校長を呼びつけて密談したのか。テレビに出てまで私を非難したそうだが、私に恨みでもあるのだろうか。

いろいろ考えても、正直、怪しい人物の特定には至らなかった。というか、疑えばいくらでも疑える。疑心暗鬼というやつだ。

春日弁護士が言ったように、フェイクニュースを投稿した人物の正体を突き止めれば、すべてはっきりするはずだった。

もう眠れそうになかったので、身支度を整えにかかった。出勤しないにしても、きちんとした服装をしておきたい。自宅でくつろぐ休日ではないのだ。

朝食を買いにコンビニに出かけることも考えたが、まだ早いので、ホテルに備え付けの電気ポットで湯を沸かし、インスタントコーヒーを淹れた。

あまり見たくはなかったが、しかたがない。パソコンを開いて、春日弁護士に教えられた通り、私に関するフェイクニュースを検索し、ひとつひとつ情報を保存していく。

どれもこれもひどい内容で、読むだけで頭に血が上った。とにかく我慢だ。あまり内容には踏み込まず、URLや画面のハードコピーなどを残す。このデータが、いずれ犯人を捕まえる手がかりになると思えば、苦行に耐える原動力にもなった。

ざっと検索しただけで、動画が五件、写真入りの記事が二十件は見つかった。よくこれだけ、もっともらしい嘘を捏造できるものだ。

怒りがこみ上げる。

気がつくと二時間ばかり経っていた。窓の外は、すっかり明るくなっている。

夢中で検索している間は忘れていたが、急に腹の虫が鳴りだした。コンビニでパンでも買うか、近くのコーヒーショップで朝食をとるかしよう。

財布とスマホだけ背広のポケットに入れ、ホテルの部屋をぶらっと出た。エレベーターホールでは、スーツケースを引いた背広姿のビジネスマンがひとり、先に待っていた。私とちょっと似た髪型と体形だった。

彼と一緒に下りのエレベーターに乗り込み、一階に下りる。ビジネスマンはさっさとフロントに向かったが、私はホールの隅(すみ)に新聞が積んであるのを見て、そちらに向かった。

妙に、ホテルの一階がざわついていた。

「えっ、何ですか、あなたは！」

先にフロントに向かおうとしていたビジネスマンが、声を上げている。そちらを振り向きかけた私は驚き、急いで新聞で自分の顔を隠した。

――テレビのレポーターだ。

「あっ、失礼しました。人違いです。カメラさん、すいません。間違いました。鉄腕先生じゃないです！」

女性のレポーターが、大きな声で叫ぶ。

私は彼らに見つからないよう、慌ててエレベーターホールに戻った。上りのボタンを連打する。エレベーターは一基しかなく、下りてくるまでがもどかしかった。

――どうして、居場所がバレたんだ。

このホテルに泊まっていることを知っているのは、学校では教頭と、車で送り迎えをしてくれた体育教師の辻山だけのはずだ。あとは勇山記者と、春日弁護士のふたり。

そう言えば、フロントの女性スタッフが、昨夜もちらちらと私の顔を見ていたが、誰かがマスコミに教えたのだろうか。もしそうなら、守秘義務違反だ。有名人なら何をしてもいいわけではあるまい。

ようやく下りてきたエレベーターに乗り、さっさと扉を閉めた。どうしたものだろう。今このホテルから出ると、待ち構えているレポーターの群れに飛び込むことになる。かといって、ずっと部屋に閉じこもっているわけにもいかない。奇数階に飲み物の自動販売機くらいはあるが、ルームサービスのないビジネスホテルなので、食事がとれない。

――ホテルを移るべきだろうか。

だが、ここを出るにはフロントを通らねばならない。レポーターを振り切ったとしても、移動は電車またはタクシーだ。どうせまた、ついてくるのではないか。それなら、彼らが諦めるまで、部屋にこもっているほうが無難だろうか。

だいたい、ちゃんと記者会見もしたのに、なぜ彼らは追ってくるのだろう。

いったん、部屋に戻ってきた。表の様子を覗きたかったが、私の部屋の窓は隣のビルに面していて、何も見えない。

部屋の内線電話の受話器を上げた。

『フロントでございます』

「すみません、七〇二の湯川です」

相手の女性が、「あ」と口ごもった。うっかりこちらの名前を復唱しかけて、やめたのかもしれない。

「ロビーにテレビ局の人が来ているようですね。お騒がせして申し訳ないです」

『いえ――。とんでもございません』

「ちょっとお願いがあって電話しました」

『はい、どのようなご用件でしょう』

声がくぐもった。レポーターに聞こえないよう、声を低めたのかもしれない。

「食事に出ようとしたんですが、一階の様子を見て引き返してきました。あの人たちは、諦めて立ち去りそうですか」

『いえ――もう一時間ほど、ああしておられますから』

諦めそうにないのか。私は考えをめぐらせた。

「このホテルには、こっそり出られる裏口はありますか」

『ビルの裏手に、従業員用の出入り口はありますが』

「そこから私も出られないでしょうか。あの人たちに見られず外に出たいんです」

『チェックアウトなさいますか？』

迷った。予定では、しばらく連泊するつもりだった。

「まだチェックアウトはしません。いったん、外に出るだけです」

『それでは、エレベーターで二階に下りていただけますか？　私も二階に行きますので』

わざわざ来てくれることに礼を言い、私は手早く身の回りの品をまとめた。大事なパソコンを鞄に入れる。下着など、すぐ手に入るものは、ビニール袋にまとめて置いておくことにした。チェックアウトしないとは言ったものの、まだはっきり決めたわけではない。万が一、戻ってこられなくなった時のために、ホテルのレターセットの封筒に宿泊代金の残りを現金で入れ、引き出しにしまっておいた。

それから、急いで二階に行った。

「お待たせしました」

「こちらへどうぞ」

待っていたのは、昨日のフロントスタッフではなかった。彼女はエレベーターとは通路を挟んで逆側にある、階段に案内してくれた。

「この階段を下りると、従業員用の出入り口にすぐ行けるんです」

「助かります」

「いいえ。なんだか大変そうですね。何かあったんでしょうか？」

彼女は、階段を下りながら、世間話のつもりなのか、好奇心を覗かせて尋ねた。ひょっとすると、あまりテレビを見たり、週刊誌を読んだりしないタイプなのかもしれない。私のことは知っていても、騒ぎのことは知らないのだろうか。

「テレビ局の人は、何か言ってましたか？」

「いいえ。でも、鉄腕――いいえ、湯川様を捜してらっしゃるようでした」

やはり妙だ。昨日の記者会見は、こちらに好意的な雰囲気で終了した。私の言葉に嘘はないし、記者たちもほとんどが信用したようだった。それが、なぜまた蒸し返すように、ホテルにまでマスコミが押しかけているのだろう。

「こちらから出てください」

彼女は、従業員用の出入り口を開け、私に通れと言った。

「ありがとう。助かりました」

「カードキーはお持ちですか」

「ええ。持っています」

「お戻りの際は、フロントにお越しになれるといいですね」

「本当に」

外に出て、タクシーを拾った。レポーターたちは、裏の出入り口まではチェックしていなかった。

「日比谷(ひびや)にやってください」

春日弁護士が、東京地方裁判所に近い、日比谷に事務所を構えている。まずはそちらに、今日の調査結果を届けるつもりだ。マスコミがホテルに押しかけていることも話し、この後の対応について相談してみてもいい。

「お客さん、どこかで見たことあるなあ。ひょっとして、テレビに出てます？」

タクシーの運転手が笑顔で尋ねた。私の危機感が増した。自分で考えている以上に、一般の人にも広く顔を覚えられているらしい。

日比谷に着いたら、まずはコンビニに行き、朝食と花粉症用の大きなマスクを買おう。顔を隠すのだ。

日比谷に向かいながら春日弁護士の事務所に電話をかけると、春日は別件で裁判所に行っているが、一時間もすれば戻ると事務の女性が請け合った。

「では、一時間くらい後に伺います。湯川と申します」

タクシーの運転手が、バックミラー越しに「そうか、鉄腕先生か」という表情をこちらに向けてきた。これで、また私の居場所が広まるのだろうか。

日比谷公園のそばで降ろしてもらった。コンビニを探し、欲しかったマスクを見つけてホッとする。サンドイッチとコーヒーを買い、日比谷公園のベンチに戻って食べた。

食べながら、スマホでニュースを読み、ダベッターでエゴサーチをしてみた。嫌な予感がしたのだ。

――これか。

ひどく拡散している呟きがある。

『鉄腕先生こと、湯川鉄夫の指導を受けた生徒の親です。彼は教育者の鑑のようにもてはやされていますが、その実、女生徒に対するセクハラがひどく、注意した生徒を怒鳴りつける、暴力をふるうといった問題教師です。騙されている人が多すぎるので、あえて書きます。偽善者に騙されるな！』

思わず眉根が寄った。

これはいったい、何者だろう。この投稿をしたのは、「子どもを守る親の会」というアカウントだった。呟きは私と常在中学に関することばかりで、アカウント自体、昨日の夜にできたばかりだ。

万単位で拡散されているが、さすがに身元を怪しまれてもいる。

『本当に保護者なんですか？』

書くだけなら、常在中学の保護者になりすますことくらいできるだろう。

『現役生徒ですか？　卒業生ですか？』

などという返信に交じり、テレビや雑誌からの問い合わせが入っている。

『詳しいお話を伺いたいので、お手数ですが相互フォローをお願いできないでしょうか。ＤＭを送ります』

ということは、マスコミはこの投稿に、何らかの信憑性を感じる理由があるのだ。「子どもを守る親の会」の呟きは、まだ百回にも満たない。最初から、ひとつずつ確認していくことにした。かなりの苦行だった。このアカウントは、とにかく私を攻撃するためだけにつくられたようだ。

——何者だろう。

半分ほど読んだあたりで、弁護士からの着信があった。

「——春日先生？」

『湯川さん、今どちらにいらっしゃいますか』

「日比谷公園です。これからすぐ事務所に向かうつもりで」

『あ、いや、少しお待ちください』

春日は妙に性急な口調で、事務員と話をしている。

『お待たせしました。私が車で迎えに行きます。マスコミに見つかると面倒ですからね』

「何かあったんですか」

『ご存じないのですか』

春日が驚いたように言った。

『昨夜遅く、常在中学の生徒の保護者がテレビ局の取材に応じて、先生を非難したんです。それで、また火がついたようになっています』

「非難って――」

寝耳に水とはこのことだ。

『ともかく、迎えに行きますよ。先生と会っていることがバレて、私が動きにくくなると、今後の調査に差しつかえますからね。本意ではありませんが、しばらくこっそり動きましょう』

春日と落ち合う場所を決め、電話を切った。急に人の目が気になって、マスクをかけた。落ち着かない。

生徒の保護者がテレビに出て、私を非難したというのが信じられなかった。スマホで検索すると、ニュースの動画が引っかかった。中年の男性が出ている。顔をぼかし、声は変えてあるが、水森だと私は思った。態度の横柄さが、あの男らしい。

『湯川先生は、うちの子の髪を摑んで頭を壁に押しつけて、怒鳴ったんですよ。うちの子は、それですっかり学校恐怖症になってしまって』

――なんだと。

私は唖然とした。水森の息子を怒鳴ったことなどないし、暴力をふるったこともない。だいいち、あの子が学校恐怖症だなんて、聞いたこともない。

「どうしてそんな嘘を」

ハッとする。やはり、あのフェイクニュースは、水森の仕業ではないのか。こんな嘘を平然とテレビカメラの前で喋る男だ。嘘はお得意なのだ。

　春日の車を待つ間に、私は水森に対する怒りを募らせていた。

7

「弁護士を代理人に立てて、今後の取材申請はすべて代理人を通すようにすれば、少なくとも騒ぎは収まるでしょうけどね」

　車で日比谷公園まで迎えに来てくれた春日弁護士が、表情を曇らせた。

「私が代理人になればいいんですけど、そうすると私の動きがマスコミに筒抜けになりそうだから、今は避けたい」

　春日の車は国産の黒塗りセダンで、年配の男性が運転している。どうやら春日は、車の後部座席を事務所代わりにして、打ち合わせをすませる習慣らしい。

「テレビで私を非難していた保護者は、水森さんだと思います」

「わかったんですか」

「喋り方で、なんとなく。いわゆるモンスター・ペアレンツで、夫婦そろって、よく学校にクレームをつけに来るんです」

「それで、非難の内容は本当なんですか」

春日は遠慮せず聞くことにしたようだ。

「まさか。生徒に暴力をふるうなんて、ありえません。水森君が学校恐怖症だなんて、聞いたこともありませんし」

「水森という人は、そんな嘘を、テレビカメラの前で堂々と喋る人なんですか」

「ひょっとすると、例の動画を作ったのも、水森さんではないでしょうか。どうしても私を暴力教師にしたいようですし」

「その結論に飛びつくのは、少し待ちましょう。調査が終わってからでも遅くないです。調べた資料を持ってきてくれたんですね」

「パソコンに入っています」

「そうか、それならメールでいただけば良かったですね」

運転している男性は、日比谷周辺をぐるぐる走るように指示されているらしい。

私たちは後部座席でパソコンを開き、USBメモリでデータの受け渡しを行った。

「ひどいですね。こんなにたくさん」

「すべて、身に覚えのないことばかりです」

私は強調した。春日が、リストを見ながらふと、何か良くないことを思いついたような暗い目をした。

「今のところ問題ないとは思うのですが、今後、ひょっとすると警察から事情を聞かれる可能性もあります。このリストを持って、先に被害届を出しましょう」

「警察ですか」

「学校内での体罰については、なるべく学校内で片をつけてほしいというのが、警察の本音でしょうけどね。湯川先生は著名人ですから、報道が過熱すると警察も動かざるをえなくなる恐れがあります。ですから、先手を打ちます」

「だって、私は何もしてないんですよ」

「ええ、もし聞かれれば、正直にそう証言すればいいだけですから」

ふつうに暮らしている一般人が、警察と関わりを持つことなんて、それほど多くはない。私の場合、四年前の森田の事件くらいだ。

やってもいないことで警察の事情聴取を受けると考えただけで、憂鬱(ゆううつ)な気分になり、心理的な抵抗を感じる。

「弁護士が必要になった場合、春日先生にお願いすることはできるんですか」

「少しだけ、この件を調べる時間をいただければ、大丈夫ですよ」

春日は、いま受け取ったばかりのデータを指さした。

「このデータで犯人がはっきりすれば、名誉棄損で告訴できます。先生の場合、テレビ出演を妨害されていれば、威力業務妨害に問うこともできるかもしれません」

「そうか。そうですね」

やっと、目の前の濃い霧に、光が差し込んだような気分がした。日本は法治国家なのだ。罪のない私を陥れようとしている何者かに、反撃できて当然ではないか。

日比谷公園のそばで降ろしてもらい、春日弁護士とはそこで別れた。

公園には、ベンチに腰かけて弁当を広げている会社員風の男女や、ベビーカーを押しながらゆっくり散歩している女性の姿が見られた。噴水の周囲の石に腰かけ、地面に落ちている何かをついばむスズメを眺めている老人もいる。

だが、誰ひとり私のことなど見てもいないし、私に気づいた様子もない。私は他のみんなと同じ、名もない一般人だ。心が安らぐ。

スマホを確認すると、春日の車に乗っていた間に三件の着信があった。土師教頭と、妻の茜、それに東都テレビの羽田プロデューサーからだった。

少し考えて、教頭にかけ直してみた。

『湯川先生、心配しましたよ。ホテルを出たのですか』

教頭の声が、不安げだ。

「つい先ほどまで、弁護士の先生と会っていまして。どうかされましたか」

『今朝のテレビ、見ていませんか』

「ネットで知りました。まったく心当たりのない話ですが、取材を受けていた男性は水森さんではないでしょうか」

教頭が一瞬、黙り込んだ。ひょっとすると、教頭も水森を疑っていたのかもしれない。

『めったなことは言ってはいけません。それでは、報道は湯川先生もご存じなんですね。心当たりがないというのは確かですか』

「もちろんです」

『――わかりました。教育委員会と相談して、今後の対応を決めます。教育委員会は、生徒から事情をヒヤリングすべきだと言っているんです』

「生徒からヒヤリング？」

『三年生の全生徒から、アンケートを取る予定です。湯川先生のクラスの生徒からは、ひとりずつ話を聞くことになりそうです』

自分のクラスの生徒らの顔が、思い浮かんだ。生徒との関係は良好だ。二年生から私が担任している生徒は、全体の三分の一ほどだ。他はこの春からの生徒だが、不安材料はない。水森も、両親は変わっているが、生徒はごく普通の少年だ。

『これからホテルに戻りますか？』

「わかりません。今朝はホテルにもマスコミが来ていて、どうにか脱出しましたが」

『もしホテルを変えるようなら、居場所を教えてください。連絡を取れるようにしていただきたいんです』

「わかりました」

そう答えたものの、ホテルがマスコミに漏れたことが、急に気になった。

「できれば私の宿泊先は、教頭先生の胸のうちに収めていただけませんか」

『他の人には教えないほうがいいのですか』

「なぜ今の宿泊先がマスコミに知られたのか考えていまして——私があのホテルにいることを話したのは、学校だけなんです」

『まさか、学校から漏れたりはしませんよ、湯川先生。考えすぎです』

「ええ——」

そうだといいんですが、という言葉は、胸のうちに収めておいた。

——教頭も、どこまで信じていいのか。

いや、私は何を考えているのだろう。こんな騒ぎが起きてから、常に変わらず温かい言葉をかけてくれる教頭まで疑うとは。

『湯川先生、今はつらいでしょうけど、早まったことだけはしないでくださいね。こんな状況は、すぐ収まりますよ。しばらくの辛抱です』

教頭は根気よく繰り返して、電話を切った。

本当に、すぐ収まるのならいいが。

教頭ほど楽観的になれず、鬱々とした気分のまま羽田プロデューサーに電話したが、留守番電話になっていた。

年中、忙しい男なのだ。片手でSNSを使ってメッセージを送りながら、もう片方の手で別のスマホを耳に当て、電話をしている。そんな状態が当たり前だった。彼は、そんな自分を楽しんでいる。

こんな時に、うかつに声を録音する気になれず、後でかけ直すことにした。

――茜は何の用だろう。

すぐさまかけ直す気になれないのは、わだかまりがあるからだ。また、身に覚えのないことで責められるのかもしれないと思うと、電話する手が止まる。

いつからここまで心が離れてしまったのかと考えると、いっそ他人事のように不思議な気分もした。

日比谷公園を出てタクシーをつかまえ、立川のホテルの名前を告げた。運転手は、私の顔をルームミラーで確認し、「あれ」と呟いた。

ほんの数日前までなら、気恥ずかしい気分こそすれ、嫌ではなかったはずだ。たまたま乗ったタクシーの運転手まで、私の顔を見覚えている。だが今は、とにかく煩わしかった。

行先を告げて、すぐさまスマホの画面を見つめた私から何か感じたようで、運転手は何も言わず車を出した。

話しかけられるのを避けるために、私についての新しい情報が出回っていないか、検索してみた。エゴサーチしたとたん、思わず唾をのみ込んだ。

——なんだ、これは。

『「鉄腕先生」の不都合な過去』
『補導七回、停学一回』
『父親がヤクザ、叔父は殺人罪で収監』
『中学時代、周囲で猫が消える事件が多発』
『学生時代のあだなは「サイコパス」』
『妻への暴力行為で離婚寸前』

——誰の話だ？

自分について書かれたこととはとても信じられない。スマホのページを次へ送る手が、抑えようとしても震える。

子どもの頃は不良で、深夜徘徊で何度も警察に補導され、万引きで学校にも連絡が行った？　あだ名が「サイコパス」だなんて、聞いたこともない。茜に暴力をふるったこともない。

唯一の安心材料は、これらの記事を載せているサイトの中に、まともな新聞社や出版社などがひとつもないことだ。すべて、まとめサイトだった。

——ここまで大嘘のオンパレードなら、すぐに真実が明らかになるはずだ。

だが、こんなデマが氾濫すれば、いつかはみんな、湯川鉄夫とはそうした人間だと思い込まされる可能性もある。

デマは伝わりやすいが、真実は伝わりにくいとも言うではないか。

——湯川鉄夫という名前の、この男は誰だ。

ネットの中に、私と同姓同名の別人格が生まれている。それが、いつの間にかひとり歩きを始めている。

立川のホテルまでは、車だと時間がかかった。首都高はいつも混雑している。時間があるので、私はこわごわ、ダベッターを覗いてみた。こちらも、ひどい状態になっていた。

「鉄腕先生」がトレンドに上がっていたのには、失笑してしまう。「湯川鉄夫」「鉄腕先生」などの単語で検索すると、先ほどのまとめサイトにリンクを貼った投稿が山ほど現れる。

愕然としたのは、多くの人が内容を検証することなく、「湯川鉄夫とはこういう男だったのか」と驚き、感情的に非難していることだった。裏では生徒や家族に暴力を働き、女生徒にはふらちな真似をして、公の場に出ると爽やかな笑顔で生徒の味方を気取っている、「鉄腕先生」。事情を知らなければ、私でも怒りを覚える。正義の鉄槌（てっつい）を振り下ろしたくなる。

そこは一種の興奮状態になった人々で溢れていた。魔女狩りだ。デマにもとづき正義を求める人々が、私を社会的に抹殺（まっさつ）しようとしている。

しょせん、テレビに出ているタレントまがいの教師など、一般の人から見れば、面白おかしく話題を消費していればいい、単なる「消費財」なのだ。どんな人間かなど、深く知るわけでもないし、知ろうとも思わない。事件が自分に無関係でもかまわない。悪役をたたいて気持ちよくなれればそれでいい。

それに、嘘が常識はずれに大きすぎる。

ひとりの人間の過去を、その親の世代にまでさかのぼって嘘で塗り固めるなんて不可能だ。

みんながそう思うからこそ、この大嘘を信じてしまうのだ。

数日前までの私の世界は、崩壊した。いつの間にか、どこかの異世界に飛び込んで、戻れなくなった気分だ。

「お客さん、あのホテルでいいですか」

運転手に話しかけられ、ハッと我に返る。タクシーはもう、高速を降りていた。

「あっ、そうです。待ってください。まだ止まらないで。ホテルの前を、一度ゆっくりと通り過ぎてから、どこかでUターンして戻ってこられますか」

おかしな頼みだと思ったろうが、運転手は「いいですよ」と言っただけで、速度を落としてホテルの玄関前を走り過ぎた。

マスコミの張込みを警戒し、頭を低く下げて周辺を観察した。今朝は取材陣が群がっていたが、今は三脚にカメラを載せて待機しているカメラマンもいないし、取材記者の姿もないようだ。ガラス越しに見えるロビーも、閑散としている。

マスコミも諦めたのかもしれない。あるいは、私がホテルをチェックアウトしたと勘違いしたのかも。ホテルのフロントが、うまく対応してくれたのだろう。

「ありがとう。Uターンしやすいあたりで、戻ってください」

報道陣の姿はないと確信していても、車を降りる際には緊張した。マスクをかけ直し、うつむき加減にホテルの玄関をくぐる。

「おかえりなさいませ」

まっすぐエレベーターホールに向かった私の背中に、フロントから声がかかる。入った瞬間に確認したが、今朝がた私を助けてくれた女性は、ブースの中にはいなかった。

ロビーもさりげなく見回したが、私を待つ風情の人間は、ひとりもいない。安心して、エレベーターに乗り込む。

部屋に戻ると、清掃はすでに終わっていた。くたびれ果てて、上着を着たままベッドに倒れ込んだ。今朝は、二度とここには戻れないかもしれないと感じ、そのための準備まで整えていったのだが、今は、今朝より状況が悪化している。

どこに行っても後ろ指をさされ、あれがあの「鉄腕先生」だと蔑(さげす)まれる。彼らが信じているのが真実ではないとしても。

――デマになんか、負けるな。

私もこれまで気軽にそう言ってきたかもしれない。だが、いざ自分の身に降りかかってみると、そう簡単な話ではなかった。

まるで、自分の人生が乗っ取られたようだ。

起き上がる気力が湧(わ)くまで待ち、パソコンを取り出して開いた。

新しいデマを拾い出し、一覧にまとめて春日弁護士にメールで送信する。

見ているだけで気分が悪くなったが、同時に怒りも湧いてきた。

――どうして私が、こんな嘘で人生を破壊されなければならないんだ。

どこかに、私を完膚(かんぷ)なきまでに叩き潰したいと願う奴がいる。教え子にイタズラする教師だと言いふらし、過去すら書き換えようとしている。

今まで私は、すべてが出まかせなのだから、本当のことを話せばわかってもらえると考えていた。

だが、それは甘かったのかもしれない。

相手は、私を潰しにきている。嘘だろうが何だろうが、なりふりかまわず私を引きずり下ろせばそれでいいのだ。

「反撃しないと」

まず、これらの記事はすべてデタラメだと自分の言葉で発表する。

まとめた資料を弁護士に送信すると、あらためてダベッターを開いた。

先日の投稿に、山のように返信や「いいね！」がついていたし、拡散も大量にされている。それらをひとつずつ確認するのは諦めて、新しい投稿を書き込んだ。

「先ほどダベッターを見て驚いたのですが、私の両親も教師でした。親戚に、殺人罪で収監された者もおりません（笑）。補導されたことも、停学になったこともありません。悪質なデマやその拡散には、法的な措置をとるつもりで、弁護士に相談しています。ご注意ください」

ひと呼吸おいて見直した。感情に流されず、余裕のある文章だと思えた。投稿内容に感情を乗せると、バズりやすくなるかわり、炎上もしやすくなる。

投稿すると、すぐさま返信がついた。

『鉄腕先生、良かった！　奥さんを殴って離婚寸前というのもデマですね？』

「妻を殴ったことなど、一度もありません。暴力は嫌いです」

反射的にそう返してから、しまったと唇を嚙んだ。質問の前半には答えたが、後半に答えていない。無視すべきだった。

茜と離婚寸前なのは本当だから、無意識のうちに答えを回避したのだ。質問者はそれに気づくだろうか。

『そうですよね！　本当に良かったです』

あっさりとそう返信があったので、私は安堵してダベッターから離れようとした。また同じ相手から返信がつき、そこに書かれた言葉を見てギョッとする。

『奥さんは殴ってなかったとのこと、良かったです。僕はまた、森田を殴った時みたいに、先生が暴力をふるったんじゃないかと心配してました』

こいつは何を言っているのだろう。

――奥さんは、殴ってなかった。

明らかに悪意を感じる言い方だ。しかも、『森田を殴った時』という言葉にも、まるで私をよく知っているかのような気安さを感じる。

「君は誰ですか」

不気味さを覚えながら、つい尋ねた。相手の名前は〈そら豆大好き〉、ユーザー名は名前をアルファベットにして数字をつけたものだ。ふざけた名前だが、ダベッターの名前は適当なものが多い。

しばらく待ったが、返信はなかった。私に悪意の塊を投げつけて、あとは素知らぬ顔をしている。

過去の投稿内容を確認すると、およそ二年前に作成されたアカウントだが、これまでほとんど放置状態で、つい三日前から急にビールがどうの、つまみがどうのと呟き始めている。

ひとたびSNSを利用した攻撃が始まると、それを防ぐのがどれだけ難しく、また精神的にも消耗するか、私はようやく理解し始めていた。この〈そら豆〉の返信を他人が見れば、私が『森田を殴った』ことは事実だと思うだろう。

それについて、私が詳細を語って弁解するのは避けたい。なぜなら、あのとき私はたしかに『森田を殴った』からだ！

刃物を持つ相手に対して、攻撃を防ごうとして、結果的に殴った形になった。こちらはその前に刺されているので、正当防衛なのは間違いない。

ただ、SNSでは、そういう「まとも」な理屈が通じないことがあるのだ。

（殴ったんですか、殴ってないんですか）

（いや、相手が刃物を持っていて刺されたのだから、正当防衛なんだよ）

（正当防衛ということは、殴ったんですね？）

（いや、だから）

その際の会話の流れまで、はっきり見えるようだ。

もちろん、ごくふつうの人も多いのだが、なかにはちょっと困った人がいる。揚げ足取りと枝葉末節へのこだわりが強い。日本語は理解しているようなのに、言葉が通じず会話がかみ合わない。こちらが呆れて会話を中断すれば、「論破した」と誇らしげに鬨の声を上げる。

そういう会話から「炎上」が始まる。

特に、今の私のように、メディアが注目している「時の人」の場合、何をどう言っても悪く取られる恐れがある。私が悪人だという証拠をメディアも待っているはずだ。

〈そら豆〉野郎の意味ありげな返信を削除させたくとも、削除を頼んだりすれば、事態を悪化させるだけだ。

そもそも、私の名誉を毀損させたくてこんなことを書いているのだろうから、嬉々として「鉄腕先生がこんな依頼をよこした」と吹聴するだろう。

こちらが腹を立て、事態を修復しようとあがけばあがくほど、ますます収拾がつかなくなる。

私は〈そら豆〉の言葉を無視した。奴の存在だけ心に留めておいて、これ以上、まともにつきあわないほうがいい。

――それより、反撃だ。

私についてのデマは、目につくものから手当たり次第にリスト化して、春日弁護士に送った。デマをばらまいている奴の正体を突き止めてもらう。

だが、それを期待して、おとなしく待つだけでいいのだろうか。

いちばん怪しいのは水森夫妻だ。ただ、私が彼らに会って詰問するのも考えものだった。まともに答えるわけがないし、私が会いに来たことを、すぐさま学校に言いつけてクレームをつけるだろう。そういう連中だ。

同様に、区議会議員の乗鞍陽子に直談判するのもやめたほうが良さそうだ。乗鞍は校長と親しい。校長に苦情がいく。

――では、誰から問い詰める？

思案がつかず、ひとまず上着を脱いでくつろぎ、テレビをつけて報道番組を探した。時間的に見つからないので、音量を下げて東都テレビにチャンネルを合わせ、流しっぱなしにした。誰かが喋っているような適度な雑音があったほうが、気分が落ち着くのだ。

羽田プロデューサーにもう一度電話してみようかと考えていると、茜から着信が入った。

『鉄ちゃん、どうして電話に出てくれないの？　ずっと待っていたのに、かけ直してもくれないし』

ひどくうろたえた様子だ。

「ごめん。さっきまで弁護士さんと大事な打合せをしていたから」

かけ直す時間の余裕はあったが、そうごまかす。茜は真面目だが、その生真面目さがこちらを責める時は辛くなる。

「どうしたんだ?」

茜がそばにいる誰かと、早口で何か喋っているようだ。

『――いま病院にいるの』

「病院?」と聞き返しながら、嫌な予感がした。

『結衣が――手首を切ったの』

私はスマホを握ったまま、その言葉が自分の胸に浸透するまで、呆然としていた。

8

病院の車寄せでタクシーを降り、マスクとサングラスで顔を隠して、私は院内に駆け込んだ。

「娘が救急車で運ばれたと聞きまして」

受付で、病室の場所を教えてもらう。外来ではなく、入院病棟の二階だった。

茜の実家は西東京市にある。実家から車で十五分ほどの場所にある総合病院に、結衣は運び込まれていた。

「鉄ちゃん」

廊下で、茜を見つけた。顎の下あたりでぷっつり切りそろえた黒髪に、化粧っけのない顔。パートの仕事は休んでいるのか、自宅から慌てて飛んできたようだ。

彼女は、私のサングラスとマスクをまじまじと見つめた。

「どう、結衣は」

「容体は安定してるって」

「手首を切ったって――」

「うん。風呂にお湯を溜めて」

思い出したのか、茜は涙を溜めた目を指先で拭った。

「今どきの子って、自殺のやり方までネットで検索するのね」

「学校は休んでたの？」

茜は、ちょっと言いにくそうに口ごもった。

「――そう。ニュースになってから」

自殺を図った理由は、聞くまでもないのだろう。

「様子はどうだった」

「部屋にこもって、出てこなかったの。あの女の子のことは、鉄ちゃんはそんなことしないから大丈夫だよって、部屋の外から何度も説明したんだけど」

「学校でいじめられたのかな」

「ニュースが出てから一日も学校に行ってないの。だけど、ネットで何か噂されたりしているのかも」

——またネットだ。

私の胸に、ほの暗い怒りが湧きたつ。

茜の案内で、四人部屋に入った。結衣は手前のベッドにいた。ベッドの仕切りを閉めた中で、背中を起こして座っていた。

「結衣」

娘の青ざめた顔を見るなり、私は言葉を失い、近づいて肩を抱きしめた。何と言ってやればいいのか、かける言葉がなかった。

中学二年生の娘は、順調に背が伸び、身体つきもしっかりして、もうひと息で大人の仲間入りをしそうな活力に満ちている。自分で自分の未来を断とうとするほど追い詰められていたなんて、信じられない。

「――結衣。お前がそんなにつらい思いをしていたのに、お父さんは気がついてなかったなんて、何と言って謝ればいいのかわからないよ。――本当に、すまない」

腕の中で、結衣の肩がかすかに動いた。

「でもな、結衣。聞いてくれ」

「――」

「お父さんを信じてほしい。誓ってもいい。結衣が恥ずかしい思いをするようなことは、何ひとつしていない。悪いことなんか何もしていないんだ」

肩に回していた手を離し、床にしゃがんで娘と目の高さを合わせた。鎮静剤を与えられているせいか、結衣はどこかぼんやりしている。

シーツの上に行儀よく載せた手を取り、結衣と視線を合わせようとしたが、なかなかうまくいかなかった。左手首に巻かれた白い包帯を見ただけで、胸がふさがれる感じがして、声が詰まった。

「――約束する。必ずこの騒ぎを解決して、結衣がまた、何も心配せず学校に戻れるようにする。だから、しばらくの間、学校の友達とネットで話すのを控えてほしいんだ。友達が書き込んでいるのも見ないほうがいい。ほんのしばらくの間だから」

結衣の視線が揺れ、ゆっくりこちらを見つめた。

「──何もしてないの？」

「うん。お父さんは何もしてない。マスコミが騒いでいるのは、誰かがお父さんの悪口を言ってるからだが、全部嘘っぱちなんだ。結衣は何も心配しなくていいから」

まだぼんやりしている結衣の頭を撫で、茜と一緒に病室を出た。茜も、私の口から状況を聞きたがっていた。

「それじゃ、報道されていることは、みんなデマなの？」

「信じられないだろうけど、そうなんだ。誰かが僕を陥れようとしている」

「鉄ちゃんを陥れて、得をする人なんている？　いったい誰？」

「ネットに詳しい弁護士に頼んで、デマを撒いているやつの正体を探ってもらってるところなんだ。待っててくれ。必ず真相を明らかにして、そいつを訴えてやる」

私のなかで、どんどん怒りがふくらんでいく。命が助かったから良かったものの、中学生の娘が自殺を図ったのだ。

もし結衣の生命が危険になっていたら？　そうでなくとも、若い娘の手首に傷が残るかもしれない。結衣がそこまで追い詰められたのは、卑劣なデマで私を陥れたやつのせいだ。

週刊手帖の記事が載ってから、私は自分のことで頭がいっぱいになっていた。自分の仕事、自分の評判。失うのを恐れるあまり、もっともっと大切なことを忘れるところだった。

私の悪評が、娘の結衣に及ぼす影響。それに、目隠しされていたとはいえ、週刊手帖に写真を使われた守谷穂乃果が心配だ。

「鉄ちゃん。あんまり思い詰めちゃだめだよ。弁護士さんにお願いしてるのなら、鉄ちゃんはしばらく、おとなしくしていたほうがいいよ」

私の沈黙に不安を感じたのか、茜が心配そうに眉をひそめている。だが、おとなしくするつもりなどなかった。

「結衣は今夜、ここに入院するの？」

「うん。傷は心配ないけど、鎮静剤を飲んでいるので、ひと晩だけ様子を見ましょうって」

「学校の先生には知らせたほうがいいだろうけど、しばらくは黙っているほうがいいかもしれないな。状況が落ち着くまで」

「そう？」

「うん。もし漏れたら、またいじめられる」

子どもというものが、時としてどれほど無慈悲(むじひ)になれるかは、私も日々、肌身に感じている。

「しばらく学校を休ませたほうがいいかもしれないな」

「でも、そうすると登校のきっかけを失わないかと心配で」

「そんなに長くはかからないつもりだ。とにかく犯人を見つけて、私が潔白だとマスコミにも知らせる。そうすれば結衣だって、堂々と学校に行けるから」

若干、疑わしそうではあったが、茜は了解してくれた。

病院を出た時は、すでに日が傾いていた。病院の白い建物が、夕陽で淡いオレンジ色に染まっている。

この病院では、私に気づいたそぶりをする人はいなかった。

見舞客が乗ってきたタクシーをつかまえ、車内で勇山記者に電話をかけた。彼に頼みたいことができた。

勇山記者が立川のホテルに訪ねてきたのは、その日の夜十時過ぎだった。

私は最寄りの警察署にネットの中傷について被害届を出した後、ホテルでじりじりしながら彼を待っていた。

『いま、下に着きました』

マスク姿でロビーに下りると、勇山は飲んできたらしく、赤い顔をしている。

あれから、このホテルでマスコミの姿は見かけない。私が今朝、うまく脱出したので、諦めたのだろうか。被害届は一応受け取ってもらえたし、警察官も真剣に話を聞いてくれたが、これからどうなるかは正直わからない。

「面倒なことを頼んですみませんでした」

ロビーのソファに掛け、私は謝った。

「いえ。むしろ、記者魂が騒ぐ話でした」

「水森さんは、どうでしたか」

「ちょうどスナックで仕事中だったので、取材名目で近づきましたよ。会話も録音しました。向こうを安心させるために少しビールを飲んだので、臭かったらすみません」

「いえ。それより、やはり例の『子どもを守る親の会』というアカウントは、水森さんがやっているのでしょう？」

「のらりくらりと言葉を濁(にご)していましたがね。おそらくそうでしょう。そういう保護者が現れて当然だと、言っていました」

「テレビの匿名取材に応じたのは――」

「ああ、あれは間違いなく自分だと言ってました。湯川先生に、ずいぶん反感を抱いているようでした。前に何かあったんですか？」

私が直接、水森を詰問すると逆効果だが、記者として勇山が話を聞けば、目立ちたがりのあいつの口は軽くなるんじゃないかと考えた。それで、事情を説明し、水森の経営するスナックなども教えて、勇山に代わりに行ってもらったのだ。もちろん、私と勇山が通じていることは秘密だった。

「理由がわからないんです。水森さんが私を毛嫌いしているのは間違いないですが」

「水森さんは、湯川先生が子どもの髪を摑んで、壁に頭を押しつけたと言ってました。そんな覚えはないんでしょう?」

「まったくありません。そのあたりは、むしろ生徒たちに聞いてもらえれば、ありえないことだとわかるはずなんです」

「彼がデマを流しているのだとすると、いろいろ疑問がありますね。ちょっと、録音を聞いてみてください」

イヤフォンを渡してくれる。水森との会話の中で勇山は、デマを流す理由を聞き出そうとしていた。

『私はね、学校の先生には、生徒のことを第一に考えてもらいたいんです。それだけですよ』

『デマ? デマなんか流したりしませんよ。あの湯川という先生は、とんでもない悪党なんだから』

湯川先生はネットの噂を否定しているんですがどう思いますか、と勇山が切りだすと、水森は大仰に驚いたような声を上げた。

『そりゃあんた、否定するだろうよ。だって、女子生徒に手を出したり、生徒に体罰を加えたりしていたら、今どきクビになっちまうんだから、当たり前じゃないか』

そういう意味じゃなくて、誰かが湯川先生を陥れようとしているんじゃないか、との勇山の質問には、水森は失笑したようだった。

『ただの中学教師でしょ。ちょっとテレビに出てるだけの。そんな人、陥れて誰が得をするんですか。もし本人がそう言ってるんなら、自意識過剰だね』

一時間にわたり、この調子で質問を受けた水森は、店が混んできたからと勇山を追い出したそうだ。

「勇山さんは、水森さんに会ってどう思いました？」

「どうとは、ああいうデマを流すような人物かどうかということですか？」

「端的に言えば、そうです」

勇山は腕組みして首をひねった。

「話していて、底意地の悪さを感じました。他人が嫌がるのを見て楽しむというか。他人のミスは、ネチネチと嫌みを言わずにいられない。だけど、湯川先生が被害に遭っているような、あそこまで陰湿なフェイクニュースを作れるかというと、疑問です。というのも、あれはかなり技術が必要でしょう」

それは、私自身も考えていた。動画の編集について知識と技術を持つ人間でないと難しいだろう。

「それに、フェイクニュースを作るにも、ある種の創作能力が必要だと思うんですよ。いくつか記事を読みましたが、文章は意外にしっかり書けてましたよね」

記者の勇山がそう言うのなら、間違いないのだろう。

「水森さんが誰かに頼んで書かせたとか?」

「うーん、ボリューム的にも、ひとりでは無理かもしれませんね。水森さんも仲間のひとりかもしれませんが、彼だけではないと思います」

水森と誰かが組んでいるのか——。

私は眉をひそめた。

「実はね。昨夜、週刊手帖の安藤珠樹さんに会って、話を聞こうとしたんです」

「えっ。あの安藤さんですか」

私の記事を最初に週刊手帖に載せた記者だ。

「勇山さんのライバル誌でしょう」

「ええ。言っておきますが、僕もふつうならそこまでやらないです。だけど、今回は湯川先生のことですからね。僕も悔しいというか、なんとかして真相をつかみたくて」

軽い男だと思っていたが、私は勇山の漢気に胸を打たれ、思わず頭を下げた。

「勇山さん、ありがとうございます。そこまで助けてもらえるなんて」

「いいえ。四年前の記事の件で、僕にも責任がありますから」

勇山の記事で、私が世に知られるようになったことを言っているのだ。

「で、安藤さんですが、取材元については教えてもらえませんでした。ま、彼女は僕と先生がつながっていることを知ってますから、当然ですけどね」

「やっぱり、無理でしたか――」

「ですが、僕と話している時に、安藤さんの携帯に電話がかかってきたんですよ」

「電話に出たんですか」

「ええ。僕に断って、電話に出ました。一瞬、迷っている感じでしたけどね。短い会話でしたけど、それがひょっとすると、湯川先生の件の、取材先じゃないかと思ったんです」

「えっ、わかるものですか、そういうことは」

「僕も取材するので、ピンときたんです。彼女、『これからですか？』と慌てたように尋ねてましてね。何か話したいことがあるから、これから来いと言われたんじゃないかと。それで、別れてから後をつけてみたんです」

思いもよらない話に、私はあっけにとられた。正直、軽率な勇山にそんな度胸があり、機転が利くとは想像もしなかった。

「それで――？」

「どこに行ったと思います？」

勇山が、丸い目を大きく見開き、焦らすように間をおいた。

「渋谷に行ったんです。梅檀塾の渋谷校に」

私はハッとした。

「ロック――いや、鹿谷君の勤務先だ」

私と一緒に、東都テレビの『ソフィアの地平』に出演している塾講師だ。見た目は白面の貴公子で、名前がロック――そのギャップが喜ばれている。

「そうなんです。隠れて見ていると、鹿谷さんが出てきて、ふたりでタクシーをつかまえてどこかに行ってしまいました」

「まさか――鹿谷君が、安藤珠樹のネタ元だったということですか？」

「もちろん、最初の記事のネタ元かどうかはわかりませんが、彼女が鹿谷さんを取材していることは確かですね」

あんなデマを流すほど、ロックに嫌われていただろうか。そのへんは無自覚だったが、彼がコンピューターに強いことは知っている。勤務先の梅檀塾では、自分の英語講座を動画にして、オンライン授業もやっているそうだ。プロ並みの編集力だと、以前、彼の動画を見た東都テレビのディレクターが誉めていた。

「まだ鹿谷さんとは直接、話してないんです。様子を見て、安藤さんと何を話していたのか、尋ねてみてもいいと思ってます」

「いや――鹿谷君には、私が直接、話を聞きます。私から尋ねられれば、彼もいい加減なことは言えないと思うので」

「そうかもしれませんね」

勇山は納得したように何度か頷いた。

私は、今日の日中、東都テレビの羽田プロデューサーから電話があり、折り返してもつながらなかったことを思い出していた。ひょっとすると、羽田も何か知っているのかもしれない。

「僕は、水森さんの周辺を少し洗ってみます。交友関係や、スナックのお客さんあたりですかね。元俳優とのことですから、昔いた劇団も探ってみたほうがいいかもしれませんね」

「なるほど、それは思いつきませんでした」

「劇団の連絡先も調べてあるので、そちらは任せてください」

「助かります。恩に着ますよ」

勇山が、まんざらでもない様子で微笑む。

何かわかれば、お互いに情報を交換する約束をして、彼は帰っていった。

私は、ホテルのフロントにいるのが、自分を助けてくれた女性だと気がついた。

「今朝は、ありがとうございました」

近づいてお礼を言うと、彼女はにこやかな笑顔を見せた。

「いいえ。無事に外出できてよかったです」

あんまり無事でもないけどと言いかけたが、やめて私も微笑(ほほえ)んだ。

「ロビーにマスコミが押しかけたりして、ご迷惑をおかけして申し訳ありません」

「いえいえ。もしも、またいらっしゃった場合には、今朝と同じ裏口から出てください」

彼女の朗らかな軽口で、少し気分が良くなった。なにしろ今朝から、マスコミの襲来に、執拗なデマによる攻撃に、娘の自殺未遂と、息つく暇もないくらいひどい目に遭ったのだ。

彼女に挨拶して部屋に戻ると、机の上に置きっぱなしだったスマホに気づいた。うっかり忘れていったらしい。

着信が三件、すべて教育委員会の信楽(しがらき)裕子からだった。何があったのかと、慌てて電話をかけなおした。

『湯川さん、今はおひとりですか』

信楽の深刻そうな声を聞き、私は内心で呻いた。聞きたくない。

「ええ、ひとりです」

『本当は、湯川さんにお電話すべきではないんですが――。どうしても納得がいかないので、直接お尋ねしようと思いまして。まずお伝えしておきますが、私は本件の担当から外れることになりました』

「えっ、教育委員会の担当が代わるということですか」

『はい。状況が変わって、私が湯川さんと親しいために、痛くもない腹を探られる恐れがあると、教育委員長が判断されました』

明らかに、雲行きが怪しい。記者会見の前に会った時には、教育委員会は私の件が何かの間違いだと信じているので、信楽が担当することに何の問題も感じていないと話していたではないか。

『今日、生徒にアンケートを取ったんです』

「私のクラスの生徒ですか」

『アンケートは三年生全員です。湯川先生のクラスの生徒は、私たちが手分けしてひとりずつ話を聞きました』

今朝も教頭がそう言っていたが、ずいぶん仕事が速い。

『湯川先生は、本当に生徒に手を上げたりしていませんね？　問題になるような範囲で』

衝撃を受けた。信楽の声から、私を疑っていることがわかった。

「信楽さん、私は生徒でも誰でも、暴力をふるったりする人間ではありません」

自分でも、怒りと驚きで声が震えているのに気づいた。

『――私もそう信じています。でも、ヒヤリングの結果、生徒のなかに何人か、湯川先生が生徒に手を上げるのを見たという子どもがいたんです。体罰だったと』

「――なんですって」

二の句が継げない。

いったい誰がそんなことをと尋ねそうになり、自重した。名前を聞いてしまえば、私の怒りがその生徒に向かうかもしれない。だが、ひとりだけは、聞かなくても誰だかわかっている。

水森だ。父親が、そう言えとそそのかしたのに違いない。

「信楽さん。生徒が嘘をついたとは思いたくないですが、手を上げたことも実際ないので、正直、私は途方に暮れています。信楽さんもその場にいらっしゃったんですか」

『いいえ。聞いたのは別の先生です』

「疑うようで申し訳ないのですが、生徒を誘導するような質問だった可能性はありませんか。まだ中学生ですから、深い考えもなく誘導尋問に引っかかる可能性はあるでしょう」

『しかし、誘導尋問ということは、質問する側が、「湯川先生が体罰を与えた」と言わせたかったということですよね？　同僚を陥れるような、そんな真似をするでしょうか』

信楽の困惑が伝わってくる。ヒヤリングした教師は、誰だったのだろう。

学年主任の常見や、その腰巾着（こしぎんちゃく）らの顔が浮かんで、私は奥歯を噛みしめた。

『今日のヒヤリングの結果を受けて、湯川先生の立場はかなり悪くなりました。明日にも、学校側から呼び出しがあると思います。くれぐれも慎重に行動なさってくださいね』

信楽は、それを伝えるために、リスクをおかして電話をくれたのだ。

電話を切った後も、私は呆然としていた。事態は悪化する一方だった。勇山にしても信楽にしても教頭にしても、これだけ私を救おうと奔走（ほんそう）してくれているのに。

何よりショックだったのは、生徒の口から、私が暴力教師だったという言葉が飛び出したことだ。信楽の話では、ひとりではないらしい。

もちろん、百パーセント、生徒に好かれているなどとうぬぼれてはいない。甘いだけの教師なら好かれるかもしれないが、私はそういうタイプではない。叱るべき時は叱り、引き締めるべき時は引き締める。

生徒のなかには、厳しい先生が苦手な子どももいるだろう。

だが、した覚えもない体罰を、したと証言するほど嫌われていただろうか。

ホテルのベッドに座って考え込んでいたら、また電話が鳴り始めた。今日は着信が多い。

『ああ、やっと出てくれた』

東都テレビの羽田プロデューサーだった。馴染みの声を聞くと、ちょっとホッとする。

「羽田さん。私もかけ直したんですが」

『今日はもう、朝からドタバタしていて。本来なら、湯川先生に直接会ってお話したかったんですけど』

羽田の声が疲れていてそっけなく、悪い予感に再び心臓をつかまれる。

「どうしたんですか」

『週刊手帖に始まる騒ぎを受けて、局として、湯川先生には「ソフィアの地平」を降板してもらうことになりました』

えっ、と言ったきり、私は言葉が続かなかった。『ソフィアの地平』は、私が唯一、レギュラーとして出演している教育番組だ。芸能事務所に所属しているわけでもないので、この番組を外されれば、次の依頼はおそらくないということくらい、私にも予想できた。

『番組の立ち上げからずっと、長いおつきあいなので、こんな形になって残念です。だけど、報道からこっち、毎日うちにも視聴者からクレームの電話がかかってきてるんです。あんなハレンチ暴力教師を出すのかって』

「ハレンチ暴力教師って、そんな——」

『もちろん僕は信じてますよ、湯川先生のこと。やってないんでしょう？　だけど、デマもこれだけ続くと、事情を知らない視聴者には、湯川先生が悪人に見えてしまいますからね』

「せめて番組で、反論の機会をもらえませんか。一度でもいいですから」

『それは難しいですね。湯川先生もわかるでしょう。こういう事件が起きると、売れっ子の芸能人でも、芸能生命を絶たれます。ましてや、先生の場合、生徒を守護する「鉄腕先生」として注目されたわけだから』

「しかし、誰かが仕組んだフェイクニュースですよ。それで東都テレビが被害者の私を切ったりすれば、加害者の思惑通りじゃないですか」

羽田が、わざとらしいくらい大きなため息をついた。

『おっしゃりたいことはわかります。ですが、今は私も上を説得する材料がないです。事件が解決して、湯川先生には落ち度がなかったとはっきりすれば、また呼び戻しますから。それまではしばらく、季節はずれの休暇だと思っていてください』

──そんなことを言って、羽田も私のことを信じてないんじゃないか。

羽田は、「じゃ、湯川先生もお元気で。力を落としちゃだめですよ」などと調子のいいことを言って、電話を切った。

私はスマホを睨み、ベッドのマットレスに向かって投げつけた。小さな機械はマットの上で小石のように頼りなくはずんだ。所詮、羽田にとっては他人事なのだ。

安藤記者と鹿谷が会っていたことを、話せば良かっただろうか。いや、その件はまだ、切り札として取っておきたい。

──『ソフィアの地平』を降板させられた。

自分でも意外なくらい、ショックだった。

羽田とのつきあいは、四年前に森田の事件で「鉄腕先生」と呼ばれ始めたころからだ。

ちょうど、教育界の問題を話し合う番組を企画していた羽田から声をかけられ、『ソフィアの地平』に参加することになった。ロックと私を含む三名のコメンテーター体制も、その時から変わっていない。誰かが休む時に、別の教師らがゲストとして参加するくらいだ。

あの番組に出演していることが、私の誇りになっていた。気持ちの支えだった。教育者として、発言権があるのだと誤解していた。

――こんなにもろいものだったのだ。

誰かはわからない。私から、全てを奪おうとしている人間がいる。

9

呼び出しを受けて私が校舎に入ったのは、生徒に見つからないよう、翌日の一時間目の授業が始まった後だった。

教頭らは用意周到で、タクシーを使って学校まで乗りつけるよう指示し、体育の授業を受ける子どもらが外で私と鉢合わせしないよう、体育の授業は体育館で行うことにしたらしい。

「湯川先生。こんなことになって、本当に残念だよ。君は今も、生徒に暴力をふるったことはないと断言するのか？」

校長室に入るとすぐ、末光校長の声が飛んできた。なまくらな刀で無理やり肉を押し切ろうとしているような、ゴリゴリ押してくる尋ね方だ。

「校長、まずは私から説明しますので」

教頭が間に入ってくれた。信楽(しがらき)裕子から既に話を聞いたことは言えない。彼女に迷惑をかけてしまう。

校長室の応接セットには、先にグレーの背広を着た中年の男性が座っていた。

「教育委員会の川島(かわしま)です」

男性は、小さく会釈(えしゃく)だけして、ソファから立ち上がりもしない。きちんと挨拶すると損だとでも感じているかのようだ。彼が、信楽の代わりに送り込まれたのか。

教頭の話は、昨夜の信楽の説明とほとんど同じだった。私が生徒に暴力をふるったと証言した生徒は、三人いるとのことだ。

——三人も。

「なぜそんな証言が出るのか、理解に苦しみます。生徒に——暴力だなんて」

私は校長と教頭を説得しようと、言葉を選んでこれまでの経緯を説明した。

じっと聞いていた教頭が、「どうしましょうか」と言いたげに校長を見た。校長は、苦虫を嚙み潰したような表情で私を睨んだ。

「それでは君は、自分のクラスの生徒が嘘をついていると言うんだな？」

教師なら誰でも、こんな質問をされると答えに苦しむだろう。

「生徒が嘘をつくとは――それも私を陥れるかのような嘘をつくとは、思いたくありません。ですが、真実でないことは確かです」

「なぜ生徒がそんな嘘をつくんだ？　彼らに何か得があるのかね？」

「それは――わかりません。得などないと思うのですが。私が暴力をふるったと証言している生徒の名前を教えていただければ、何か思いつくかもしれませんが」

「バカなことを言うな！　君にそんなこと教えられるわけないだろう」

「ではせめて、私が『誰に』暴力をふるったと言っているのか教えてください。このままでは、何の手がかりもありません」

　校長と教頭が、そろってヒュッと息を吸い込むような顔になった。合点がいった。

「ひょっとして、水森健人君ですか」

　ふたりが答えないのが答えだ。

　水森の親は、私が息子に暴力をふるったために、息子の健人が学校恐怖症になったとテレビで喋ったのだ。「被害者」は水森で、証言した三人の生徒のうち、ひとりが水森と見るのが正解だろう。

　それなら、残りのふたりも見当がつく。

――麻野（あさの）卓人（たくと）と桜葉（さくらば）登夢（とむ）だ。

水森健人は学業やスポーツではほとんど目立つことのない中学三年生だが、子どもにしては態度が尊大で、他人にずけずけとものを言う。麻野と桜葉のふたりは、水森の子分のような存在で、よく三人で弁当を食べたり、遊んだりしていた。ふたりとも真面目だが、ちょっと気の弱いところがあって、水森に尊大な口調で言われると、嫌でも逆らえずニヤニヤしながら頷いているのを、何度か目撃したことがある。そういうおとなしいタイプを、水森が「取り巻き」に選んでいるのだ。

――ひょっとして、証言するよう水森に強制されたのだろうか。

だが、彼らも中学生だ。いくら水森が怖くても、唯々諾々（いいだくだく）と従うだろうか。

「湯川先生。いま生徒の『犯人探し』をするのは、やめておきましょう」

教頭が私をなだめるように言った。追い打ちをかけるように、教育委員会の川島が頷く。

「その通りです。湯川先生、はっきり申し上げて、先生の立場は、どんどん悪くなっています。先生のクラスの生徒が三人も証言し、アンケート用紙にすら、先生が生徒に暴力をふるっていた『かもしれない』と書いた生徒がいるんです。他のクラスの生徒ですが」

「なんですって――」

唖然とし、声を失った。

「調査が終了して事態が明らかになれば、湯川先生には何らかの処分があるでしょう」

私は返す言葉もなく、川島を見つめた。

――処分って何の話だ。

「川島さん。湯川先生の処分の話も、時期尚早と思いますよ。生徒の証言はありますが、それ以外の証拠は何もないんです。私にも、湯川先生がそういう人だとは思えません」

教頭が、真剣な表情で私をかばってくれた。

「土師さんまでそんな――。こういうケースで、証拠なんてあるわけないじゃないですか。生徒がスマホでも持ち込んで、現場を撮影していない限りね。複数の生徒の証言があれば、クロでしょう」

「しかし、川島さんもご存じのとおり、似たような状況で冤罪だったケースもあるんですよ。慎重に調査しないと。湯川先生は否定されていることですし」

「待ってください」

目の前で交わされる会話を聞き、自分が置かれた状況のひどさを理解した。

我知らず口を挟んでいた。驚いたように、川島と教頭が振り返る。

「ということは、生徒の証言が出た時点で、私はすでに有罪確定なんですか

「――？」

答えはなかった。

いったいどうすれば、私の言葉を信じてもらえるのか。今ここで、私の味方は教頭だけだ。校長も川島も、私を疑っている。無条件に生徒を信用している――あるいは、そういうスタンスを取ろうとしているのだ。

「先ほど、私に暴力をふるわれたと証言しているのは、水森健人ではないかと言いました。子どもに罪はありませんが、彼の両親は、いわゆるモンスター・ペアレンツです。何度も学校に押しかけてきて、私たち教師も困らされています。生徒らの証言に、水森夫妻が関与している可能性はないのでしょうか」

必死だった。熱弁をふるって川島の心を動かすことができるのなら、いくらでも説得するつもりだった。

「湯川先生、仮に証言した子どもが水森健人君だとしてですよ。親がモンスター・ペアレンツだからといって、子どもの証言を否定するわけにはいかんでしょう」

「もちろん、水森ひとりならそうかもしれません。だから先ほど、証言した生徒の名前をお聞きしたんです。水森健人には、友達というよりは子分のようにいつも一緒にいる、麻野と桜葉というふたりの男子生徒がいます。証言した三人の生徒というのは、水森を含むその三人ではないのでしょうか」

川島が黙り込んだので、私は自分の予想の正しさを確信した。証言したのはあの三人だ。

「湯川君。推測で生徒を誹謗中傷するのはやめなさい。いくらなんでもひどい」

校長に言われ、衝撃を受けた。私が生徒を誹謗中傷しただと。とんでもない言いがかりだ。私が彼らに誹謗されているのだ。

「生徒の証言内容を話すつもりはない。ましてや加害者本人に」

校長は、顔を真っ赤にして憤激している。私の言葉の何かが、彼を怒らせたらしい。だが、ここでひるんではいられない。

「こうでも言わなければ、有罪判定を覆すことができないじゃないですか。加害者などではありません。私は、自分が暴力などふるっていないことを知っています。だからここまで強く主張しているんです」

さらに顔を赤くし、唇を震わせながら何か言い募ろうとした校長を、教頭が間に飛び込むようにしてさえぎった。

「まあまあ。そこまでにしましょう。湯川先生、この件は教育委員会と私たちが、きちんと調べると約束します。先生に不利な証言をした生徒の親御さんや、他の生徒たちからも話を聞いてみますから」

それで、真実を明らかにすることができるのだろうか。

だが、教頭が精一杯の提案をしてくれていることはわかったし、それ以上を求めても困らせるだけだ。常に私の側に立ってくれる教頭だが、ここまでくれば、それも限界に近いはずだ。

――もう、学校には頼れない。

私はそう悟った。学校は、生徒が嘘をついているという前提には立てないのだ。

それに、校長や川島の、毒を持つ毛虫でも見るような目つきはどうだ。

ただでさえ忙しいのに、とんでもない騒ぎを起こしてくれた。

テレビに出るなんてよけいなことをして浮かれているから、面倒事を持ち込むのだ。

そう、はっきり顔に書いてある。

「追って連絡があるまで、ホテルで待機してください」

川島がそっけなく指示した。私はその言葉に従って、立ち上がらざるをえなかった。

校長室を出るとすぐ、一時間目の終了を告げるチャイムが鳴った。私が慌てるのも癪（しゃく）だったが、生徒らが廊下に溢れる前にと、急いで職員室に駆け込んだ。

教室から戻ってきた教師たちが、私を見て一瞬ギョッとするのが感じられた。まさか、連日の報道やネットの誹謗中傷の嵐のなか、学校に来ているとは思わなかったのだろう。

学年主任の常見が、横目でじろりと睨んだだけで、あとは無視して行き過ぎたのは少し意外だったが、常見の腰巾着たちは、私を見ないように自分のデスクに急いで逃げた。

「あれ、湯川先生じゃないですか」

朗らかな声がしたので振り向くと、体育教師の辻山がいた。濃紺のジャージ姿で、今まで体育の授業に出ていたのだろうか。

「来てたんですね。何か進展はありました？」

「いや——。進展どころか、やってもいないことでお叱りを受けて、どうにもね」

苦笑いして見せると、「ああ」と言いながら、辻山は校長室の方角へ目玉を動かした。

「しかたがないですよ。あと数か月、退職の日までのんびり気楽に過ごすはずだったのに、この騒動ですから。あまり気にしないほうがいいです」

気にしないでいたら、近いうちに首が飛ぶ。

そう言いかけたが、好意で言ってくれる辻山に八つ当たりしてもしかたがない。

「そうだ、湯川先生、ちょっと」

辻山に目くばせされ、人の目を避けるように、給湯室に連れていかれた。

「お聞きでしょうけど、昨日、先生のクラスの生徒たちから、湯川先生についてヒヤリングをしたんです」

「ああ、聞きましたよ」

「ため息をついてますね。その時、常見先生の質問のしかたがちょっと気になりましてね」

「――常見先生の？」

「僕から聞いたなんて、常見先生に言わないでくださいね。子ども相手ですから、用心して言葉を選ぶべきですが、常見先生の聞き方は、誘導尋問に近い気がして」

「どんなふうだったんですか」

思わず、勢い込んで尋ねた。

「『湯川先生が生徒に手を上げたところを、目撃しなかったか』と言われてましてね。そう言われると、いかにも先生が生徒に手を上げたのが真実らしく聞こえませんか」

「――なんとまあ、そんな聞き方をしたんですか。信じられないな」

眉間に皺が寄る。常見が私を嫌っているのは気づいていたが、まさかそんな雑な印象操作で、私を陥れようとするとは。

辻山の言う通りだ。常見の質問では、私が生徒に手を上げたのは事実のように聞こえてしまう。ネットで流れている動画を見た子どもなら、本気にしてしまう恐れは充分ある。

「無神経なのか、よっぽど湯川先生に恨みでもあるのか、どちらかですよ。湯川先生、常見先生と何かあったんですか」

「まさか！　何もありません」

慌てて打ち消した。

「常見先生が、なぜか私を目の敵にされているだけです」

へえ、と面白そうに私を見る。

「大人でも、人間の記憶というのはあいまいなものですからね。質問のしかたひとつで、答えが変わる恐れがある。だから、よっぽど注意して質問しなければいけないはずです。今回のヒヤリングの結果を受けて、湯川先生がショックを受けているかもしれないと思ったので、お知らせしておこうと思いましてね」

「辻山先生、助かります。たしかに、やってもいないことをなぜ生徒たちが証言したのか、ショックでした。今のお話で、どんな状況でヒヤリングが行われたのか、想像がつきましたよ」

「まあ、あまり思い詰めないほうがいいです」

辻山は慰めるように言うと、ちらりと腕時計を覗き、二時間目の授業が始まる前にと、先に職員室に戻っていった。

――常見は、私を常在中学から追い出したいのか。

それにしても、やり方が汚い。

二時間目の開始を告げるチャイムが鳴り、生徒らが教室に戻って、教壇に立つ教師らの声が廊下に漏れ聞こえるほかは、しんと静まりかえったころ、私はささやかな荷物をまとめて、校舎を出た。

教頭は、まだ校長室から戻っていなかった。善後策を検討しているのかもしれない。私を嫌っている校長と、教育委員会の川島のふたりを相手に、教頭ひとりに奮闘してもらうのは申し訳ないが、私がいると、よけいに紛糾しそうだ。

駅まで歩くのも嫌で、タクシーを呼んだ。

いったん自宅に戻ってみることにした。マスコミが消えていれば、何も高い宿泊料を払って、ホテルに泊まる必要はない。

学校はいま、長期休暇を取っている扱いになっている。『ソフィアの地平』を降板させられたので、もうテレビ出演の収入はない。発信者情報開示請求にかかる費用も安くないし、少しでも出費を抑えたいところだ。本当は、タクシー代だって惜しい。

「お客さん、このへんですか」

「その角を左に曲がってください」

運転手に指示を出し、賃貸マンションが見えてくると、私は目を凝らし、息を呑んだ。

――なんだあれは。

曲がる角を間違えたのかと、戸惑った。私が借りているのは、二階の東南角だ。小さいベランダがあり、エアコンの室外機の横に、結衣が育てていたミニトマトの鉢がある。

白い汚れが、窓にべったり飛んでいた。

誰かが、生卵をうちの窓とベランダに投げつけたのだ。窓ガラスや室外機に乾いてこびりついている。

張り込んでいるマスコミの姿はない。

「ここで結構です」

声が震えるのを押し隠し、料金を払う時に、振り返った運転手が一瞬、「あっ」という表情になった。私は、そそくさと車を降りた。

誰にも会わないよう、急いでマンションのエントランスに駆け込む。古いマンションで、オートロックや防犯カメラといった流行りのセキュリティはない。一階にある集合の郵便受けもひどいことになっていた。誰かがゴミを突っ込んで、蓋が開きっぱなしになるくらい、紙屑で溢れている。

とりあえずそちらは放置して、階段で二階に上がった。見るのも嫌な気分だったが、玄関のドアには赤と黒のスプレーで、「バカ！」「死ね！」などと、私への罵詈雑言が書かれている。

紙がべたべた貼られているので、近づいてみると、細かい字で「鉄腕先生」が女生徒を食い物にする暴力教師であることを難詰する文章が書かれていた。世の中にはヒマな人間がいる。

腹が立ったが、貼り紙やスプレーはそのままにしておいた。貼り紙を剝がせば、私が自宅に戻ったことがバレてしまう。

——誰がやったんだ。

証拠の写真をスマホで撮影しながら、私は唇を噛んだ。

苦々しい気分で玄関を開けると、数日戻らなかっただけで、むっとした臭気がこもっている。換気のために窓を開けると、ベランダには外から見えていたよりずっと多くの卵やゴミや石が落ちて悪臭を放っていたし、娘の結衣が育てていたミニトマトの鉢は、投石のせいで割れ、土がこぼれてトマトは倒れ、半分枯れかかっている。それを見た瞬間、私のなかで何かがぷつりと切れた。

——警察に通報しよう。

マスコミはいないが、この状態で自宅に戻れるだろうか。戻っていることがバレれば、攻撃がエスカレートするかもしれない。

不安になって、ダベッターを覗いてみた。通知はとっくの昔に切ってある。ひっきりなしに、私に直接、汚い罵り言葉を返信してくる連中がいるからだ。事件の報道を見て義憤にかられた奴もいるだろうが、それ以前に、自分の鬱憤（うっぷん）をこんな形で晴らしているのだ。

返信ではなく、「鉄腕先生」と入力して、エゴサーチしてみた。慄然（りつぜん）とする結果が出た。

（鉄腕先生は死んだほうが世のため）

（湯川鉄夫というのは本名。住所はH市〇〇丘町〇丁目）

マンションの名前まで、誰かが書き込んでいる。近隣の住人は、歩いていて私とすれ違うこともあるだろう。「鉄腕先生」がこのマンションに住んでいることは、周知の事実のはずだ。まさか住所が晒（さら）されるなんて、とは言えない。近ごろのネットでは、この程度のことはしょっちゅう起きているではないか。まだ、間違った情報で赤の他人に迷惑をかけていないだけマシかもしれない。

これまで何度も、ネットで炎上して個人情報を晒される事件などを目撃してきた。そのたびに、「またか」と思っていた。だが、まさかそれが、自分の身に降りかかるとは思わなかった。驚いたことに、窓から家の中を覗き見して撮影したとしか思えない写真まで、ネットに投稿されている。

――もう、この部屋には住めないんじゃないか。

背筋がぞっとした。なぜ私がこんな目に遭うのだ。このままでは私は殺される。実際に命を取られなくても、社会的にはすでに殺されたのも同然だ。

春日弁護士に電話をかけた。今日はすぐに出てくれた。部屋の状況やネットで住所が晒されている事実を話すと、警察に通報したほうがいいと言ってくれた。

「春日先生、早く犯人を突き止めたいんです。犯人が流すデマに煽（あお）られて、無関係な人間まで私を攻撃してくる」

『もちろん、急いでいますが――湯川さん、デマを流した人間の氏名などが判明するまで――判明したとしてですが――早くて数か月はかかりますよ。あまり焦（あせ）らないほうが』

春日ののんびりした話に、私は愕然とした。数か月だと――？

「ど、どうしてそんなにかかるんですか」

『あれ、ご説明しませんでしたっけ。これでもプロバイダ責任制限法が改正されて、だいぶ早くなったんですよ。以前は相手を特定するだけでも、裁判を二回やらないといけなくて、一年はかかってましたからね』

「一年ですって！　冗談でしょう！」

『冗談じゃないですよ。たとえば湯川さんが男子生徒の耳を摑んで持ち上げている動画があったでしょう。あれを例にお話ししますと、まず動画サイトに対して、IPアドレスの開示請求ということをします。動画をアップした人のIPアドレスですね。ただ、動画サイトが率先してこれを開示してくれることは、まずありません。裁判所から開示するように命令が出なければ、動画サイトにも顧客の個人情報を守る義務があるわけです』

「それが、一回めの裁判——ですか」

『そうなんです。で、IPアドレスが判明したとします。しかし、湯川さんはご存じかもしれませんが、IPアドレスというのは、インターネット上の住所のようなもので、単なる数字の羅列なんです』

「それだけで相手の名前などがわかるわけではないということですね」

『そうです。それを知るためには、プロバイダに対して、該当するIPアドレスから利用者の住所氏名などを開示してもらわないといけません。その際に、二回めの裁判が必要でした。まあ、今は裁判が簡略化されて、被害者の申し立てで裁判所が情報開示させるべきかどうか判断できるようになりましてね』

「そんな——では、簡略化された手続きでは、相手の名前が判明するまで、何日くらいかかるんですか」

『ですから、それには早くても数か月かかるんです』

春日は、しんぼう強く繰り返した。

『しかも、相手にいくらか知識があって、自分の本当のIPアドレスを知られないように、プロキシサーバーというものを間に挟んでいたりすると、さらに時間がかかる恐れがあります』

「そんなに待ってられません！　デマのせいで、勤めている学校も辞めさせられるかもしれないんですよ！」

春日は、さすがに返事に困ったようだった。私がそこまで追い詰められているとは想像もしていなかったのかもしれない。

私は、上ずる声で必死に頼み込んだ。

「なんとかなりませんか。数日以内に相手を突き止めないと、私は社会から抹殺されます」

『湯川さん――お気持ちはお察ししますが、どうしようもないんです。手続き自体は、もう始めているんですが』

「しかし――」

『とにかく、ご自宅への落書きや投石についてはすぐに警察に通報して、被害を届けましょう。今後、犯人がわかった時には、賠償請求の根拠にもなりますから』

今できることは、そのくらいしかないということだ。春日の歯切れの悪い口調から察しをつけ、私は目の前が暗くなった。

『ダベッターなどは脅迫的な言辞をルールで禁じていますから、運営に報告してみてはどうでしょう。あまりに内容がひどい投稿は削除してくれるかもしれませんし、場合によっては、相手のアカウントを凍結してくれるかもしれませんよ』

だが、削除してしまえば、逆にその発言内容から相手の正体に迫ることもできなくなるのではないか。

春日の話を聞けば聞くほど慄然とした。こうした事件では、被害者が一方的に追い込まれ、心身ともに消耗する。ＳＮＳで誹謗中傷を受けたタレントが自殺にいたったケースすらある。

――こんな馬鹿なことがあるか。

私に「死ね」だの「殺してやる」だの書いている奴らは、自分が完全に匿名だと考えて、高をくくっている。リアルの世界では決して吐かないような暴言も、ネットでは許されると勘違いしている。自分は安全圏に身を置いて、相手だけを攻撃しているつもりでいる。

自分は正義の側に身を置いているつもりなのかもしれないが、卑怯な奴らだ。たとえネットの世界でも、完全な匿名など存在しないのだが、突き止めるのに何か月もかかるとは——。

週刊手帖に記事が掲載されて以来、私のなかでずっと、戸惑いと中途半端な怒りが同居していた。自分自身の転落を、呆然として他人事のように見ているような部分もあった。現実感がなかったのだ。

だが、結衣が自殺未遂を起こし、職場を追われそうになり、こうして自宅の惨状を見て、ようやく私も目が覚めた。

ホーム。

わが家とは、人間がいちばん安心できる居場所のはずだ。それを、奪われた。今まで何をぼんやりしていたんだろう？

——必ず思い知らせてやる。

そう誓いながら、今まで何ひとつ有効な手を打てていなかったではないか。

私からすべてを奪おうとしている奴と、煽動(せんどう)されて私を攻撃している奴ら。必ず彼らの正体を突き止め、後悔させてやる。

他人の暮らしを土足で踏み荒らせば、自分の生活だって危うくなる。それを骨の髄(ずい)まで理解させてやる。

ごく普通に仕事をしたり、家族と楽しく食事をしたり、夜は安心して眠りについたり。ただそれだけのつつましい暮らしが奪われるのだということを、思い知らせてやるのだ。

10

梅檀塾の渋谷校は、JR渋谷駅ハチ公口を出て、数分歩いた場所にある。

私は今でも渋谷が苦手で、すぐ迷子になる。ふだんはあまり近づかないのだが、今日はわざわざマスクをかけ、ふだんと服装や髪型の雰囲気を変えて、別人を装って渋谷を歩いた。

目当ては、ロックこと鹿谷だ。

毎年、東大、東工大、京大の合格者を輩出する梅檀塾は、屈指の進学塾として有名だ。ロックは、そこで英語を教える人気講師だった。

英文学はもちろんのこと、ハリウッド映画に造詣が深く、文法や覚えにくい単語を映画のワンシーンを使って説明し、ユーチューブの動画にしたりもするので、わかりやすい、楽しいと評判を呼んでいる。

その人気が『ソフィアの地平』への出演につながった。

ロックの人気は、そのテレビ映えする中性的な美貌のおかげでもあるだろう。

彼が教えるようになってから、梅檀塾では、女生徒の割合が急増したそうだ。

梅檀塾が入っているビルの向かいにカフェがあるので、私はそこでコーヒーを飲みながら、時間をつぶしていた。ロックは今夜、午後八時から十時まで、全国の塾生向けにサテライト講義を行っている。講義の模様を、リアルタイムにネットで動画配信しているのだ。これが人気なのだそうだ。

午後十時を過ぎると、ビルの階段を私服姿の高校生らが数十人、降りてきた。塾生だ。

三十分待っても、ロックは出てこなかった。ビルの出入り口は一か所しかないので、見逃す恐れはない。

それでも、待ちくたびれた私は、カフェを出て向かいのビルに向かった。三階の梅檀塾まで、階段を上っていく。

塾のロビーにはまだ何人か生徒がいたが、私を見ても「鉄腕先生」だと気づいた様子は見せなかった。

「鹿谷先生はいらっしゃいますか」

以前に一度、ここでロックと待ち合わせて飲みに行ったことがあり、事務室の場所も知っている。授業が終わると講師らは事務室に来て、事務作業や翌日以降の準備をするのだ。

ドアの近くにいた中年の女性が、こちらを振り向いた。

「いらっしゃいますが、どちら様で――」

言いかけて、気づいたらしい。ハッとした様子になり、奥に向けて「鹿谷先生！」と上ずった声をかけた。

「はーい。何ですか～」

ロックは、顔に似ず軽い男だ。視線をパソコンの画面に落としたまま、のんきな調子で応じ、こちらに顔を上げて驚愕したようだった。

「外で話せませんか」

私は穏やかに声をかけた。週刊手帖の安藤珠樹記者と会っていたというのが、引っかかっている。何を話したのか、聞き出すつもりだった。

「応接があるんですよ。こちらへどうぞ」

ロックは私の名前を呼ばず、肘を摑んで廊下に出た。それが私に配慮したせいなのかどうか、わからなかった。横顔はこわばっているように見えた。

「湯川先生、連絡をくれたら良かったのに。いきなり来られるから、びっくりしました。大丈夫ですか」

応接と言ったのは、六人座れる、小さな会議室のことだった。白い丸テーブルの周囲に、オレンジと黄緑のプラスチックの椅子が六脚、置かれている。

「羽田さんに聞きました。『ソフィアの地平』を降ろされたそうですね。ショックを受けていませんか」

気の毒そうだったり、優越感が滲んでいたりすれば、それが透けて感じられたと思うが、ロックの言い方は自然だった。

「テレビだけなら問題ないです。学校を辞めさせられるかもしれない」

勧められた椅子に座りながら言うと、ロックが「えっ」と口ごもり、私を見つめた。

「どうしてですか――。だって、やってないんでしょう?」

「いま世間に溢れているのは、週刊手帖の記事も含めて、全部デマです」

週刊手帖の名前を出したのは、彼の反応を見るためだった。案の定、彼は、その名前を聞くとびくりとして、落ち着かない風情になった。「そんな」と呟いたきり、そわそわと両手を膝の上で握ったり開いたりしている。私が怖い顔をしていたのかもしれない。

「デマなのに、世間はそれに騙されている。おかげで、今日、自宅に帰ってみたら、こんな状態ですよ」

玄関の惨状を写真で見せた。

「ひどい──。警察に行くべきですよ」

「ええ。ネットの中傷について被害届を出してきました」

「それがいいです。──それで湯川さん、今日は、どうしてここにいらしたんですか？　何か僕で手伝えることがあるなら言ってください」

意を決したように、ロックが尋ねた。それを待っていたのだ。

「教えてください。昨日、週刊手帖の安藤珠樹記者と、何を話したんですか」

ロックが凍りついた。

「あなたが安藤記者と会って、タクシーに乗ってどこかに行くのを見た人がいるんです。彼女に何を話したんですか」

「いや──違う。違いますよ、湯川さん。僕は何も、湯川さんに不利なことなんか彼女に話していませんから」

「では、何を話したんですか」

「湯川さんはどんな人かと聞かれたんです。ですから、『ソフィアの地平』収録現場での、湯川さんについて話しただけです」

──本当だろうか。

「安藤記者とは、いつから知り合いなんですか」

「僕、以前、週刊手帖にコラムを持っていたんですよ。その頃から、彼女のことは知ってます。その関係で、今回も声をかけてきたんです。取材したいって」

「コラムの件は初耳です」

「『ソフィアの地平』が始まった時より、ずっと前のことですからね」

「本当に私に不利な話をしていないのであれば、どうしてそんなに慌てているんですか。すごい汗ですよ」

ロックの額を指さすと、彼は青ざめて目を丸くし、シャツの袖で額を拭った。唇がかすかに震えている。

「ち――違うんです。これは――」

「正直に話してください。あなたはいったい、安藤記者に何を言ったんですか」

「それは――。湯川さんの奥さんと娘さんが、いま実家に帰っているじゃないですか。その話をしたんですよ！」

私は意表を突かれ、目を瞠った。学校にその話はしていなかったが、たしかにロックには、飲み会の席で話したことがある。

「安藤さんは、その原因を聞いてきたんです。つまり、女子生徒にわいせつな行為をしたことが奥さんにバレたんじゃないかと疑っていたんです」

彼はやっきになって、私の怒りを解こうとしていた。

「なんと答えたんですか」

「もちろん、そんなわけはないと言いましたよ！　飲み会の席で聞いたじゃないですか。仕事に打ち込みすぎて、なかなか自宅に戻れない湯川さんに、奥さんがキレたんだって」

「安藤記者はなんと？」

「そうではないんじゃないかと、しつこく聞かれましたが、僕はちゃんと誤解を解くように話しましたよ。最後は、彼女も『わかった』と言ってくれました」

私は椅子の背にもたれ、彼の説明を反芻した。ロックの話には、特に違和感はない。安藤に話したことも、真実のようだ。

「どうしてそれを、すぐに教えてくれなかったんですか」

「だって、例の記事を書いた記者に会うなんて言えば、湯川さんが怒りそうな気がしたんですよ。今だって、頭から湯気を出すような顔をして、飛んできたじゃないですか」

ロックは、肝っ玉の小さい男ではあった。『ソフィアの地平』では愛称でロックと呼ばれているが、「岩」や「ロックンロール」などという言葉とは正反対で、おとなしい男だ。

私が怖くて言えなかったという言葉にも、真実味があった。

「――それじゃ、鹿谷さんは安藤記者の連絡先を知っているんですね。私がもし、教えてくれと言ったら、教えてくれますか」

ロックは一瞬、ひるんだ。

「――名刺をもらったのでお見せしますけど、僕から聞いたことは内緒にしてくれますか」

「そうしたほうが良ければ」

そう言えば安藤は、あんな記事を書いておきながら、私自身には一度も取材の申し込みをしなかった。ふつう、本人にも取材するのではないのか。もちろん、申し込んで断られたならしかたがないが、本人に確認を取ろうともせずに、あんな記事を書くなんて信じられない。

ロックが見せてくれた名刺を、スマホで写真撮影した。

「湯川さん、あの動画もすべてデマなら、発信者情報開示請求はしていますか。早い段階で手を打てば、相手の正体を突き止められますよ」

「弁護士を通じて、やってもらっています。ですが、何か月もかかるらしいんです。のんびり待っていると、こっちは再起不能になります」

「そんなに――」

ロックが表情を曇らせた。

「すみません。僕も、どう協力すればいいのかわかりませんが、何かできることがあれば言ってください。降板の話を聞いて、遠田さんも心配していましたよ」

私はまだ少し、彼があの動画作成に関わったのではないかと疑っていた。私の周りに、動画編集ができる人間など、そうそういないからだ。

「鹿谷さんは、コンピューターにも、動画の編集にも詳しいですよね。一緒に動画を見て、何か気づくことがあれば教えていただけませんか」

「詳しいと言っても素人の独学ですが――。もし良ければ、うちにいらっしゃいますか。この教室は、もうすぐ閉めてしまうので」

彼の自宅に行ったことはないが、いろいろ話を聞けるなら好都合だ。

「自宅はどこでしたか」

「大久保なんです。気楽なひとり暮らしですから、うちでご飯でも食べながら、動画を調べてみましょう」

片づけてくると言って、ロックは会議室を出ていった。彼の従順で親切な態度が本物なのか、それとも私を騙すためにそうしているのか、判断がつかなかった。あれが演技なら、とんでもない悪党だ。

ロックを待つ間に、茜に電話をかけた。昨夜、病院で別れた後、まだ一度も様子を聞いていなかった。

『もう、結衣と一緒に実家に戻ったから』

茜はどこかそっけなく答えた。

「結衣はどうしてる？　少しは落ち着いたかな？」

『また部屋に閉じこもってる。もう、昨日みたいなことはしないと約束したけど』

茜の声が冷ややかなのは、大変な時に、私がそばにいてやらなかったからだろうか。だが、家を出ていったのは茜なのだ。

戻ってこないか、と尋ねることもためらわれる。自宅のあの状況を見れば、茜の心痛は増すだけだ。どうすればいいか私にはわからなかった。

「こんなことになって、本当にすまないと思ってる。今は、ふたりともそちらにいたほうがいいと思う。僕はあいかわらず、変な連中に目をつけられているし」

『変な連中？　マスコミでしょう？』

「いや――。マスコミもだけど、ネットで僕の情報を流している、おかしな奴がいて」

電話の向こうで、茜が黙り込んだ。今にも爆発しそうな気配を感じ、私は息を呑んだ。

「茜――」

『どうしてこんなことになったの？　鉄ちゃんは何も悪いことなんかしてないって言うけど、それなら誰がなぜ、鉄ちゃんをそこまで攻撃するの？』

茜の涙声に、私は何も言えなくなった。私のせいなのだろうか。私が何か悪いことをしたから、こんな目に遭っているのだろうか。

『鉄ちゃん、結衣のことだって、本当に心配してる？　今朝からずっと連絡を待っていたけど、夜になるまで電話の一本もないなんて』

「だって昨日、命に別状はないと医者も言ってたじゃないか」

『それは結果的にそうだっただけでしょ。あの子、自殺しようとしたのよ。わかってる？　どうしてそんなに冷淡なの。あなたの娘でしょう！　可愛くないの？』

「何を言うんだ。可愛いに決まってるじゃないか。なあ、茜、聞いてくれ。冷淡なんかじゃないんだ。僕は今、姿の見えない敵に四方八方から攻撃されて、いっぱいいっぱいなんだ。君らにまで迷惑をかけて、本当に申し訳ないと思うけど、僕もどうしたらいいか、わからない」

『もういい！』

感情的な声で叫ぶと、茜は通話を切ってしまった。私は黙って震えていた。

「湯川さん？　そろそろ行きま――」

ドアが開き、顔を見せたロックが、驚いたように口を開いたまま黙った。

私はスマホをポケットにしまいながら、手のひらで頰を撫でた。顔の筋肉が凍りついたように、こわばっている。

「私はいつでも」

「──大丈夫ですか？」

おそるおそる尋ねたロックの表情も硬い。

「大丈夫です」

ふたりして栴檀塾を出たが、会話はなかった。気軽に話しかけられる雰囲気ではなかったのかもしれない。私は茜の態度に衝撃を受けて、深く自分のもの思いに沈み込んでいた。

私が頑張ってきたのは何のためだったのか。

家族のため？　しかし、今やその家族が崩壊してしまった。

生徒のため？　その生徒に裏切られ、やってもいない暴力をふるったと訴えられているのに？

「──ねえ、湯川さん。今はこんな騒ぎになって、みんな忘れたような顔をしていますが、僕は湯川さんが子どもたちのためにしたことは、立派なことだと思っていますよ」

ＪＲ山手線に乗ると、ロックがおずおずと話しかけてきた。私は他人の目を気にして、マスクがきちんと顔を隠していることを、窓ガラスに映して確認していた。

マスクで顔を隠していれば、「鉄腕先生」だと気づく人はあまりいないようだ。

面白いことに、ロックはこんなに整った顔立ちをしているのに、周囲の人間は「ロック」だと気づいていないようだった。

「あれは、配属されてすぐ、ご自分で始めたことなんですか？」

ロックの質問に、私は少し考え、当時を思い起こした。

「——そうですね。自分でやろうと思い立ったんです」

毎日、学校が終わると、繁華街を通って自宅まで歩いた。夜遅くまで遊んでいたり、不適切な場所に出入りしていたりする生徒がいれば、注意して自宅に帰るよう指導した。

本来は、補導員の仕事だったかもしれないが、そんなことをしているうちに、遅くまで家に帰らない生徒のなかに、「帰らない」のではなく「帰れない」子どももいるのだとわかってきて、だんだん生徒の生活にも深入りするようになってしまった。

「当時は、荒れていたそうですね。学区が」

「ええ。私が着任する半年ほど前かな。その地域の経済を牽引していた、精密機械のメーカーが倒産しましてね。工場を閉めたのがきっかけになって」

工場で働いていた社員、パートはもちろんのこと、周辺の食堂や弁当屋が軒並み影響を受け、店を閉めたり、従業員を減らしたりしたそうだ。

地域経済はいっきに不景気になり、そのあおりをまともに食らったのが子どもたちだった。

「経済的な環境は、子どもの生活を直撃しますよね」

ロックがしみじみと呟いている。彼が勤務する栴檀塾に来るのは、比較的裕福な、恵まれた家庭の子どもがほとんどのはずだ。彼の口から、そんな感慨が漏れるとは思わなかった。

「本当に、その通りです」

「子どもは、気づいていないようなふりをしても、家庭の格差には敏感ですよね」

「傷つきやすいですし、いじめの対象になることもありますからね」

考えてみれば、地域経済が少しずつ持ち直すと、荒れていた子どもたちの生活態度も良くなっていった。それはもう、はっきりと目に見えるほどだった。

事件を起こした森田が学校にいた、あの頃がもっとも常在中学が荒れた時期だったのだ。

「――そういう目で考えてみれば、私の『見回り』が子どもたちにいい影響を与えたわけではないかもしれませんね。経済状況が改善されて、家庭にゆとりが生まれたから、子どもたちもそれを皮膚で感じ取った。それだけのことなんだ」

言いながら、私は新しい発見に驚き、虚(むな)しい気分になっていた。

今まで、常在中学の生徒を自分が守っているような気でいた。まあ、全部とは言わないまでも、少しは彼らを夜の街の誘惑や、危険から守っていると思っていた。そんな場面もなかったとは言わないが——。

「何を言ってるんですか？」

ロックが、びっくりしたようにこちらを見つめている。

「まさか、本気で言ってるわけじゃないですよね」

「いや、私が見回りなんかしようとしまいと、生徒の生活には何の関係もなかったわけで」

「まさか、冗談でしょう。湯川先生が毎日、忙しいのに生徒のために足を棒にして見回りを続けたから、彼らもそれにこたえて、生活態度を改善したんですよ！　自分たちのために、一生懸命になってくれる先生の存在が、どれだけ彼らの心の支えになるか」

ロックの声は、いささか大きすぎた。混雑する山手線の車内で、急にじろじろと私たちの顔を見る人たちが出てきた。「鉄腕先生とロックだ」と囁く若者らもいた。列車が新宿駅に到着したので、私は救われた。吐き出される人波にまぎれ、ホームに出る。乗り換えだ。

「——すみません。つい興奮して」

周囲の様子に気づいて、白皙の額に汗を滲ませ、ロックが謝った。

「おべんちゃらだと思われるかもしれませんが、僕は湯川さんを尊敬しています。自発的な見回りだなんて、すごいことをされていると感心していました。なかなかできないですよ」

「そんなことないですよ」

言いながら私は、彼を疑ったのは、どうやら間違いだったようだと警戒を解き始めていた。彼の言葉には、真実味が感じられる。周囲がみんな敵に見えていたので、心が慰められた。

「だからこそ、僕は湯川さんに、自暴自棄になってもらいたくないんです。さっき、会議室のドアを開けた時――」

ロックはごくりと唾を呑み込んだ。言うべきかどうか迷ったようだった。

「すごく怖い顔をしていましたよ。何があったんですか」

「いや――。妻と電話していたんです。彼女が私をなじるものだから、つい」

「そうだったんですね。学校側の対応は不可解ですが、この騒ぎは一時的なものだと思います。今はとにかく我慢して、誰が湯川さんを陥れようとしているのか突き止めましょう」

ロックがこんなに親身になって、私を諭してくれるとは思わなかった。もっとク

ール な男だと思っていた。

大久保のマンションは彼が謙遜(けんそん)するより立派で、２ＤＫとはいえひとり暮らしなら充分すぎるくらい広々としている。物が少ないせいもあるだろう。

途中のコンビニで弁当や飲み物を買い込み、マンションに戻ると、食べながらパソコンを起ち上げた。私が覚えている限りのフェイク動画を見せると、彼はまじまじとそれに見入った。

「なるほど――よくできてますね。この子には、心当たりはないんですね？」

私が男子生徒の耳か襟を摑んで、持ち上げているように見える動画だ。

「顔にぼかしを入れて、誰だかわからないようになっていますしね。心当たりはないです」

「この動画は、おそらく湯川先生の顔だけを貼り替えてあるんです。元の動画では、別の誰かがこうして生徒を摑んで持ち上げるしぐさをしたんですよ。生徒の顔にボカシを入れたのは、生徒を知っている人が見たら、まったく関係のない動画だとバレてしまうからでしょうね」

「私の顔以外は本物ということですか」

「そうですね。だけど、合成なのにいかにも本物らしく見えますよね。湯川先生の口の動きが、聞こえてくる声と一致しているんですよ。動画生成ＡＩを使ったのかもしれませんね。これは騙される人も多いでしょう。この生徒は詰襟ですが、常在中学も詰襟ですね？」

「ええ。襟に校章をつけるんですが、この角度だとそれが見えない。だからフェイク動画だと言っても、なかなか信じてもらえないようですが」

ロックは、次々に動画や写真を開き、それがどのように制作されたものかを推理して解説してくれた。

「こんなこと、かんたんにできるものなんですか」

「ＡＩは近年、急激に進歩してますからね。ほんの数年前までは、まだまだ実用化は先の話だと思われていましたけど、今では業務に取り入れるのも当たり前になりましたし。一般の人に身近なものとしては、自然に会話できるＡＩや、言葉で指示すると画像や動画を生成するＡＩなどが話題になりましたね。ＡＩが学習の過程でＷＥＢに置かれている大量の文章や画像などを無断で利用しているので、著作権の侵害を指摘する声も上がっていたりして、問題もないわけではないですが」

「いくら悪意があったとしても、これだけ大量の画像などを捏造するのはたいへんだと思うんですけど、そういうＡＩがあれば意外に楽にできるんですね」

「まあ、とは言っても、とても手間をかけてますね。数も多いし、ひとりでやったなら手際が良すぎる。誰かによっぽど恨まれるとか、そんな覚えはないですか。あるいは、逆恨みかもしれませんけど」

そう言われても、身に覚えがなさすぎる。

「写真や動画によっては、元ネタがあるかもしれません。だから、ネットを検索すれば、ひょっとすると、元の画像などが見つかるかもしれません。時間がかかるかもしれませんが、僕はそれを探してみます」

「そんなことができるんですか」

「うまくいくかどうかはわかりませんが」

ロックの申し出がありがたかった。

「鹿谷さんも忙しいのに。ありがとう」

「お互いさまですよ。見過ごせないことが起きているんですから」

コンビニ弁当を食べ終えると、ロックはスマホを操作し始めた。彼は、収録の現場でも隠れてスマホを触っているほどの、スマホ中毒だ。

「――湯川さん。これ、いま泊まっているホテルですか？」

ふいに聞かれ、私も画面を覗き込んだ。それはニュースの映像で、立川のホテルに、男性の集団が押しかけて、従業員らにクレームをつけるところが映っていた。

『湯川を出せ！』と怒鳴る男たちと、いないと言って押し返そうとする従業員の押し問答が続く。

「いったい、どうして――」

もう、立川のホテルにも戻れない。

私ははっきり、それを悟った。

11

「これはひどいな」

雨の中、玄関の落書きと、ベランダの投石や生卵の痕を見た中年の制服警官が、ひとりごとのように言った。

何枚か写真を撮り、ベランダに落ちていた石を手袋をはめた手で拾い上げ、証拠品の袋に収めている。

「雨に濡れていますし、何も出ないかとは思いますが、念のために指紋を調べてみます」

そこまでしてくれると予想していなかった私は、何度も頷いた。ありがたい。

昨夜は、『ソフィアの地平』出演者のロックこと鹿谷(ろくたに)の自宅に泊まった。

(危ないから、ホテルに帰らないほうがいいですよ)

ロックは親切にそう言って、ソファで寝られるようにしてくれた。番組の収録時にはクールでとっつきにくい印象があったが、じっくり話してみれば、根は熱い教育者だった。

だが、いつまでも甘えるわけにもいかない。

ホテルに電話をかけ、チェックアウトするが、しばらく荷物を預かってもらえないかと頼んだ。未払いの宿泊料は、こうなる恐れもあったので、机の引き出しに封筒におさめて入れておいた。担保のようなものだ。ホテルにしてみれば、私を泊めたばかりにおかしな連中が騒ぎを起こし、さぞ迷惑しているだろうが、何も言わなかった。

自宅に戻るなら、住所をネットで晒されたあげく、留守の間に誰かが落書きや投石をしていったので、警察に見てもらう必要があった。

（何かあれば、いつでも泊まってもらって大丈夫ですから）

そう言ってくれるロックの家を出るとすぐ、警察署に相談し、自宅の様子を一緒に確認してもらうことになったのだ。

ネットの中傷被害についても、同じ警察署に届け出てあった。そのせいか、警察官の態度がやや同情的なようにも感じられた。

「ここに戻って住むんですか」

しばらく考えていた警察官が尋ねた。

「――ええ。そのつもりです」

「昨日のニュースを見ましたが、自宅に戻っていることがわかれば、こちらに来るかもしれませんよ」

ホテルが警察に通報し、パトカーが到着した時には、男たちは消えていたそうだ。威力業務妨害で警察が捜査しているようだが、まだ捕まっていない。

「その時は隠れています」

そう答えたものの、内心ではむしろ、あの男たちが現れればいいと考えてすらいた。捕まえて警察に突き出してやる。

警察官が帰った後で、ベランダに落ちた卵や枯れたミニトマトの鉢を片づけ、汚れた窓を拭いてピカピカにした。一階の郵便受けも、チラシやゴミで溢れていたので、燃やすゴミの袋を持参して、どんどん投げ込む。

玄関のドアや壁の落書きは、水拭きでは取れなかった。あらためて溶剤を買ってこなければならないようだ。

初めて自宅の惨状を見た時には頭が沸騰したが、ひとつずつ片づけるうちに、気持ちが落ち着くのが自分でもわかった。

――ともあれ、自宅に戻れたじゃないか。

そう自分に言い聞かせ、インスタントコーヒーを淹れて、パソコンを起ち上げる。ネットは見ないほうがいいとは思うが、見なければ自分の置かれた状態がわからない。

ジレンマに悩みつつ検索すると、新たなデマは出回っていないが、昨夜ホテルに押しかけた男たちについて、ダベッターでさまざまな憶測が流れていた。

私が体罰を加えた生徒の親だろうという意見には、顔をしかめるしかない。だが、ひとつだけ気になる会話があった。

『週刊手帖に暴露された、守谷穂乃果の父親に違いない』

『中学生の娘をあんな形で晒し者にされたら、俺が父親なら怒る』

『鉄腕先生を刺してもおかしくない』

──守谷の名前がバレている。

守谷は、転校先の学校で、前の担任が私だと話していたそうだ。ならば、同級生らに噂が広まるのは早かっただろう。

私がすぐ電話をかけたのは、常在中学の土師（はじ）教頭だった。

「ネットに、守谷穂乃果の実名が晒されています」

動揺した私からの報告を受け、教頭もさすがに言葉を失ったようだ。

「守谷の両親からは、何も言ってきませんか」

『──今のところは』

こちらから知らせるべきかどうか、判断に迷うところだ。

『湯川先生は、今どちらにいらっしゃるんですか。立川のホテルをチェックアウトされたそうですね』

「昨日、妙な男たちがホテルに押しかけてきたんです。しかたなく、あちこちを転々としています。何かありましたら、携帯にかけてください」

教頭を疑うわけではないが、自宅に戻っていることを誰にも明かしたくなかった。

『わかりました。守谷さんには、様子を見てこちらから連絡を取ってみます。ところで、私も少し気になることがありましてね。調べてみて、何かわかれば知らせます。では』

急に声を低めた教頭が、ささやくように言って、通話を切った。

——気になること？

まるで周囲をはばかるように、急に態度を変えたことも引っかかる。教頭は何を見つけたのだろう。

校内の教師が私の味方ばかりでないことは、嫌がらせのようにフェイクニュースのプリントアウトが机に置かれていたことからも、よくわかっている。

——これから、どうなるのだろう。

『ソフィアの地平』の降板は、どれだけ悔しくとも諦めがつく。私の本分は教師だ。テレビなどマスコミへの露出は、教育現場のナマの声を世の中に届けることが目的で、あれが私の本来の仕事ではない。

問題は、教師の仕事が奪われそうになっていることだ。

ロックは、フェイク動画を詳しく調べてみると言ってくれた。彼自身は専門家ではないが、動画編集の知識も多少はあるし、詳しい知人がいるので、知人からさらにそのまた知人へ――と人づてに頼んでいけば、ネットに溢れている動画がどのように作られたものか、証明できるかもしれないと言ってくれた。

だがそれも、いつまでにと約束されたものではない。証明された時には手遅れになっているかもしれない。

弁護士に発信者情報の開示手続きを依頼したが、結果が出るまで何か月もかかるという。警察にも被害届を出したが、動画や記事がフェイクだという私の主張を、どこまで受け入れてくれたかわからない。

すべてが手遅れになるまで、他人事のように見ているしかないのか？

私を陥れようとしているのは、水森だ。私のクラスにいる息子と、その友達にまで証言を強いて、私が暴力教師だと印象づけようとしている。

水森には、週刊沖楽の勇山記者が話を聞きに行ったが、はぐらかされて帰ってきた。証拠がないから、慎重にならざるをえない。

次に、手がかりを持っている可能性があるのは、週刊手帖の安藤珠樹記者だ。すべての発端は、彼女の記事だった。

常在中学で記者会見をした際、初めて見かけた彼女は、なぜかずっと私に対して怒ったような顔をしていた。

――彼女に直接、尋ねてみよう。

勇山の言うとおり、取材源をたやすく明かしはしないだろう。だが、記事の元になった証言が誤りで、悪意に満ちた捏造(ねつぞう)だったとわかれば、話は別ではないか。私はともかく、守谷穂乃果は未成年だ。いくら目隠しを入れていても、彼女の写真を使うべきではない。そもそも安藤は、私にも取材して話の裏を取るべきだった。

ロックが持っていた安藤の名刺を、スマホで写真に撮らせてもらった。携帯電話の番号を控え、かけてみた。

『――ただいま、電話に出ることができません。ピーという発信音の後に――』

呼び出し音が留守番電話に切り替わったので、私は急いで通話を切った。なけなしの勇気を振り絞って電話をかけたが、留守番電話に適切な言葉をとっさに吹き込めるほどの機転はきかなかった。

もう一度、安藤記者の名刺を見てみる。

週刊手帖を発行している出版社は、上野にあるらしい。出版社の出入り口で張り込んでみてはどうだろうか。安藤の顔は知っている。運が良ければ、捕まえることもできるのではないだろうか。

「問題は——」

私は洗面所に行き、鏡を覗いた。

見慣れた顔が、こちらを見返している。この顔は、少なくともタクシーの運転手やコンビニの店員が、「鉄腕先生だ」と見分けるくらいには、売れているのだ。

鏡を見ながら、手で髪を隠してみる。髪型の印象は大きい。

ハサミとチラシの束を抱えて、洗面所に戻った。髪をつまみながら、ひとり鏡を睨む。

「仕事を失うかどうかの瀬戸際だからな」

声に出して自分を叱咤した。

失いかけているのは仕事だけじゃない。人生だ。妻に娘、職場の仲間や生徒の信頼。このまま黙って見ていれば、確実にすべてを失う。

洗面所の床にチラシを敷き詰め、鏡を見ながら髪にハサミを入れた。うちにはバリカンがない。耳にかかるくらいの髪を、なるべく頭皮に近いあたりで、ざくざくと切っていく。あらかた切り終え、濃淡もふぞろいの奇妙な髪型になったところで、髭剃り用の泡を頭に出し、少しずつカミソリを当てて剃り上げた。時間はかかったが、濡れタオルで頭全体をきれいに拭くと、満足のいく仕上がりになった。後頭部がみごとな絶壁で、友達に「モアイ」とからかわれた中学時代を思い出す。

チラシごと髪をまとめて捨て、念のために洗面所に掃除機をかける。

服装も、ふだんの私のイメージとは正反対のものを選ぶことにした。テレビに出る時は、ジャケットかスーツだ。学校でもスーツが多い。カーキ色のTシャツにジーンズを穿き、しばらく使っていなかったスニーカーを引っ張り出す。薄手のジャンパーも見つけた。

鏡を覗き、いろんな角度から自分の外見を確かめた。

丸刈りの頭にサングラスをかけると、その服装があつらえたように似合った。よほど私をよく知る人間でなければ、「鉄腕先生」には見えないだろう。

この服装に似合う鞄がないが、スマホと鍵と、財布さえあればいい。

――まるで、「鉄腕先生」の殻を脱ぎ捨てたみたいだな。

ネットに溢れているフェイクニュースとデマのせいで、私とはまったく別人の湯川鉄夫が生まれていた。だが、いま鏡に映るこの男は、それとも違う第三の男だ。気がつくと、ここ数日で肌が荒れ、頬がシャープになっている。濃いサングラスで目を隠して両手をポケットに突っ込むと、どこか荒んだ、やけっぱちな雰囲気が滲んだ。

これが今の私だ。外見がそのまま内面を表現している。

元の私に戻れるのかどうか、だんだん自分でもわからなくなってきた。戻りたいのかどうかもわからない。

ＪＲ中央線で神田に向かい、山手線に乗り換えて上野で降りた。

雨はどんどん激しくなっている。持ってきたのは、コンビニの透明なビニール傘だったが、顔が隠れる傘にすれば良かった。

上野は、いつ来ても人で溢れている。博物館、美術館、動物園、公園、グルメにショッピングと、用がなくとも散策に訪れる人も多いだろう。

私が向かったのは駅の東側、上野警察署よりさらに東の方角だ。ＪＲ上野駅の東側には、戸建ての住宅や、オフィスというより「商店」と呼びたい中小企業が、ひしめきあっている。あらかじめスマホの地図にピンを立てておいたので、手帖社の灰色の建物はすぐわかった。周囲の瓦屋根の住宅や、オフィスビルにも自然に溶け込む、三階までの建築だ。週刊手帖の青い看板が、二階で異彩を放っている。

建物の出入り口を監視できて、長居しても怪しまれない喫茶店などは、近くには見当たらなかった。

しかたがない。私が向かったのはシャッターの下りた商店の前で、錆の浮いた自転車と、シートのひび割れたスクーターの脇に立ち、雨の中、スマホに夢中になっているふりをした。たぶんスーツ姿なら、こんなみっともない真似はしない。

週刊手帖の編集部に電話をかけてみた。

「安藤さんはいらっしゃいますか」

眠そうな声で電話に出た女性に尋ねる。

『編集部員はまだ誰も来てないです。安藤さんって、どっちの安藤さんですか？』

――まだ来てないって。午前中とはいえ、十時を過ぎているのに。

「安藤珠樹さんなんですが」

『そっちの安藤さんは社外のライターさんなので、今日来るかどうかわかりませんよ。むしろ、来ない日が多いですから』

いきなり当てがはずれ、失望の声が漏れた。

「もし連絡がつきましたら、折り返しお電話いただけませんか」

『伝えます。そちらのお名前とお電話番号をいただけますか』

湯川鉄夫と名乗ると、一瞬、沈黙した。

通話を終えて、スマホをもてあそびながら考えた。今の女性が、大急ぎで安藤珠樹の連絡先を調べ、私に電話するよう伝えてくれる確率は五割程度だろうか。たとえ半日かかろうともと張込みを覚悟して、頭まで剃って変装した自分の意気込みは、馬鹿馬鹿しすぎて笑うしかない。

ついでにぶらぶらと、近くの食堂を見て歩いた。週刊手帖の編集部員が、昼休みに近くの店で食事を摂るかもしれない。

近在の店はほとんどが午前十一時ごろからの営業で、みんな閉まっている。安藤が出社しないことといい、手ごたえのなさに自分でも呆れながら、駅に向かって歩いた。私には探偵や刑事になる才能はなさそうだ。

スマホに、弁護士の春日からメッセージが届いていた。電話しろと書いているので、すぐかけてみる。

『湯川さん、ダベッターに「子どもを守る親の会」というアカウントがあったでしょう』

「ええ、ありました」

水森ではないかと私が疑っていたアカウントだ。

『湯川さんが特に気にされていたようだったので、これだけ先に調べてみることにしたんです。ちょっと特殊な手を使ったので、このまま証拠として採用することはできないんですが』

春日の言い方は、奥歯にものが挟まったようだ。何か犯罪に類することではないかと、私もピンと来た。

「何かわかったことがあるのでしたら――」

『電話番号がわかったんですよ。かけてみたら、水森という男の携帯でした』

「やっぱり」

春日が教えてくれた電話番号には、私も見覚えがある。調べてみると、水森の緊急時連絡先がその番号になっていた。

「では、少なくともダベッターで私を中傷しているアカウントのひとつについて、犯人がわかったわけですね」

『裁判所の手続きがすむまで、正式な証拠としては使えませんがね』

それでも、水森が一枚嚙んでいたとはっきりしただけでも、助かる。

『あのアカウントが書いていることは、完全に湯川さんに対する中傷です。生徒の親だから知っていると言いつつ、嘘をついているわけです。たちが悪いですね。侮辱罪より、名誉棄損罪を適用できると思います』

「水森を法廷に引っ張り出せるということですね」

『そのつもりですよ。湯川さんが、昨日とても焦っていたようだったので、急いで調べてもらったんです。だけど、いいですか。決して湯川さんひとりでなんとかしようなんて、考えないでください。時間はかかっても、湯川さんに対する中傷はデマだったと証明できますから』

春日は、力強く約束してくれた。ありがたい。

通話を終えるとすぐ、スマホに着信があった。

「――はい？」

『湯川さん、僕です。辻山です』

体育教師の辻山だ。どうしたのかと聞く前に、彼はせっかちに話し始めた。

『大変なことになってますよ。先ほど、教頭が守谷さんに電話したんです。彼女――守谷穂乃果さん、昨夜から行方不明だそうです』

「昨夜から？」

血の気が引いた。SNSに彼女の名前が投稿されたのは、昨夜だったはずだ。

――まさか、見てしまったのだろうか。

『教頭には、湯川さんが血迷った行動をするといけないので、伝えないようにと言われてました。だけど、さすがにそれは――』

辻山が口ごもったのは、教頭の口止めを無視して私に電話をかけてきたので、良心が咎(とが)めたせいだろうか。

「教えてくれてありがとう。守谷さんは警察が捜してるんですよね？」

『そのはずですが』

あの年頃の少女が、あんなひどいデマに耐えられるはずがない。娘の結衣が手首を切ったことを思い、さらに背筋が寒くなる。

辻山に礼を言って、通話を終えた。

――どこにいるんだろう。

守谷の母親に電話してみようかと、しばらくスマホを睨(にら)んで迷っていた。番号はわかるのだが、向こうにしてみれば、今いちばん聞きたくないのが私の声だろう。

――守谷と仲が良かった生徒のところに、逃げ込んでいないだろうか。

転校して間がないので、転校先より常在中学の同級生のほうが親しいはずだ。守谷といつも一緒にいた、女子生徒の顔が何人か浮かぶ。彼女らも学校にいて、授業を受けているはずだ。今はどうしようもない。

――自分の生徒と、連絡を取ることすらためらわれる日が来るとは。

万が一、守谷に何かあったらと思うと、胃がぎゅっと収縮する。上野駅の雑踏(ざっとう)のなかで、私は壁に背をつけ、しゃがんだ。気が遠くなりそうな怒りと眩暈(めまい)を同時に感じた。

誰が私をこんな場所に追い詰めたのだ。守谷の写真を掲載したのは週刊手帖で、情報を提供したのは「保護者B」だ。

――水森。

テレビで私を暴力教師呼ばわりした、その後の行動から見ても、「保護者B」はあの男に違いない。

あの男は性格破綻者だが、馬鹿ではない。直接、水森と対決したところで、まともに答えるはずがない。そう考えて、これまでは対決を避けてきたのだが。

私は週刊沖楽の勇山記者に電話をかけた。これ以上の被害者を出したくない。あの男が何を考えているのか、突き止めたい。

12

水森は、K市内の繁華街でスナックを経営している。

午後六時から営業するその店に行く前に、近所のカフェで勇山と待ち合わせた。

「勇山さん」

向こうが気づかないので、手を上げて合図した私をまじまじと見て、彼は目を丸くした。

「――どうしたんですか、そのかっこうは！　すごいなあ。僕にすら、すぐにはわかりませんでしたよ」

利口なことに、こちらの名前を呼ぶのを注意深く避けている。私の変装を見て、察したのだろう。

「彼女は本当に現れますかね」

彼女とは、週刊手帖の安藤記者のことだ。電話が欲しいと編集部に伝えてもらっても、私には何の連絡もない。だが、一度会ったことのある同業者の勇山が電話をかけると、折り返し連絡があったそうだ。水森のスナックで会いたいと、勇山は彼女を誘った。

「どうでしょうね。来るのを渋っていたから」

カウンターから受け取ってきたアイスコーヒーをすすり、勇山はハンドタオルで肩から袖口にかかる雨を拭った。朝からずっと、降り続いている。そう言えば、梅雨入りしたのかどうか、気にも留めていなかった。

「ダベッターで私を攻撃している『子どもを守る親の会』というアカウントが、水森で間違いないとわかったんですよ」

私は春日から聞いた話を勇山にも聞かせた。彼は目を光らせて聞いていた。

「そうだったんですね。実はあれから、僕もいろいろ調べてみたんです。今日は、水森にもその調査結果をぶつけてみますよ」

六時になり、水森の店が開いたころに、勇山が先にカフェを出た。電話で打ち合わせた通りだった。

私もカフェを出て、水森の店に向かった。

——六時半。

「スナックまりか」とプレートに書かれた、水色の扉が目印だ。繁華街のにぎやかな通りからは、ふた筋ほど奥まった小路に面しているが、雑居ビルの一階で、入りやすい店だ。「まりか」というのは奥さんの名前だった。

「いらっしゃい」

ドアベルの音を聞いて、カウンターの中にいる水森が顔を上げた。勇山がまったく気づかなかったのでそれなりに自信はあったが、妙に勘のいい水森が私の正体に気づくかもしれないと、ひやひやした。

私は黙って小さく顎（あご）を引き、隅の四人がけのテーブル席をめざして、有無を言わせず座った。カウンターとテーブルふたつの小さな店だ。カウンターの端に、先に入った勇山が腰を据（す）え、ひとりでビールを飲んでいるだけで、開いたばかりの「スナックまりか」はまだヒマそうだ。

水森は、無言でテーブル席を選び、足を開いてふんぞりかえっている見慣れぬ客に、ムッとした様子だった。この時間帯、店は水森ひとりで見ているのか、奥さんの姿はない。

「お客さん、おひとり？　良かったらカウンターへどうぞ」

私は無視して、低い声で「ビール」とひとこと言った。

水森は諦めたのか、「はいよ」と返しただけで、冷蔵庫から瓶ビールを出して栓を抜き、ピーナッツなど入ったお通しの小鉢とコップとともにテーブル席まで持ってきた。さすがに、頭を剃り上げたサングラス男が、「鉄腕先生」だとは見抜けなかったようだ。

「食べ物どうします？」

私はスマホに集中するふりをして、黙って手を振り、拒絶の意思を示した。水森は不満げに肩を揺らして、カウンターの奥に戻った。

勇山はひとりで飲んでいる。安藤珠樹は来ていない。

「――記者さん、うちに来てもう、話すことないよ？」

水森がからかうように勇山に話しかけた。勇山には以前、水森に探りを入れるために、この店を訪れてもらったことがある。

「いやあ。今日は連れがいるんだけど、来ないんだよねえ」

勇山が照れ笑いすると、水森はカウンターに身を乗り出し、肘をついた。勇山記者がどのくらい優秀なのか私にはわからないが、人好きする性格なのは確かだ。

「なんだい、記者さん。今日はうちでデート？　それならそう言ってよ。なんか美味しいもの用意する？」

「いや、デートってわけじゃ」

カランとドアベルが鳴った。

入ってきたのは、安藤記者だった。私はコップを持ち上げ、顔を隠した。息を呑んだのは、水森だった。

「良かった、来てくれたんですね」

勇山がスツールから腰を浮かし、安藤に隣の席を勧める。

「あんなこと言われたら、来ないわけにいかないでしょう」

怒ったように安藤が低い声で応じ、テーブル席に座っている私をちらりと目に留めて座った。勇山はいったい何を言ったのだろうと、私は興味津々で耳をそばだてていた。

「ビールでいいですか？　マスター、まずはビールね。フルーツと、枝豆とチーズの盛り合わせもください」

勇山はこういう時、かいがいしく世話を焼く。水森が、夢から醒めたように動きだす。

「飲みに来たんじゃありません。私の記事のせいで、人が死ぬかもしれないってどういうことですか」

「まあまあ。お店に失礼ですから、先に注文をすませましょう。外は暑いし喉が渇いたでしょう」

「用件をどうぞ」

「あなたが記事に書いた守谷穂乃果さんが、昨夜から行方不明になっています」

彼女は石のように固まった。もともと色白な女性だが、蒼白な顔はまるで蠟燭石を削った彫刻のようだ。

「――誰ですって」

見知らぬ客がひとりいるので、安藤は私のことも気にしている。

「ごまかさなくてもいいですよ。あなたが週刊手帖に大きな写真入りで載せた守谷さんです」

「そんな人のことは書いていません」

「いや、安藤さん。一刻を争うかもしれないので、嘘やごまかしで時間を取られたくないんです。あなたが、鉄腕先生とホテルに入ったと書いて、目隠しが入ってるとはいえ写真まで掲載したあの少女ですよ。名前を知らないはず、ないでしょう。彼女、転校したばかりでね。記事が出た後、転校先で噂になっていたそうです。責任を感じませんか」

正直、勇山がこれほど強気に出るとは思わなかった。安藤は白い顔のまま立ち上がった。そのまま出て行こうとする彼女の背中に、勇山が声をかける。

「鉄腕先生のお嬢さんも自殺未遂だそうですよ。どうです、満足しましたか」

「どういう意味？」

「言葉通りですよ。守谷穂乃果の写真なんか、どうして載せたんです？　相手は十代ですよ。自殺未遂だの行方不明だの、こういうことが起きるとは予想もしませんでしたか」

きつい目で勇山を睨む安藤が、しぶしぶ席に戻ってくる。

私がひそかに観察していたのは、水森だった。冷蔵庫から新しいビール瓶を出す彼の手は止まり、勇山と安藤の会話に耳を澄ませている。彼女が何を言うか、不安なのだろう。

「あなたが何を言いたいのかわからないけど、証拠はちゃんとある」

今度は私が聞き耳を立てる番だ。

「あの日、湯川鉄夫は新宿のホテルに泊まった。それは湯川も認めてる」

「部屋はシングルひと部屋で、ひとりで泊まったそうじゃないですか。僕はそれ、ホテルにも確認取りましたよ」

「でも、問題の女生徒があの日、同じホテルに入ったところも、防犯カメラに映っている。具体的な入手先は言えないけど、私は写真を押さえてる」

鞄から出したタブレットを操作し、安藤は勇山に見えるようカウンターに載せた。勇山はしばし、画面に視線を落とした。

「単に同じホテルに入っただけで、湯川先生と一緒にいたとは限らないのでは？」

「ホテルに入る直前まで、湯川先生と一緒にいたところを目撃した人がいる。それに、彼女がホテルを出たのが三時間後でも？」

「それも防犯カメラに映っているわけだ」

答えはないが、安藤は静かに勝ち誇っている。私は口を挟みたくなる自分を、じっと抑えていた。

「三時間、誰か別の人間と会っていた可能性はないですか？」

「偶然、元担任の湯川鉄夫が宿泊していたのと同じ日に？　湯川がそのホテルに泊まったのは、一年でその日が初めてなのに」

偶然が過ぎると安藤は言いたいらしい。だが、私は知っている。その日、たしかに私はひとりだった。証明できないだけだ。

ふと気になった。守谷の自宅から新宿のホテルまで、一時間はかかるだろう。中学生がひとりで行けない距離ではないが、いったい彼女は何をしに行ったのか。

「水森さんはどう思います？」

ふいに、勇山がカウンターの中に話を振った。これも私が彼に頼んでおいたことだ。水森と安藤を引き合わせ、彼らがどう反応するか見たかった。

瓶ビールの栓を抜きながら、水森は「何が？」という顔をしてみせた。

「こちらご存じでしょう。週刊手帖の安藤さん。安藤さんも、『子どもを守る親の会』の水森さんはご存じですよね」

「テレビでお見かけした方ですね。顔はモザイクで隠してましたけど」

安藤がさらっと言った。私は感心するほかなかった。あっぱれなものだ。水森のほうが、内心のうろたえぶりを隠しきれていない。

「おいおい。その『ナントカの会』って何の話だ。俺は関係ないぞ」

水森が白を切る。

「水森さんも、湯川先生のことはご存じじゃないですか。女子中学生を性的に搾取するような人ですか？」

「その記者さんがそう言うなら、そうなんだろう」

水森は卑しい笑みを浮かべた。

「言っとくが、俺はその人と会うのは初めてだからな。記者さんだとも知らなかったよ」

だが、本当に彼らが初対面なら、わざわざそんな断りを入れるだろうか。

「おふたりのどちらか、守谷穂乃果の連絡先を知りませんか」

「俺が、転校した生徒の連絡先なんか知るわけない。教師じゃあるまいし」

水森がふてくされる。

「安藤さんはご存じでしょう。記事に書く時に、彼女の話を聞きましたよね？」

勇山がとぼけて尋ねると、安藤が首を横に振った。

「いいえ。学校の帰りにつかまえて、話を聞きたいと頼んだけど、断られたので。内容が内容だし、彼女が断るのは無理もないと思った」

「守谷穂乃果と話してないんですか？」

「取材の無理強いはできませんから。名刺は渡したけど、連絡はなかった」

「――待ってください。それじゃもしや、湯川先生とも話してない――？」

もちろん勇山は、私が安藤の取材を受けていないことを知っている。安藤が一瞬、顔をしかめた。

「――そうですよ。私は学校を通じて取材の申し込みをしましたが、期日までにお返事をいただけなかった。それだけです」

――そんな話は聞いていない。

週刊手帖に記事が載る前のことだ。週刊誌の記者から取材の申し込みがあったりすれば忘れるわけがない。

――誰かが電話を受けて、意図的に握りつぶしたんじゃないか。

「学校の誰が電話を受けたんですか？　その相手がうっかり忘れたということはないですかね。湯川先生は、取材の依頼にはまめに返事をしてらっしゃると思いますから」

　勇山が、私のかわりに食い下がる。

「うっかり忘れる？」

　安藤は冷笑した。

「取材に応じてもらえないなら、こちらが調べた内容をそのまま書きますが、そうすると常在中学も湯川先生も大変なことになりますよと、くどいくらいに説明しました。電話に出た人は、ちょっと焦(あせ)ってましたよ。それはどういう意味ですか、と何回も聞かれましたしね。名前は言わず、電話番ですと名乗っていましたが」

　安藤が当時を思い出そうとするかのように、目を細めた。

「電話した日は何日です？」

　勇山が安藤から日付を聞き出す。調べれば、電話番と名乗った人物がわかるはずだ。

「電話を受けたのは男性ですか、女性ですか。年齢はどのくらいですか」

「男性です。年齢はわかりません。三十代から五十代まで、いくつと言っても通りそうな」

「他に特徴はありませんでしたか」

安藤はしばらく考え込んでいた。

「特にないですね。言葉のなまりもなかったし、聞き取りやすい、ふつうの声だった。その日は平日で、湯川先生は授業に出ているという話でした。だから待っていたのに、折り返しの電話はなかった。夕方もう一度かけてみたら、湯川先生はもう帰りましたと言われたんです。馬鹿にされた気分だった」

そう言うが、安藤はしつこく翌日また学校に電話することもできたはずだ。それをせず、私からの返事がなかったとあっさり結論づけて、記事を公表したのだ。そこには悪意が介在しているとしか思えない。

勇山はため息をついた。

「安藤さんは、湯川先生も、守谷穂乃果さんも、連絡先を知らないんですね。守谷さんが今どこにいるかも、わかりませんよね」

「知るわけないでしょう」

勇山が、ちらりとこちらを見た。「どうする?」と聞きたいようだ。迷ったが、これ以上、勇山が安藤と話しても、何か引き出せるとは思えなかった。彼はよく頑張った。

「あの写真はどこから手に入れたんですか」

私はサングラスをむしり取り、立ち上がった。水森がぎょっとした様子でこちらを振り返った。その目に激しい動揺と怒りが現れた。

「おまえ、湯川か！　なんだ、そのかっこうは。変装してうちの店に来るとは、いい度胸だな！」

「おまえには聞いてない」

冷厳と言い放つ。そんな言い方を、特に学校関係者からされたことがなかったのか、水森が目を剝いて黙った。

前から気づいてはいたのだが、水森のような男は、相手が反撃しないと思えば、いくらでも嵩にかかる。学校内で、しかも生徒の保護者だと思うから丁寧に扱っていたが、今となっては関係ない話だ。

「安藤さん、あなたに聞いているんです」

私は安藤珠樹記者に向き直った。彼女も、私の外見のあまりの変貌に驚きを隠せない様子だ。勇山と私を何度も見比べ、顔をしかめた。

「ちょっと、おかしなことをすれば警察を呼びますよ！　私を呼び出したのは、湯川さんと会わせるため――？」

「警察なんか呼んでどうするんです？　湯川先生は話を聞きたいと言ってるだけです。ここに呼び出したのは、あなたの本音を聞くためですよ」

勇山が肩をすくめている。私は彼らの会話に割り込んだ。

「はっきり言っておきますが、あなたから取材要請があったことは、いま初めて知りました。学校しか連絡の手段がなかったのなら、もっと何度でも連絡を取ろうとすべきだった。本気で話したいと思っていたのなら」

黙っているのは、安藤自身も本音では自分の過ち(あやま)に気づいているからだろう。

「新宿のホテルに、守谷であれ誰であれ、生徒を連れて入ったことなんてありません。あなたが誰から話を聞いたのか知りませんが、それはとんでもない嘘です」

「しかし、守谷穂乃果さんはあの日、ホテルに入るところを防犯カメラに」

「それこそ、私は何があったのか知りませんし、知らなくて当たり前です。生徒のプライバシーですからね。もし、彼女がそこにいた証拠を持っているのなら、彼女自身に理由を尋ねるべきでした」

勇山がその通りだと言いたげに頷いている。

安藤は唇を噛みしめ、ひとりで宙を睨んでいる。水森の存在すら気にしていないようだ。

水森はと言えば、私に厳しく突き放されたのが衝撃だったのか、青白い顔をして黙りこくっている。学校でクレームをつけている時は、教師たちがいつも丁寧に対応し、下手(したて)に出るのに慣れているのだ。

「週刊手帖に載った写真の女生徒は、制服を着ていました。顔は隠してありましたが、制服を着て椅子に腰かけた姿でしたよね。あんな写真、誰もが手に入れられるわけじゃないでしょう。クラスメイト。教師。そういう、学校関係者でないと」

　安藤の表情が動いたが、何に反応したのかわからなかった。ただ、彼女はおそらく、私の落ち着き払った態度を見て、いよいよ私の言葉の信憑性に気づいたようだった。

「私たちは今、守谷さんを捜しています」

　私は続けた。

「もし彼女に何かあれば、彼女の両親が何と言おうとも、私が週刊手帖と安藤さんを訴えます。そんなことをしなくていいように、私たちに協力してください」

「彼女を捜す手伝いなら喜んでしますが、写真の入手先は言えません。私を信頼して写真を預けてくれた人を、裏切ることになりますからね」

「あなたに写真を渡した人が、明らかに嘘をついていてもですか。その人物は、私を陥れるために、あなたを利用したんですよ。記事のすべてがデマで、性質の悪いフェイクニュースだとわかれば、あなたの信用はガタ落ちだ。もうどこの雑誌からも依頼なんかありませんよ。いいですか。信用の大切さは私が身に染みて知っていますからね。私が『ソフィアの地平』を降板することは聞いてますよね」

どうやら聞いていなかったらしい。安藤は息を呑んだ。

「それどころか、学校も辞めさせられそうです。さすがに驚きましたよ。デマだろうがフェイクニュースだろうが、誰かを陥れようと思えば、簡単なんだ」

「そりゃめでたいじゃないか！」

水森がにやにやしながら、安藤と私の間に割り込むように口を挟んできた。

「あんたが辞めたらせいせいするな。うちの息子に手を上げやがって」

「私が嫌いだから、子どもにまで嘘をつかせるのか？　ろくでもない親だな」

「なんだと！」

「『子どもを守る親の会』が、あんただってことはもうわかってる。私に対して中傷を繰り返している証拠も押さえている。このままですむと思うなよ」

私は水森に吐き捨てた。裁判で使える水森が関与している証拠はないのだが、言わずにいられなかった。

「誰に頼んで作ってもらった？　あんたが自分で作ったわけじゃないな？　動画の件や『子どもを守る親の会』の件で、あんたを訴えるからそのつもりで。もう弁護士には話を通してある。覚悟しておけよ」

「なにい！」

水森は顔を真っ赤にして、おそらく無意識にだろう、左手でナイフを摑んだ。先ほど、フルーツを切るために使っていたものだ。

――これで刺されれば、人生で二度も刺されることになるな。

私はぼんやりと、そんなことを考えていた。リングにタオルを投げて、状況を救ったのは勇山だった。

「やめてください、通報しますよ！　湯川先生も冷静になってください」

なぜ私が冷静になどなれるのか。

そう言いたかったが、勇山が正しいので黙っていた。水森は、自分がカウンターの中にいることにやっと気づいたらしく、私を睨みながらナイフを置いた。

「水森さん、私はここしばらく、水森さんの評判をいろんな人から聞いてまわっていたんです」

勇山が水森を睨みすえる。

「昔、劇団にいたことがあるでしょう。その仲間や、常在中学のＰＴＡの集まりに出た人たちからも、話を聞きましたよ。水森さん、そうとう評判が悪いですね」

水森が苦い顔をして沈黙したのは、自覚があるからだろう。

「あなた、劇団の複数の仲間から金を借りて、返さず行方をくらましたそうですね。私が水森さんの現在の居場所を知っていると言ったので、近く借金返済の督促状が届くかもしれませんよ」

勇山がそんな方面から攻めるとは予想外だった。青くなる水森を、私は興味深く見守った。借金にも時効がある。劇団員から借金したのが何年前か知らないが、時効になっている恐れはある。水森はそんなことを知らないようだ。彼が初めて見せた、弱気な表情だった。

「それにね、あなたには虚言癖があると、何人もが言ってました。これから裁判になれば、不利に働きますよ。ただ、あなたが進んで私たちに協力してくれるなら、湯川先生も考えてくれると思いますよ」

ちらっと勇山がこちらを見た。私は調子を合わせるために小さく頷く。

「協力だと――。俺がおまえらに何を協力するってんだ。だいたい、動画って何の話だ」

「動画ですよ。まるで湯川先生が生徒に暴力をふるっているように見える、フェイク動画です。まさか、知らないだなんて言うつもりじゃないですよね」

「知らん！　知るわけないだろう！」

「正直に話してくださいよ。警察や学校に正直に告白してくれるなら、湯川先生だってあなたを訴える時に、少しは協力を考慮してくれますよ」

たたみかけるような勇山の言葉に、水森は慌てて首を振った。

「知らんって言ってるだろう！　いったい何の話だ」

私たちはしばらく、水森を睨んだ。動画なんて知らないという彼の抗弁は、最初は信じられなかったが、彼の剣幕を見ているとその確信がぐらついた。

「いいでしょう、私の連絡先を置いていきます。何か思い出したら、私か湯川先生に連絡してください」

勇山が名刺をカウンターに載せた。

「ともかく、私たちは守谷さんを捜します。安藤さんも、私たちに協力してくれるなら、守谷さんと話ができるようこちらも考えますよ」

「何と言われようと、写真の入手先は教えることができませんね」

安藤は頑固に言い張った。彼女をこの場で説得するのは無理だろう。私たち抜きで、水森と話し合いたいはずだ。水森が嘘をついたという勇山の言葉が本当かどうか、見極めもつけたいだろう。私は自分のスマホの番号をメモに書き、渡した。

「何かあればここに電話してください。なるべく早く」

ビールの代金を置いて、勇山と店を出た。水森が自棄を起こして釣銭を投げつけてきた。足元にぶつかって跳ねる小銭をちらりと見て、私は水森を肩越しに振り返った。

カウンターのなかで、ぎくりと水森がひるむのが見えた。皮肉な笑みを浮かべ、店を出た。

水森は、彼自身が掘った深い穴に落ち込んでいた。安藤もあの態度を見れば、水森の証言に疑いを持つだろう。

私は再びサングラスを身に着けていた。駅に向かう途中、勇山がたまりかねたように笑いだした。

「どうしたんですか」

「湯川先生、かっこよかったですよ」

「どこが？」

「外見が変わると、まるで中身も変わったみたいです。水森相手に、一歩も引かなくて」

「立場を忘れてました。それより、勇山さんの調査のおかげで、水森が動揺しましたね」

昔の劇団仲間に居場所を知られたと聞いて、水森が表情を変えた。勇山が指摘したとおり、裁判になればそういう証言は水森の不利に働くだろう。

「水森は落ちますすよ。すぐに泣きついてくるでしょう」

勇山が自信ありげに予想した。

「いろんな人から話を聞くうちに、僕も確信しました。あの男は、暴力を使って脅迫したり、嘘をつきまくったりして他人をコントロールするんです。ある種のサイコパスみたいなタイプじゃないかな。だけど、そこまで頭はよくないですね」

「動画の件は、本当に知らないように見えましたね」

「それが問題です。ひょっとすると、水森は手先に過ぎないのかもしれない。真犯人がまだいるんです」

——真犯人だと。

水森以外にも、まだ誰かいるというのか。

「安藤さんと水森の反応を待って、次の行動を考えましょう。守谷さんは心配ですね。僕も、何か捜す方法を考えてみます」

「ありがとう。彼女と連絡が取れる生徒がいればいいんですが。私も諦めずに捜します」

私たちは駅で別れ、勇山は新宿に向かう線に乗り、私は自宅マンションに帰る路線に乗った。

スキンヘッドにしてみると、もう誰も私の顔をじろじろ見ようとはしなかった。サングラスとの相乗効果で危険な雰囲気が漂う（ただよ）のか、みんな注意深く視線を逸ら（そ）している。

——もっと早く、こうしておけばよかったな。

水森を追い詰めることができたし、気分がいい。世の中が真っ暗に見えていた今朝の景色より、見えるものがみな明るくて美しい気がする。人間なんて、たったこれだけのことでこんなに気分が変わるのだ。

マンションの最寄り駅まで、ふた駅だった。すっかり気をよくした私は、車内でスマホを出し、ニュースやSNSをチェックした。ニュースサイトで気になる文字を見かけて、見直した。

『【速報】常在中学の校庭で、男性の遺体が発見された』

――えっ。

常在中学の校庭に遺体。何かの見間違いかと思った。

間違いではない。

たったいま、入ったばかりのニュースらしく、それ以上の記事は見当たらない。

だが、ダベッターを検索すると、常在中学の近くの住民や、生徒の親などが情報を書き込んでいた。

今日の午後五時半、叫び声と大きな音を聞いて、部活動帰りの生徒らが様子を見に行くと、男性が倒れていた。校舎の屋上から落ちたと生徒は言っているらしい。職員室に走り、救急車を呼んだが、男性は病院で死亡が確認された。

私は、最後に表示された投稿に、目を奪われた。

――亡くなった男性は、常在中学の土師（はじ）教頭と見られる。

常在中学の外線電話は、いくらかけてもつながらなかった。

校長室の直通や、他のいくつかの電話番号にもかけてみたが、学校内の外線はすべて話し中になっている。

――そんな、馬鹿なことが。信じられない。

学校に駆けつけようかと思ったが、今ごろ学校周辺にはマスコミが殺到しているはずだ。そこに、私がこの姿でのこのこ顔を見せれば、何が起きるかわからない。

心配していたが、自宅の周りに取材陣の姿はなかった。私はさっさとマンションに逃げ込んで、誰かに事情を聞くために、虚しく電話をかけ続けていた。

『湯川先生ですか？』

最後にかけた番号で、体育教師の辻山の声が返ってきたので、安堵のため息が漏れた。

「ああ、やっぱり。これ辻山先生の番号でしたね」

昼間、守谷穂乃果が行方不明になっていると知らせてくれた番号だ。他にもいくつか電話をかけたり受けたりしたので、どれが辻山のものだったか、はっきりしなくなっていた。

「ニュースで、教頭が転落死したと聞いて、びっくりして」

『僕も驚いています。これから全職員が集まって、今後の対策を打ち合わせるんです』

辻山の声は、今まで聞いたこともないくらい暗かった。

『教頭、自殺じゃないかと』

「自殺？　まさか──」

『いや、ここしばらく過労ぎみで、様子がおかしかったんですよ。自宅に帰ってない日もあったみたいです』

辻山に私を責める気持ちがあったとは思わない。だが、結果的に責められたのと同じだった。

──私のせいなのか。

責任を感じる。教頭の人生まで狂わされたなんて。

「私も学校に──」

『いいえ、湯川先生は来ないでください。さっそくマスコミが集まってますから』

慌てた声には、これ以上騒ぎを大きくしないでほしいという気持ちが滲んでいた。

『それじゃ、僕はもう行かないと』

「後で結構ですから、詳しく教えてもらえませんか」

『ええ、また』

辻山はそそくさと電話を切った。学校は、混乱の極みに違いない。これまで私の件は、土師教頭が指揮を執っていたはずだ。教頭がいなくなれば、校長にすべての責任がかかるのだろうか。

またと言ったが、辻山からの電話は期待しないほうがいいと思った。

私は目の前が暗くなる思いで、リビングのソファに座り、うつむいた。

教頭は本当にいい人だった。週刊手帖の件に始まり、学校と生徒と教師のために、いちばん良い結末を模索し続けていた。教頭のような人が、私の事件をきっかけに、自殺するほどに追い詰められていたなんて、悔やんでも悔やみきれない。

それに、教頭には申し訳ないが、私は自分の未来がこれで閉ざされたとも絶望していた。校長も、学年主任の常見も、私を毛嫌いしている。味方は教頭だけだったのだ。

――今朝、話したばかりなのに。

午前中に電話をかけ、守谷穂乃果の名前がネットに晒されていると知らせたばかりだ。

ふと、教頭の声が耳に蘇る。

『私も少し気になることがありましてね。調べてみて、何かわかれば知らせます』

教頭がそう言ってから、まだ半日しか経っていない。自殺を考えている人間が、あんなことを言うだろうか。

いや。教頭の死を、自殺と決めつけるのは早すぎるのではないか。自殺でなければ、事故または他殺だ。

――他殺。

ぞくりとした。

教頭は殺されたのだろうか。校舎の屋上から突き落とされた？　もしそうなら、犯人は学校の関係者になる。少なくとも、その時点で校内にいた人間だ。

ふいに、玄関のチャイムが鳴った。

私はぎくりとして顔を上げ、立ち上がってインターフォンのカメラの映像を見に行った。

ワイシャツにグレーのズボン姿の、知らない男性がふたり、廊下に立っている。ドアや壁を見回しているのは、落書きに驚いているようだ。

「――はい」

『K署のものです。湯川鉄夫さんはご在宅ですか』

警察手帳をカメラに向け、男性が答えた。

警察官が自宅に来たことに驚き、私は玄関を開けた。

「どうされたんですか」

ひとりは四十代前半、鷹のような目つきをした男性で、もうひとりは三十前後の女性だった。ふたりとも名乗らなかったが、テレビで見るのとまったく違う私の容貌に、目を瞠るのがわかった。

「――今日の夕方、常在中学の土師教頭が亡くなったことはご存じですか」

「先ほどニュースで知って驚いて、同僚に電話をしたところです」

　警察官たちが、顔を見合わせた。

「これは、念のために関係者全員に聞いているのですが、今日の午後五時半ごろ、どちらにいらっしゃいましたか」

　その質問に内心、驚くしかない。警察は私を容疑者扱いしているのか。だが、幸いなことに、私には確固たるアリバイがある。

「午後五時ごろから六時ごろまで、知人の週刊誌記者とカフェで会って話していました」

　場所や勇山の連絡先を告げる。その後、水森のスナック「まりか」に行ったことや、週刊手帖の安藤記者がいたことも話すと、男性の刑事が鋭い目のまま頷いた。

　警察の協力を得るなら、今がチャンスだ。

「刑事さん。私は今朝、教頭と電話で話したんです」

「ほう。それは何について話されたんですか」

「常在中学から転出した女子生徒への中傷を、ネットで見かけましてね。実名が出ていたので、教頭に相談しました。その時、教頭は何か気になることがあって、調べていると言っていました」

ふたりの目が光ったようだ。

「具体的に内容を聞きましたか」

「いえ。短い電話でしたから。調べがついたら連絡すると言われましたし」

「――なるほど」

また話を伺うかもしれませんと言って、警察官たちは立ち去った。

教頭が亡くなり、事態が大きく動こうとしている予感がした。

13

「えっ、湯川先生、どうしたんですか髪」

私が車の外から運転席を覗き込むと、体育教師の辻山が驚いた顔になった。

「ちょっとね。このほうが目立たないので、切りました」

察しがついたのか、辻山はそれ以上髪のことには触れず、助手席側のドアを開けてくれた。

「学校中が動揺していますよ」

「——そうでしょうね」

車に乗り込む。

人望の厚い教頭が、変死したのだから当然だ。私の「事件」で世間の注目を集めている最中で、事故なのか、自殺または他殺かの判断もまだついていないという。

辻山の白いハッチバックは、ホテルと学校の送り迎えをしてくれた時と同じ車だ。自宅のマンションまで来てくれた彼は、私を乗せるとすぐ、ゆっくり車を走らせた。

教頭が亡くなったのは昨日の夕刻だ。

一夜明け、学校は臨時休校となったが、教師らは善後策に追われているという。昨日からずっと、校門の前には報道陣が張り付き、教師らの自宅にまで取材に来る記者もいたそうだ。

「——お葬式はどうなるんでしょう」

「まだ、ご遺体が警察から帰ってきていないはずですから。お通夜やお葬式がいつになるのか、僕らも聞かされていません」

ひとり息子が社会人になって独立したので、教頭は奥さんとふたりで暮らしていたはずだ。奥さんの受けた衝撃を考えると、自分の責任を痛感する。

まだ、私自身が教頭の死を受け止めきれていないのだ。テレビや新聞の報道を見て、人から話を聞くばかりで、なんだか現実とは思えない。

「――そうだ。辻山先生は、こんなところに来ていていいんですか」

「大丈夫です。早く湯川先生に状況を説明しておかないと、もし事情を知ろうとして学校に来られると、今より騒ぎが大きくなるからと校長たちを説得して、来ましたよ」

辻山が、皮肉たっぷりのユーモア感覚を覗かせて答えた。私は頷くことしかできなかった。こんな時でも、この男は皮肉を言えるんだなと、ちょっと棘のある気持ちになった。

「校長はさぞ慌てているでしょうね」

「あと少しで定年なのに、最後の最後にこんな恐ろしいことが起きるとはね」

「警察は何と言っているんですか」

「まだ結論は出ていないようです。捜査中だそうですよ」

「先生方も事情を聞かれたんですか」

「あの時間なら、ほとんどの教師が学校に残っていましたからね」

「教頭を最初に発見した生徒は、さぞショックを受けたでしょうね。かわいそうに」

第一発見者になったのは、サッカー部の二年生の生徒たちだそうだ。大きな物音に驚いて、校舎の陰を見に行くと、男性が倒れており、あたりには血だまりができていた。最初は教頭だと気づかなかったのも当然だろう。

「発見した子どもたちは、校舎の屋上から誰かが飛び降り自殺をしたと思ったそうです。まあ、そう思いますよね」

辻山が吐息交じりに言う。運転に慣れている彼は、会話を続けながら、私のマンション周辺をゆっくり走らせている。

「自殺？　教頭は自殺なんかしませんよ」

私は思わず強い口調になっていた。辻山が一瞬ひるむのを感じ、口調をやわらげようと思ったが、もう止まらない。

「気になることがあって調べていると、昨日の朝、電話で言われてました。絶対、自殺なんかじゃない。殺されたんだ」

「気になることって、何の話です？　教頭は、湯川先生と何か話したんですか」

「ネットに、守谷穂乃果の実名が漏れていたので、教頭に報告したんです。その時に、気になることがあるので、調べて何かわかれば知らせると言われたんです。何を調べているのか、あの時に聞いておくべきだった」

後悔してても遅い。うかつだった自分に腹を立ててみても、時間を戻せるわけでもない。

あの時点で、教頭が調べると言ったのは、私の「事件」に関することのはずだ。教頭は何が気になっていたのか。ひょっとすると、私のために何かを調べていて、犯人に殺されたのか――。

「教頭が気になったことって、何でしょうね」

辻山が、前の信号機を睨みながら呟いた。交差点に差しかかる前に、信号は赤になった。停止線できっちり車を停め、考えている。

「昨日の夜、うちに警察が来たので、その話もしておきました」

「湯川先生の自宅に、警官が？」

ギョッとした様子で、辻山がこちらを向く。

「ええ。教頭が亡くなった時刻の、アリバイを尋ねられました。幸い、人と会っていたので、疑われることはないでしょうけど」

「それは良かったですね」

これ以上、身に覚えのない嫌疑をかけられてはたまらない。

「ネットはご覧になりました？」

「ネット――？」

「いや、見てないならいいんです」

辻山の、腫れ物に触るような問いかけが気になる。

「SNSなどの投稿なら、守谷の件以来、好き勝手に書かれることには、もう慣れっこですよ。ですが、そのまま放置する気はありません。弁護士に依頼して、悪質なものは投稿者の情報を開示させようとしています。とことん戦いますよ」

「さすがですね。応援します」

後ろから、クラクションを鳴らされた。いつの間にか信号が青になっていた。辻山がゆっくり車を出す。教頭の死で、彼も動揺しているのだろう。

「これからも、学校のほうで動きがあれば、お知らせします」

「ありがたい。教頭がこんなことになって、正直どうしようかと」

「湯川先生も、気づいたことなどあれば、僕に連絡してください。校長や他の誰かとの連絡役に使ってくれてもいいです」

「そんなことをして、辻山先生の立場を悪くすることになりませんか」

「まさか。うやむやになったりしたら、僕も悔しい。湯川先生を助けようとしていた、教頭の気持ちを無下にしたくないですし」

辻山の申し出はとにかくありがたく、私の心に染みた。周りが敵ばかりの状況で、優しい言葉をかけてくれる人間のことは、忘れられないものだ。

「まずは守谷穂乃果を捜さないと。彼女が早まったことをしないかと、心配で」

守谷が週刊誌の記事をきっかけに、家出をするくらい精神的に追い詰められているのなら、教頭の死の影響は大きいはずだ。

たしかに、と辻山も頷いた。

「守谷の居場所、心当たりはありますか」

「いや。ですが、私のクラスの生徒なら、何か知っているかもしれない。彼女らと会って話したいのですが、私は学校に行けないので困っています」

昔なら生徒の連絡網があったが、今は個人情報の収集に厳しい世の中だ。生徒の保護者の連絡手段を聞いてはいるが、みんな保護者の携帯電話の番号か、メールアドレスばかりだった。こんな時に、保護者に電話をかけるのは気づまりだ。

「生徒の自宅は、だいたいわかるんですよ。家庭訪問をしましたからね。ですが、こんな時に私が女生徒の家なんか訪問すると、何を言われるか」

安藤珠樹記者あたりが、私が女生徒の家を回っているなどと書き立てて、悪用しかねない。辻山は、すぐに意図を察したらしく、頷いた。

「わかりました。学校が再開すれば、私から生徒たちに聞いてみます」

「辻山先生が？　それは助かります」

「ふだん守谷と仲が良かったのは、誰ですかね。体育の時間は、身長の順にペアをつくることが多いので」

「休み時間は、八島(やしま)とよく一緒にいました」

「八島佳菜(かな)ですか」

きりっとした印象の守谷に対し、八島は茶目っ気たっぷりな少女だ。対照的なのがかえって幸いしたか、同じクラスになるとすぐ、仲良くなったようだった。

「八島は友達が多いですね」

「にぎやかで、朗(ほが)らかですからね」

背が高くて女子テニス部の副キャプテンでもある。男子よりもむしろ女子の人気が高い。

「では、まず八島から聞いてみましょう。週明けになりそうですが」

臨時休校の影響で、土日も部活動を含め、学校は休みになるそうだ。

車でぐるっとそこらをひと回りして、私のマンションまで戻ってきた。

「これからも、連絡を絶やさないようにしましょう」

「ありがとう。よろしくお願いします」

走り去る辻山の車を、私は見送った。教頭が亡くなり、八方ふさがりだと感じていたが、辻山のように進んで協力してくれる人もいる。

自宅に戻ってスマホを見ると、いくつか電話の着信があり、メッセージも届いていた。たびたびかかってきた電話は勇山記者からで、ロックこと塾講師の鹿谷(ろくたに)からは、メッセージが届いていた。

『湯川さん、動画のひとつが、合成だと証明できましたよ！』

ロックは、忙しい仕事の傍ら、私を中傷する動画を調査し、元ネタになった動画を探すと言ってくれていた。彼自身も知識はあるが、もっと詳しい友達がいるそうだ。

ロックがアドレスを送ってくれたのは、私が――私の顔をした誰かが――生徒の胸倉を摑んで、宙に吊り上げて汚い言葉を吐く動画の、材料になったものだった。顔だけ私の横顔に置き換えたのだ。声も、元の動画そのままだった。

――やっぱり。

元ネタの動画では、年配の男性が生徒を吊るし上げている。ロックは、それが六年も前のもので、事件が表沙汰になってその男性教師は教職を辞めたことまで調べ上げていた。

似てはいるが私の声でないことは、私を知る人が聞けばわかるはずなのに、人間は目に見えるものに引きずられるのだ。

――私じゃないという証拠が見つかった。

安堵のあまり泣きそうになるほど、ありがたかった。

じかに礼が言いたくて電話をかけたが、彼の携帯は留守番電話に切り替わった。

仕事中だろう。留守番電話には、動画を調べてもらった礼を吹き込んだ。

勇山記者にかけ直すと、彼はすぐに出た。

『湯川先生、土師教頭は大変なことになりましたね――』

開口一番そう言って、勇山は何かがこみ上げてきたように絶句した。「鉄腕先生」として私の記事を書いた時に、彼も教頭にも会い、取材している。

『まさか、こんなことになるなんて――やっぱり――自殺、ですか』

「違いますよ」

私はきっぱりと答えた。

「教頭が自殺なんかするもんですか。誰かが、教頭を突き落とした。殺されたんです」

昨日の朝、教頭と電話で話した内容を教えると、勇山がひと声唸り、沈黙した。

「勇山さん。大丈夫ですか」

私も衝撃を受けているが、勇山は予想外に落ち込んでいるようだ。

『ええ――。すみません。ただ、こうなると考えてしまって。四年前に、僕が湯川先生の記事を書かなかったら、こんな騒ぎは起きなかったんだろうかと思うと』

たしかに、そうだ。「鉄腕先生」と呼ばれる湯川鉄夫はいなかっただろうが、私は今でも教鞭をとり、放課後は繁華街を巡回して、生徒が大人の欲望の餌食にされていないか、監視の目を光らせていたはずだ。守谷穂乃果が家出をすることもなく、教頭は今も元気で校内に目を光らせ、校長は定年までの日数を指折り数えていただろう。

妻と子は――ひょっとすると、やはり私に愛想をつかして、実家に戻っていたかもしれないけれど。

「勇山さん。あなたが悪いわけじゃない。私を陥れようとした奴がいて、そいつがおそらく教頭も殺したんです。誰がやったのか、必ず突き止めてやりますよ」

教頭の敵討ちだ。私は本気で、そういう気持ちになっていた。

勇山は苦しげに吐息を漏らした。

『昨日は安藤珠樹記者と水森さんを問い詰めて、やっと真相が明らかになると期待したのに』

私たちが水森をうちのめして得意になっていたあの時、教頭はすでに亡くなっていたのだ。

昨夜、私は勇山記者、安藤記者とともに、水森のスナックにいた。教頭が亡くなったのは午後五時半ごろ。水森の店は午後六時からの営業で、勇山は六時過ぎには着いていた。

もしも水森が、常在中学で教頭を殺したとしても、車かバイクで店に戻れば間に合う。水森はまだ、私のなかで最重要容疑者だった。

安藤記者には連絡先を渡したが、反応はない。

『安藤さんには今朝、教頭の件もあるので電話しましたが、連絡が取れませんでした。教頭の件の取材に飛びまわってるんじゃないでしょうか』

勇山よりも、安藤のほうがずっと罪悪感を抱いて当然だろうが、彼女はどう思っているのだろう。

「水森からは何か反応がありましたか」

『まだ何も。震え上がると身動きとれなくなるタイプかもしれませんね』

「そうだ。先ほど、『ソフィアの地平』にも出ている鹿谷さんから、私を中傷する動画のひとつが、フェイクだと証明できたと連絡がありましたよ」

この報告は、勇山を驚かせたようだった。

『本当ですか。良かった、それは久々の明るいニュースだ。ぜひ、僕に記事を書かせてください。材料があるなら反撃しましょう』

私にとっても、心強い限りだ。ロックのメールを勇山に転送する約束をして、通話を終えた。

教頭のことは取り返しがつかないが、ロックや辻山、勇山らのおかげで、少しずつ反撃の手ごたえを感じている。

――泣き寝入りなんて、するものか。

ＳＮＳもそうだが、マスコミだって、読者が喜びそうだと思えば極端なことを書く。正義を振りかざして悪に立ち向かうのは気持ちがいいだろうし、無責任に面白がる人もいるのだろう。だが、私のようにやってもいないことをやったと書き立てられ、家族や職を失いかけているのは、彼らの過失に他ならないではないか。

ネットで集中攻撃を受け、人格を否定されて、失意のあまり自殺する若者もいる。

だが、それはおかしい。死んだりすれば、相手を喜ばせ、つけあがらせるだけだ。死に損だ。ネットに隠れて誰かを誹謗中傷しても、自分は捕まらないと高をくくっている連中を、表に引きずり出さなければ私は気がすまない。

――待っていろよ。

今は、自分だけ安全な場所に隠れて、他人を攻撃しているつもりだろう。だが必ず、それが間違いだったと後悔させてやる。

そうすれば、教頭も少しは喜んでくれるかもしれない。

ロックから連絡があるまで、私にできることはなさそうだった。

守谷穂乃果を捜したいが、心当たりはない。引っ越す前の守谷家があった場所は知っているが、父親の転勤にあたり、一家はその賃貸マンションを出ている。今は別の誰かが住んでいるだろう。

守谷が逃げ込むなら友達の家だ。女生徒は辻山が心当たりを聞いてくれる。それ以外に、彼女の行きそうな場所は思い浮かばない。

自分にできることを考え、春日弁護士に、ロックが調べてくれたことをメールで送った。すぐに春日から電話が入った。

『湯川さん、良かったですね。この元動画があれば、裁判所に状況を説明しやすくなります。湯川さんを攻撃するためにフェイク動画を作った証拠になります』

「役に立ちますか」

『もちろん。とても役に立ちますよ。よくこんなものを見つけましたね』

「知人に頼んだら、ひと晩で見つけてくれたんです」

私は高揚し、まるで自分の手柄のように自慢した。春日が、ふっと黙り込んだ。

「――春日先生？」

『その知人の方は、ＩＴの専門家か何かですか』

「――いえ。私と同じ、教育関係の人です」

なぜそんなことを尋ねるのかと、いぶかりながら答える。

『差し支えなければ、どういう方か伺ってもよろしいですか』

「春日先生もご存じではないでしょうか。私と一緒に『ソフィアの地平』に出演していた、塾講師の鹿谷君です」

『ああ――。「ロック」ですね』

「どうしたんですか。鹿谷君が何か？」

春日はしばらくためらっていた。

『湯川さん、今からお話しすることは、ご参考程度にとどめてください。一般論として、加工された動画から元の動画を見つけるのは、かなり難しいんですよ。静止画像なら、私たちでも利用できるような検索エンジンがありますけどね。動画の場合は、自分でプログラムを書いて、探せるような人でないと無理ではないかな。それで、どういうお仕事の人なのか、気になったんです』

「鹿谷君は、知人にIT業界の人がいるので、協力してもらうと言ってましたよ」

『ああ、そういうことですね』

春日は、ホッとしたように応じた。

『それならわかりました。ひと晩で見つけたと言われたので、まさかと思って』

――何がまさかなんだろう。

鈍感な私は戸惑いながら考え、やっと理解した。

「先生は、そんなに簡単に元の動画を見つけられたのは、鹿谷君が元ネタのありかを知っていたからじゃないかと疑っておられるんですか」

加工元の動画を見つけるのは難しい。それをたったひと晩でやってのけたということは、元ネタを知っていたからではないか。

つまり、中傷動画を作ったのがロックだからではないのか。

そんなふうに、春日弁護士は疑ったのだ。

――ありえない。

そう笑い飛ばすことは、できなかった。今や私の周りは悪意の塊で、これまで仲間だと考えていた人々までも、面と向かって唾を吐きかけてくる。

ロックは例外だと言えるだろうか。彼は間違いなく味方だと、断言できるのか。

『湯川さん、すみませんでした。こんなことは、私の心の中にしまっておけば良かったですね』

春日が急いで私を慰めようとしている。

「いいえ。どんな可能性も、見逃すわけにはいきませんから。そういう恐れもあると、肝に銘じておきます」

私が置かれた環境は、そういう過酷なものだった。自分を助けてくれる友人すら、まずは疑ってかからねばならないのだ。

『動画の元ネタが見つかったこと、警察にも知らせておいたほうがいいですよ。そのほうが、担当者が真剣に話を聞いてくれるでしょうからね』

「ＳＮＳで公表してはどうでしょう」

『最終的には、それもいいと思いますが』

しばらく、春日は考えていた。

『できるだけ、効果的に使いたいネタですからね。少し待ってください。他にも、動画や写真の元ネタがわかれば、いっきに発表して相手を叩くほうがいいかもしれません。様子を見ましょう』

「週刊沖楽の記者には話してしまいました。記事にしたいと言っていましたが」

『ああ、それはかまいません。良かったですね。週刊誌の記事になれば、ＳＮＳでも話題になるでしょうし、中傷発言の信憑性が、いっきに地に落ちますよ』

――本当にそうなるだろうか。

春日に礼を言いながらも、私はぼんやりとした不安を感じていた。

テレビに出るようになり、私も少しはＳＮＳの性質に詳しくなった。

なんと「鉄腕先生」は悪党だった！

そういう怒りに満ちた記事にはみんな食いついたが、それがただのガセネタだったという訂正には、洟（はな）も引っかけないのではないか。

人間は本来、冷静さを欠く生き物だ。怒りや悲しみ、同情といった、心をゆさぶる強い感情には動かされやすいが、理性的な情報ではなかなか動かない。怒りにまかせた投稿内容が拡散しやすいのも、そのせいだ。

　正確さを重んじる記事は、拡散しない。私の正しさも理解されずに終わる。

　そんな寒々しい予感に震えながら、次に電話をかけたのは、妻の茜だった。七回、呼び出し音を聞いた後、留守番電話に切り替わった。私はため息をこらえた。

「――茜、僕だけど。結衣の様子はどうかな？　昨日も電話したかったけど、学校のほうでまた事件が起きて、気が動転してしまった。僕から電話がなくても、茜や結衣のことを心配していないなんて、思わないでほしいんだ。僕はいつも、ふたりのことを心配してる。今ごろどうしてるかなと思ってるよ。また電話するね」

　彼女たちは、どんなふうに私の留守録を聞くのだろう。またパパから電話がかかってきたよ。しつこいね、などと茜は顔をしかめて言うのだろうか。

　もう、家族との関係を修復することはできないのか。

　世界中が敵。

　そんな気分だ。

　それでも、まだ白旗を掲げて降参したくない。元の自分に戻りたいのかと言えば、それは複雑だ。私がうぬぼれていたほど、同僚たちは私のことを好きではなかった。私が思い込んでいたほど、生徒や保護者は私の活動に感謝してはいなかった。校長や教育委員会にとって、私は「けむたい」存在だった。

ひょっとして、教育界から去るべきなのか？　ここまで嫌われて、残る意味はあるのだろうか？

――いいや。

ひとり、首を横に振っていた。

もし、教育界から去るにしても、それはこの事件が片づき、地に落ちた評判を取り戻してからだ。今じゃない。

往生際悪く、地位や仕事にしがみつこうというのではない。

ここで私が去れば、追い詰めようとした誰かが喜ぶだけだからだ。中傷すれば、気に入らない他人を社会的に抹殺（まっさつ）できる――そんな「勘違いヤロウ」を増やすことになるからだ。自分のためだけでなく、世の中のためにも、絶対に諦めてはいけない――などと言うと、また「鉄腕先生」はけむたいと言われるのだろうけれども。

パソコンを開き、誹謗中傷のリストを見た。春日弁護士に送ったものだ。

今度はそれに、現状と、どうすればそれが嘘だと証明できるかを書き込んでいった。

ＳＮＳに投稿されたフェイク動画は、ロックがその元ネタを割り出してくれた。

フェイクニュースの投稿者は、弁護士がいま発信者情報の開示請求を行っている。

時間はかかるが、任せるしかない。そちらは、もう私にできることは何もなかった。

発端となったのは、週刊手帖の記事だ。安藤珠樹記者によれば、私が新宿のホテルに宿泊した日、同じホテルに守谷穂乃果が数時間、滞在していた。生徒の保護者が、守谷と私が時間をずらしてホテルに入るところを目撃しており、ホテルの防犯カメラも確認したという。

この件をはっきり否定できるのは、守谷穂乃果自身だ。

もちろん、中学生を矢面（やおもて）に立たせるのは倫理的に好ましくない。だが、彼女はすでに、記事によって他の生徒たちから好奇の視線を浴び、家出するほど傷ついている。彼女の汚名も雪（そそ）ぐことができるなら、証言してもらったほうがいいのではないか。

私は資料に、「守谷穂乃果」と太字で打ち込んだ。

彼女が鍵だ。

守谷穂乃果を保護するのだ。

14

守谷穂乃果の母親の連絡先を、私は知っている。

彼女は高校の同級生だ。当時、旧姓で倉田和香といった。こうなると大きな声で言いにくいが、ごく短い期間、交際していたこともある。ティーンエージャーの、淡い恋愛だ。

長い間、私は彼女の消息を知らなかった。それぞれが結婚し、私が教師になり、四年前から少しずつマスコミやテレビで露出するようになり、やっと彼女は私が「有名人」になったのだと気づいたそうだ。

公立中学なので、学区内に住んでいた守谷穂乃果は常在中学に入学し、二年生で私のクラスになった。家庭訪問で初めて、あの倉田和香の娘だと知ったのだ。

(鉄くんは、昔から熱血してたもんねえ)

和香はからかうように言って、一緒に写真を撮ってくれとねだった。家庭訪問の出だしは、まるでプチ同窓会だった。彼女は高校時代よりずっと、身体つきがふっくらとして、顔も丸みを帯びていた。

和香はもうひとりの友達と一緒に同窓会を計画していたそうで、連絡先を集めているというので、メールアドレスと電話番号を交換した。だから、連絡が取れる。

だが、いま彼女に電話をかけるのは、勇気が必要だった。

携帯にかけてみると、和香はすぐに出た。

『――はい、もしもし？』

――何と言おう。

悪いことなどしていない。だが、私のせいで、彼女の娘にとんでもない災難が降りかかったのは間違いない。

「守谷さん、湯川です。申し訳ない。こんなことになって、私は――」

『ちょっとお待ちください』

和香は誰かと短く言葉を交わし、場所を移動したようだった。待っていると、声が聞こえてきた。

『ごめんね、鉄くん。うちの母親が心配して家まで来ていて。穂乃果がまだ戻らないから』

「こんなことになって、どうすればいいか――」

『待って。鉄くんが謝ることじゃないでしょう。それとも謝ることがあるの？』

半笑いの声だった。ストレスで混乱しているのだろう。

「誓って言うけど、穂乃果さんを変な目で見たことなんて、一度もない」

『当然でしょ。鉄くんがそういうタイプじゃないことくらい知ってる。ああもう、どうしてこんなことになっちゃったんだろうね』

「僕を妬(ねた)むか、嫌うかしている奴が、陥れるために、偽の情報を記者に流したんだと思う。娘さんの受けた衝撃を思うと、本当に申し訳ない」

『鉄くんが人気者だから、嫉妬(しっと)されたんでしょ？　そんな情報を記事にするなんて、ひどい』

和香の舌打ちを聞き、そう言えば高校時代から、しっかり者で気が強かったと思い出す。

「穂乃果さんとは、一昨日から連絡が取れないまま――？」

『そう。スマホは持たせてるんだけど、電源を切ってるみたい』

「彼女が行きそうな場所の心当たりはないかな。仲のいい友達とか――」

『こっちの中学では、まだそれほど仲のいい友達ができてなかった。常在中学の友達には何人か電話してみたけど、来てないって。嘘ではないと思う』

和香が電話した女子生徒の名前を聞き、メモした。八島もその中に入っていた。

「これまでに、彼女が外泊したことはあった？　友達の家に泊まるとか」

『八島さんの家には何度か泊まらせてもらったわね。テニス部の合宿もあったし』

守谷穂乃果はテニス部の部員だった。そう言えば、和香もテニス部だったはずだ。

「もしわかればでいいんだけど――。少し前に、穂乃果さんが外泊したかどうか、教えてほしいんだ」

それは、私が新宿のホテルに宿泊した日だった。守谷穂乃果が、ホテルの防犯カメラに映っているというのは、本当だろうか。

日付を言うと、和香はスマホを見て確認してくれた。

『その日は、久しぶりに八島さんに会って、泊めてもらうって言ってたけど。これ――まさか、例の記事に載っていた日のこと？』

――八島の家か。

少しがっかりした。実のところ、穂乃果がその日、自宅にいてくれればいいと思っていた。それなら、完全に彼女は無関係だからだ。

「うん。彼女が別の場所にいたことがはっきりすれば、あの記事が間違っていると証明できるから」

『それなら、八島さんの家に聞いてみる。穂乃果が八島さんの家に泊まっていたら、記事とあの子は無関係ってことになるのね？』

そうだ、と私は言葉を濁した。

ひょっとすると、穂乃果が八島の家に泊まると言ったのは、嘘だったかもしれない。だが、私の口からそれは言えなかった。

「和香さん。僕はなんとしてでも、穂乃果さんを無事に保護しなきゃいけないと考えているんだ。早く落ち着いた学校生活に戻してあげないと。だから、何かあればすぐ僕にも知らせてほしい。元担任として、できる限りの協力をしたい」

『ありがとう。心強いよ。また電話するから』

電話を切って、私は折り返しの電話を待った。穂乃果が八島の家に泊まっていたことが証明されるようにと、心の底から祈った。

守谷の父親が、今回の事件についてどう言っているのかも聞いてみたかったが、怖くて聞けなかった。私は自分で思う以上に臆病（おくびょう）なのかもしれない。

電話を待つ間にお湯を沸（わ）かし、インスタントコーヒーを淹（い）れた。和香からの折り返しは、コーヒーを飲み終えてもかかってこない。茜とロックからの電話も待っているが、かかってこない。

待つのは退屈だ。私は待つのが苦手だった。

学校は休みだから、八島は自宅にいるのではないか。たしか八島の両親は共働きで、日中は自宅にいない。八島も友達の家にでも行っていて、連絡が取れないのだろうか。

じりじりしながら小一時間待ち、耐えきれずこちらからかけた。

七回、呼び出し音を聞いた。途切れたので和香の声が聞こえるのを待っていると、プツリと切れた。操作を誤ったのだろうか。

再びかけ直したが、今度はすぐに留守番電話につながった。誰かそばにいるのかもしれないと思い、短いメッセージを残すに留めた。

「湯川です。その後、どうなりましたか。またお知らせください」

彼女が倉田和香だった高校時代、私が好きだったのは、笑顔だった。どちらかと言えばきっぱりした態度の、きつめの性格だったが、面白いことを聞いて笑い転げる時には、てんで子どものように無邪気だった。

短い交際の最初と最後は、雨に打たれた水彩画のようにぼやけている。気がついたらそばにいて、学校から途中まで一緒に帰ったりもした。

交際が終わったのは、夏休みに入ったからだ。私は野球部で、彼女はテニス部だった。どちらも合宿があり、部活動に夢中になっていたら会う時間がなくなって、休みが明けるとなんだか、一緒に帰ろうと言いだしにくい雰囲気になっていた。

手持ち無沙汰(ぶさた)で、押し入れにしまってあった昔のアルバムと卒業アルバムを出してきた。

高校の卒業写真を開くと、倉田和香はすぐに見つかった。

——なんだ。守谷穂乃果は、和香によく似ているんだな。

こうして見ると、顔だちは驚くほど似ている。ただ、時代が二十年以上も下ると、髪型や服装が違いすぎていて、担任として穂乃果を見た時には、特に何も感じなかったし、和香を思い出すわけでもなかった。

懐かしい気分になり、ダイニングテーブルに卒業アルバムを置いて眺めていると、ふと、視界の隅に何かがちらつくことに気づいた。

顔を上げると、ベランダに赤いものが浮かんでいる。一瞬、理解できなかった。

――覗いてやがる！

ベランダにいるのは、小さなドローンだった。四つのプロペラで浮揚する機体の正面に、カメラのレンズが見える。空中に浮かび、カーテンの隙間から室内を撮影しているのだ。

私は立ち上がり、ベランダに駆け寄った。

動きを察知したのか、ドローンはすぐさまベランダを離れた。後を追ってベランダに出たが、赤いドローンはマンションの角を曲がり、すぐ見えなくなった。

「――何やってるんだ！」

マスコミだろうか。人口密集地区でのドローンの操縦は、航空法で禁止されている。以前、それで常在中学の生徒を叱ったことがある。

操縦者を見つけて抗議するため、私は自宅を飛び出し、マンションの階段を駆け下りた。ドローンが曲がった角を私も曲がり、どっちに行ったかと捜したが、すでにドローンもその操縦者も、影も形もなかった。

駆けまわって、あたりに鋭い視線を送っている私を、通り過ぎる女性がいったい何ごとかと気味悪そうに見ていた。足早に通り過ぎようとするのに、声をかけた。

「すみません。このへんでドローンを飛ばしている人を見かけませんでしたか」

「さあ――いいえ」

明らかに迷惑そうに、女性が逃げていく。

――気味が悪い。

あのドローンは私を見ていた。私が自宅に戻っているか確認したのだろうか。不在のあいだにベランダに卵や石を投げられたり、玄関先に落書きされたりしたではないか。

戻っていることを確認できれば、また嫌がらせをしようと考えているのか。卑劣(ひれつ)な奴だ。

腹立たしくて蹴るように階段を上がり、玄関を入って姿見に映る自分の姿を見て、やっと気づいた。

――そういうことか。

ふだんは鏡を見るまで忘れているが、私の容貌(ようぼう)がすっかり変わったのだ。あのドローンの持ち主は、私の新たな外見を写真に撮ろうとしたのかもしれない。

ということは、マスコミ関係者か。

——何を考えているんだ。

部屋に戻ると、ベランダに続く窓のカーテンを、ぴったりと閉じた。外光が入らないと室内が急に薄暗く、ひんやりしたが、いたしかたない。

「今度見つけたら、必ず持ち主を突き止めてやるからな」

警察に届けることも考えたが、やめておいた。事件が続きすぎて、ひとつひとつまともに対処するのが嫌になってきていた。

それに、マンションの周辺に、防犯カメラがほとんどないことも知っていた。以前、二ブロック離れた通りのコンビニに強盗が入り、警察が周辺の防犯カメラの映像を集めたが、私が住むマンションのあたりは、まるでエアポケットのように、ぽっかりと防犯カメラの「真空地帯」になっていたのだ。その後、設置された様子もない。

私自身も、防犯カメラを設置しようと積極的に運動しなかった。自分が被害者の立場になると、防犯カメラがありがたいものに感じられるが、そうでなければ監視されているようで嫌な気分になるだけだ。

スマホを確認したが、誰からも連絡は入っていない。

この世界にたったひとり、取り残されたような気分だ。

気がつくと、空腹だった。朝はコーヒーを飲みながら食パンを齧り、昼食はカップ麺で手軽にすませた。夕食には早すぎるし、外に出て買い物に行く回数は減らすようにしている。

保存食の棚を漁っていると、スマホに電話がかかってきた。

――和香か。

急いでスマホを見ると、弁護士の春日からだった。何かあったのだろうかと、いぶかしみながら電話に出る。

『湯川さん、何度もすみません。あまり良くないお知らせなんです』

挨拶もそこそこに、向こうが切りだした。

春日には、発信者情報開示の請求という、フェイクニュースの作成者の正体を暴く作業を依頼している。先ほどは鹿谷を疑うようなことを言われたばかりだ。嫌な予感がした。

「発信者情報開示には、何か月もかかるんでしょう？　ひょっとして、期間が延びるということですか？」

『いえ、そうではないんです。実は、ここだけの話にしてほしいんですが、表向きの発信者情報開示請求とは別に、ある人に頼んで、フェイク動画やＳＮＳの書き込み元の情報を探ってもらっていたんです』

歯切れの悪い春日の言葉を聞き、私はうすうす状況を察した。先日、「子どもを守る親の会」というダベッターアカウントが、水森に間違いないと調べてくれた際、私にも春日弁護士のやり方がピンときたのだ。

「つまり、いわゆる『ハッカー』に頼んだということですか」

『まあ、そのあたりはご想像におまかせしますが』

ハッキングは犯罪だ。春日の言葉がはっきりしないのは、自分が犯罪に加担した、あるいはそそのかしたという言質を与えたくないのだろう。

『湯川さんの状況から見て、早く片をつけないと大変なことになりそうだったので、もっとも悪質な中傷だけをいくつか、先に調べてもらいました』

学校を辞めさせられそうになっていると、春日には話してある。心配して、手を打ってくれたのだろうか。

『その人によると、投稿者はかなりネットに対する知識を持っていて、自分の正体を隠す方法を知っているんだそうです』

「え——どういうことですか。発信者情報開示というのを請求すれば、犯人の正体がわかるんじゃないんですか」

『たいていのSNSの場合、投稿者のIPアドレスやタイムスタンプがわかるだけなんです。IPアドレスというのは、インターネット上の番地のようなものです。それが判明すれば、今度はそのIPアドレスから相手が使っているプロバイダを特定して、次はプロバイダに発信者情報の開示請求を行うんです。ところが、問題の投稿者は自分のIPアドレスを改竄したり、隠したりするソフトを使っていることがわかりましてね。このまま発信者情報開示請求を続けても、最終的に個人を特定できない、つまり正体を知ることができない可能性が高いということなんです』

私は呆然として、スマホを摑んだまま立ち尽くしていた。

春日の話を、完全に理解できたとは言い難い。ただ、いま彼に頼んでいる作業は何か月もかかるのに、その結果が失敗に終わりそうだというのだ。

あらかじめ手を打ってくれた春日が、良心的なことはよくわかった。自らも危ない橋を渡り、私のためにハッキングを頼んでくれたのだ。

そこで、気がついたことがあった。

「それじゃ、動画などを投稿した人間と、水森とは別人だということですか」

水森は「子どもを守る親の会」のアカウントから、すぐに本人にたどりついた。それほどきちんと身元につながる手がかりを隠していなかったのだ。

『水森さんには、そんな知識はないと思いますよ』

「動画を投稿した犯人も、ハッカーみたいな、コンピューターに詳しい人間ということですか？」

『いや、そこまで詳しくなくても、自分の接続情報を隠すことは、意外と簡単にできるそうです。ただですね。私が頼んだ人は、投稿者の電話番号も調べてくれたんですが、それが使い捨ての電話だったらしいんですよ』

「使い捨て？」

面食らった。そんな電話があるのか。

『使い捨てというのは、言葉の綾ですけどね。自分の情報を隠すために、そういうものを使っているようです。つまり、そこまで準備したうえで、フェイク動画をアップしているわけです。おそらく、かなり費用もかけています。思いつきとか、ただのイタズラというレベルではありませんね。たいへんやっかいな相手です』

「でも――それなら、どうすればいいんでしょう？　投稿したのが何者か、調べる手はないということですか？」

春日が困ったように唸った。

『今回、先に調べてもらったのは、あくまでも数件だけなんです。だから、すべての投稿を丁寧に洗っていけば、ひょっとすると犯人がボロを出している可能性はあります。ただし、それが主犯ではなく、模倣犯の可能性もあります』

このまま続けても成果は上がらないかもしれないが、調査を続けますか、と春日が尋ねた。春日に約束した調査費用は、法外な金額とは言わないまでも、けっして安くはない。

「しかし——続ける以外、他に手段はないわけですよね。犯人の正体を知るには」

『そうですね』

　春日は、言いにくそうだった。

『ただ、犯人の正体はわからなくとも、たとえば鹿谷さんから聞かれたように、動画が捏造されたものだという証拠をつかむことができたなら、いま湯川さんが受けている中傷被害が、理由のないものだとはっきりします』

　これ以上の調査を続けても、お金を無駄にするだけかもしれない。そう、春日は心配してくれているのだ。私の名誉を守ることさえできれば、犯人を捕まえる必要はない。

　——そうだろうか。

　納得できなかった。どこかに、私を陥れて笑っている奴がいるのに、そいつを裁くことはできないのか。

　捏造(ねつぞう)された情報で、ひとりの人間の地位や名誉をずたずたにできるのに、捏造した奴は最後まで笑っていられるなんて、断じて許すわけにいかない。

　心を決めた。

「犯人に行きつく可能性がゼロではないのなら、このまま続けてください」

春日は一瞬、息を呑み、『わかりました』と応じた。

「こんなことを許してはいけないと思います。どうにかして、犯人を白日のもとに引きずり出して、後悔させてやりたいんです」

『――わかりました。今回、デマの数も多いので、犯人がうっかりミスしていることを祈ります』

犯人のうっかりミスを祈らねばならないレベルとは、やっかいな話だ。だが、私の決意を聞いて、春日も腹をくったようだった。

『湯川さん。犯人がここまでやるということは、よほどの恨みを持っている可能性が高いですよ。何か、思い当たる節はありませんか。兆候があったかもしれません。たとえば、ＳＮＳでしつこく嫌がらせをしてくる人間がいたとか』

私は考え込んだ。ＳＮＳで、粘着的にからまれることは、ままあることだ。だが、私は自分に返ってくる言葉にいちいち反応しないようにしていた。たまに目に入ってくる程度にとどめたほうが、精神安定上、良いと思っている。

「ＳＮＳでの返信は知らない人ばかりなので、ほとんど読んでいないんですよ。嫌がらせもされていたと思いますが」

『ああ、たしかに読まないのが一番いいかもしれませんね』

調査続行を確認し、通話を終えた。

——犯人は、そこまでして私を陥れたかったのか。

私自身は、ネットやSNSにさほど詳しいわけではない。ごく普通の利用者として、自分の欲しい情報を得て、こちらからも発信できればそれでいい。

だが、私を中傷の嵐に叩き込んだ何者かは、それなりの知識を持っているらしい。

——知識と、よほどの恨みを持っている誰か。

こんな事態になるまで、誰かにそこまで憎まれているなんて想像したこともなかった。甘ちゃんと言われれば、たしかにその通りだ。

誰だろう。私が何かしたのか。それほどの恨みを買うとは予想もせず、うかつなことを言ったのか。

先ほどまで空腹を覚えていたのに、すでに食欲を失くしていた。和香からも、茜や鹿谷からも、電話はない。

意を決し、和香に電話をかけてみた。だが、つながらなかった。今度は留守番電話にすら、つながらなかった。

——どういうことだ。

八島に電話して、すぐに折り返すと言っていたはずなのに。私からの連絡を拒否しているのだろうか。八島はいったい、何を言ったのだろう。

混乱し、室内をうろうろと歩き回った。落ち着かない。どうすればいいのかわからない。落ち着け、落ち着けと自分に言い聞かせたが、フラストレーションが高まるばかりだ。

――八島の家に電話して、保護者に状況を説明して尋ねてみようか。

だが、私は自分の生徒と性的な接触を持った疑いで、謹慎中の身だ。いくら潔白を訴えたところで、八島の両親がどう考えているかはわからない。私からの電話をどう受け取るかも。それに、生徒に電話して口止めを図ったなどと言われてはたまらない。

スマホに着信があった。私は、飛びつくようにスマホを手に取った。ロックからのメッセージだった。

『授業が終わると午後九時を過ぎるんですが、その後また、うちに来ていただけませんか。見せたいものがあります』

学習塾の仕事のかたわら、引き続き動画について調査してくれていたのだろうか。もちろん、行くと答える。自分で調べる能力がないことが恥ずかしく、もどかしい。ロックの存在がありがたい。

しかしそこで、ロックがなぜ元ネタの動画をすぐ割り出せたのか、疑念を呈した春日弁護士の言葉を思い出し、胸の中に灰色の靄がかかるのを感じた。
和香と連絡が取れなくなった衝撃は、大きかった。拒絶の原因がわからない。
このままでは、精神的に追い詰められすぎて、どうにかなりそうだった。もしも
犯人が見つかれば、この手で絞め殺してしまいそうだ。
そんなタイミングでスマホが鳴り始めたので、私はびくりと飛び上がった。
――和香か。
祈るように画面を見ると、意外な名前が表示されていた。
「――森田？」
四年前、私を刺した森田だ。
電話に出ると、性急な口調で森田が言った。
『先生、今日ちょっと時間ない？』
「どうしたんだ。私はいま――」
それどころじゃない、と言いかけたのを、森田がさえぎる。
『教頭先生が死んだって？　先生に話したいことがあるんだ』
薄気味が悪い。森田はいったい、何を話すと言っているのだろう。
『良かったら、うちに来てもらえないかな。俺、今ひとり暮らししてるから』
高校を中退し、工務店で働いている森田は、春から独立したという。母親とは仲

が良かったので不思議に思ったが、社会に出たらいつまでも甘えてないで自立しなさいと、母親に言われたのだそうだ。森田の母親は、どこまでも賢母だった。

「なんだか妙だな。教頭のことで、何か話があるのか？」

『うーん、先生が来てくれたら話すよ』

ますます不気味だ。住所を尋ね、これから行くと言うと、森田は安堵（あんど）したようだった。

『待ってるよ、先生。俺、メシ作るから。好きな飲み物だけ、持ってきてよ』

食事のことを話す時だけ、森田は明るい口調になった。

15

森田が常在中学を卒業して、三年余りになる。

高校をやめて高卒認定を取り専門学校に行くか、就職するかで迷ったらしいが、中学で先輩に虐（いじ）められたり、仲間外れにされたりした記憶が、まだ生々しかったのだろう。それ以上の進学はやめ、工務店に就職したと聞いた。

先日、週刊手帖の記事が騒ぎになった直後に電話をかけてきた時も、なにやら話したがっているような気配だった。

彼の家に向かう前に、近所のスーパーに寄ることにした。サングラスをかけ、誕生日に妻から贈られた、派手な柄物の開襟シャツを着た。休日にこれを着て、どこかに遊びに行こうと言われたのだが、結局、ほとんど袖を通す機会のないまま、箪笥の肥やしになっていたものだ。

服装や髪型がこれだけ変わると、私だとは気づかれにくいようで、心おきなくジュースやお茶のペットボトルを買えた。

教えられた住所は、常在中学から二駅離れた住宅地の、駅から歩いて数分の距離にあるワンルームマンションだった。

マンションに向かう途中で、スマホに着信があった。体育教師の辻山からだ。

『湯川先生、いま自宅ですか』

「いえ、外出しています」

『そうですか。——もし良かったら、どこかでお会いできませんか』

戸惑った。辻山とは今朝も会ったばかりで、いろいろと調べてもらうよう頼んである。

『八島の件なんです』

そう言われ、合点がいった。守谷穂乃果と仲が良かった女子生徒に、守谷の居場所に心当たりがないか、探りを入れてほしいと頼んだのだ。八島は守谷のいちばんの親友と呼んでもいい仲だった。

「学校はお休みでしたよね」

『休みなんですが、気になったので八島の家に電話してみました。今どちらにおられますか』

私が最寄りの駅名を告げると、辻山は駅前のカフェで十分後に落ち合えないかと言った。

森田のマンションのそばまで来ていた。電話を切ると、飲み物を詰め込んだマイバッグを提げて階段を上り、三階の３０２号室のインターフォンを鳴らした。

すぐには、反応がなかった。しばらくして紺色のドアが開くと、よく知っている森田の顔が現れた。あれから三年以上も経つので、背丈は伸びて私とほとんど変わらず、丸刈りだった頭はほどよく伸びている。だが、顔は三年前の森田とそう変わらない。

「どうしたんだよ、その頭」

森田が目を丸くした。思わず、頭に手をやった。

「三年前と逆だな」

今は、こちらが丸刈りだ。

「先生、とにかく入ってよ」

「すまん、ちょっと駅前で人に会う約束ができてな。しばらく話したら、また戻ってくるから、荷物だけ先に渡しておこうと思って」

飲み物は冷えていたほうがいいだろうと冗談めかして言うと、森田はなぜか緊張したような顔で、しかたなさそうに笑い声を上げた。

「わかった。冷蔵庫に入れておくよ」

「悪いね。また後でな」

森田の神経質そうな視線に見送られながら、また階段を下りた。

中学時代、イジメの加害者を刺した頃の森田は内心に激しい怒りを抱えていたが、その怒りは森田自身にも向かうものだった。他人に自分の気持ちを説明したり、怒りを外に吐き出したりするのが下手だったのだろう。いつも、心にマグマを抱えるみたいに、ただギラギラと目を光らせていた。

あれから、森田の雰囲気もずいぶん柔らかくなった。高校時代のことはよく知らないが、就職して正解だったかもしれない。

森田とゆっくり話すことを楽しみにしながら、私は駅前のカフェに向かった。辻山が指定したのは、関東近郊でよく見かけるチェーン店だ。

店に入り辻山を探すと、奥の席から手を振る彼が見えた。驚いたのは、辻山の隣に座る少女を見た時だった。

セルフサービスのコーヒーを買うより先に、私は彼らのテーブルに近づいた。辻山と並んで座り、こちらを見上げているのは、八島佳菜だった。彼女も驚いているが、それは私の容貌が別人のようだからだろう。

彼らの前には既にコーヒーカップがある。

「何か飲み物を買ってきます」

辻山が気をきかせて立ち上がろうとするのを断って、自分でカウンターに行った。少し、落ち着いて考える時間が必要だった。

――それならそうと、辻山も先に言ってくれればいいのに。

私がここで八島と会って、問題にならないだろうか。いや、彼女は辻山に同行してここまで来たのだから、大丈夫だろう。

コーヒーを買ってテーブルに戻ると、居心地が悪そうに八島がもじもじと身体をよじった。私はさすがにサングラスを外した。

「八島さん。わざわざ来てくれたのか。ありがとう。君が来るとは知らなかったよ」

「辻やん――辻山先生が、来てほしいと言ったから」

教室で黄色い声を上げている時とは別人のように、殊勝な表情で、堅苦しく肩を縮めている。

結婚して子どももいるが、若くて朗らかな辻山が、女子生徒に人気を博していることは知っている。「辻やん」というあだ名も、生徒たちの間で普通に使われているようだ。こんな非常時に、その恩恵を被る（こうむ）とは予想もしていなかった。

辻山に目をやると、頷いた。

「守谷さんが今どこにいるかは、八島さんも心当たりがないそうです。とはいえ、詳しいことは直接、彼女に聞いてもらったほうがいいと思いまして」

「なるほど。ありがとうございます」

「先生、髪切ったの？」

八島が自分の頭を指さした。

「うん、ちょっとな」

現在の守谷の居場所と、新宿のホテルに宿泊したとされる日のことを、彼女が何か知っているのではないかと思っていた。

「穂乃果が今どこにいるかは知らないけど、私は先生の家にいるんだろうと思ってたよ」

八島の目が私を見つめている。「先生」という言葉に、一瞬反応しそこねた。

「――え？」

八島が再び居心地悪そうに身をよじる。

「先生って、私のことか？」

頷くのを見て、なんだかまた、新たな悪夢が始まったような気分がした。

「まさか――どうしてそう思ったんだ？」

「違うの？」

「そりゃそうだよ。転校したから、今は私の生徒じゃないけど、女子中学生を私ひとりの家に上げたりしないよ」

「だってほら、穂乃果のお母さんと昔、つきあってたんでしょ」

「――え？」

私は目を丸くした。どうして彼女が、そんな昔話を知っているのだろう。

「守谷さんが何か話したのか？」

「うん」

だとすれば、守谷穂乃果は、私が担任になった後に、母親から昔のことを聞いたのかもしれない。黙っておくほど深刻な話でもなく、つい「面白いネタ」として口外したとしても、彼女を責められはしない。

「たしかに先生と守谷さんのお母さんとは高校の同級生だった。短い間だけど、いっしょに登下校したこともあるよ。だがそれは、先生が高校生のころで、今から二十年近く昔の話なんだけどね」

八島の私を見る目つきから、彼女がその説明に納得していないらしいことに気づいた。

「守谷さんはどんなふうに話したんだ？」

「自分はひょっとすると、先生の子どもかもしれないって」

私は彼女をまじまじと見つめた。私の沈黙に力を得たように、八島は勢いこんで話し続けた。

「違うの？　穂乃果のおばさん、今でも先生のことを好きみたいって言ってたし。穂乃果自身は、そうだったらいいなあって、何度も言ってたよ。だから、雑誌に記事が載ったあれなんか、私と仲間はみんな、きっと親子の対面だったんだよって噂してた」

思いもよらない話ばかりで、私はただ呆然と聞いていた。

辻山を見ると、彼も困惑ぎみに口を結び、八島の話に耳を傾けている。

「――なあ、八島さん。知っていたら教えてほしいんだけど。ひょっとして守谷さんは、お父さんとうまくいってなかったのか？」

「さあ。あんまりお父さんの話はしたことないんだよね。お母さんのことは話してたけど」

とりたてて、うまくいっていないというほどのことはなくとも、家庭で父親の影が薄かったのかもしれない。そのせいで、身近にいる親しい年配の男性に、父親の影を見てしまったのかもしれない。

推測をめぐらせ、私はため息をついた。

「先生と守谷さんのお母さんは、高校を卒業してからは一度も会ってなかったんだ。守谷さんの担任になって、家庭訪問した時に、初めて再会したんだよ。だから、残念ながら、それはありえないよ」

「そうなの？　なーんだ」

八島は、本気でがっかりしたような表情を浮かべた。中学三年生だ。そんなことも、ロマンチックに感じるのだろうか。

私と守谷のことが週刊誌やテレビで騒がれ、校内では生徒にもヒヤリングがあったはずだが、そのことに触れた生徒はひとりもいなかったのだろうか。

「先生たちにいろいろ聞かれた時は、その話はしなかったのか？」

「だって、聞かれたのは湯川先生が生徒に暴力をふるってなかったかってことで」

「そうか――」

なるほど、その質問では守谷の話は出てこなくて当然だ。

「最近、八島さんの家に守谷さんが泊まったことはあるかな？　具体的には、この日」

私はスマホのカレンダーを出し、彼女に見せた。私と守谷穂乃果が同時に新宿のホテルに宿泊したとされる日だ。

「ううん。引っ越してからは、来てない」

――やはり、そうなのか。

今度は私ががっかりする番だ。

守谷は、母親に八島の家に宿泊すると言い、別の場所で外泊した。新宿のホテルには数時間滞在しただけだったそうだ。では、その後はどこに行ったのだろう。

「ていうか、その日、穂乃果は先生に会いにホテルに行ったんでしょ？」

八島がまっすぐに私を見た。私は仰天のあまり、無言で彼女を見返した。

「その日の朝、穂乃果からメッセージ来たよ。今日は先生に呼ばれたから、会ってくるって」

「まさか――」

「だから私も、『ついに親子の対面じゃん！』って、励ましのメッセージを送ったくらいだよ」

頭が痛くなってきた。

「ありえない――。もし彼女がそんなメッセージを受け取ったのなら、それは先生になりすまして、別人が送ったんだ」

「そうなの？」

八島の目が丸くなり、次いで、それが守谷にとって深刻な事件だった可能性に思い至ったのか、表情が暗くなった。

「それじゃ、穂乃果は――」

「その後、彼女と連絡は？」

「実は何にもなくて。メッセージも返ってこないし。今度はこんな騒ぎになって」

守谷穂乃果は、私に会うつもりでホテルに行った。だが、彼女を呼び出した相手は私ではなかった。

――いったい誰だったんだ。

彼女が私の娘だというのは、多感な中学生のファンタジーにすぎないが、それでも責任を感じる。

「そう言えば今日、守谷さんのお母さんが、八島さんの家に電話しなかったかな？」

「うちに？　ううん」

八島が首を横に振った。

「私は昼から出かけてたから、その後にかけてきたのなら知らないけどね」

「そうか」

それなら、なぜ和香は電話してこないのかと不審に感じたが、それ以上、八島に言うべきことはなかった。

「なあ、八島さん。先生は、守谷さんを無事に保護したいんだ。もし、何か思い出したり、居場所の手がかりがわかったりしたら、連絡してくれないかな。私か、辻山先生に」

八島は、真剣な表情で頷いた。守谷穂乃果が、「父親」のところにいたわけではないとわかり、不安が募ったようだ。

「何か、気になることや、関係がありそうなことはないかな？　八島さんの知っている範囲でいいから」

「ううん。何か知ってたら、さすがに言うよ」

「そうだよな」

会話の潮時だと思ったのか、辻山が立ち上がり、卓上のカップを集めた。

「返却してきます。ちょっと待っててくださいね」

フットワーク軽く、返却口に向かう。私は八島に向かい、他に聞き忘れたことがなかったかと考えをめぐらせた。

「――八島さん。騒ぎになっているけど、先生は何もしていないんだ。守谷さんにおかしなこともしていないし、生徒に暴力をふるったりもしていない」

「私は、先生のこと信じてるよ。水森たちだけでしょ、何か言ってるの」

「何か聞いてる？」

「うーん。水森と仲間がいるじゃない。あいつら、いっつも固まってこそこそ喋ってるの。感じ悪いんだ」

――感じ悪い、か。

私はつい、苦笑いしてしまった。八島の言葉で何かが証明されるわけではないが、言い方に愛嬌（あいきょう）がある。

辻山が戻ってきた。

「お待たせしました。それじゃ、僕は八島さんを自宅に送り届けて、また学校に戻ります」

「辻山先生、いろいろありがとうございます」

「いいえ。当然のことですから」

辻山が八島を連れて店を出る。私もすぐ後に続いた。ふたりが手を振り、駅に向かうのを見送ってから、守谷和香に電話をかけてみた。八島の話が本当なら、彼女に聞いたことを教えてやれば、状況がわからずやきもきする必要もないだろう。

だが、和香の携帯は、やはり電源が切れているか、電波が届かない場所にいるとのことだった。東京の日中なら電波がつながらないのではなく、電源が切れていると考えたほうが良さそうだ。

八島の話を聞いて、いくつかわかった。守谷穂乃果は私が父親ではないかという個人的な疑いを抱いていたらしい。だが違う。

新宿のホテルに泊まった日、守谷は八島の家に泊まると母親に告げたが、それは嘘だった。

――和香はいったい、どうしたんだろう。

携帯の電池が切れたのに、気づいていないのだろうか。その可能性はある。しっかり者だが、時としてうっかりする。高校時代から、そんなところがあった。

私は、森田のマンションに向かった。思いもよらず、八島とかなり長時間にわたって話し込んでいたので、森田はじりじりしながら待っていることだろう。

マンションに戻り、階段を上がる。森田の部屋の前に立ち、インターフォンを押した。

やはり、すぐには反応がなかった。

「先生」

出かけたのだろうかと心配になるくらい時間が経ち、ようやくドアが開くと、森田が顔を覗かせて、入ってくれと言った。

「遅くなってごめんな。お邪魔します」

「センセを入れるの、照れくさいな」

森田の言葉に笑いながら、玄関で靴を脱ぎ、そのまま中に上がり込む。玄関の三和土(たたき)には、森田のものらしい履(は)きつぶしたスニーカーと、サンダルが並んでいた。形ばかりのキッチンとバスルームに続くドアがある、短い通路を過ぎて、奥が森田の「城」だ。

「意外と片づいてるな。私よりも整理整頓が上手そうだ」

物珍しげに室内を見回すと、森田が照れ笑いをした。

「そりゃ片づくよ、物がほとんどないんだから。適当に座ってください。うち、年中こたつなんで」

こたつ布団はさすがにないが、テーブルの下を覗くと、火のついていないアンカが見えた。

森田は、先ほど私が買ってきた飲み物を、冷蔵庫から出してテーブルに載せた。

「先生、たくさん飲み物を買ってきてくれたんだね。そんな気を遣わなくてもいいのに」

「メシをご馳走(ちそう)してくれると聞いたからな」

「なんか、悪いな。鍋の季節でもないんで、パスタでいいかな」

「そっちこそ、あんまりかまうなよ」

キッチンで、お湯を沸かし始める森田をよそに、六畳ほどの室内を眺める。クローゼットの扉が見えている。室内にはこたつと、衣類を収納するケースがあるだけで、ベッドすらない。おそらく森田は、こたつに潜り込んで寝るのだろう。悪くない。たしかに、物が少ない。そのおかげで、六畳間でもゆとりを感じる。

「アイドルのポスターでも壁に貼ってるかなと想像してたんだけどな」

「そんな時期は、とっくに卒業したもんね」

森田が生意気を言って笑っている。ずいぶん笑うようになったと安心したが、どこか無理をして、引きつるような笑みを浮かべているようでもある。

「ちゃんと自炊してるんだ。偉いな」

「パスタなんて料理のうちに入らないよ」

そう言う時だけ、森田はむすっとふくれた顔になった。その言葉を裏づけるように、ゆで上がったパスタに、湯煎したレトルトのパスタソースをざっと掛けて、「はい」と言いながらこたつまで運んできた。

「な。めっちゃ簡単だろ。レトルトなら失敗しないしな」

「何を言ってるんだ、ご馳走だよ。元生徒が料理を作って食べさせてくれるなんて、めちゃくちゃ嬉しいよ」

森田に自然な笑顔が戻る。

「先生、もらったビールがあるけど、どうする？」

「この後ちょっと約束があるから、お茶にしておくよ。森田は好きなものを飲んでくれ」

「そうなの？」

ちょっと困惑したように見えたが、気のせいだろうか。ひょっとすると、若者どうしのつきあいのように、このままここに泊まり込むとでも思いこんでいたのだろうか。

私の目には、森田は何かを言いだしかねているようにも見えた。

「いただきます」

皿に取り分けたパスタは、あっという間に腹に消えた。若い森田の食欲は旺盛だし、私も考えてみれば、昼を抜いていたのだ。森田に負けないくらいモリモリと食べた。

「美味しかった。よく食べたよ」

お茶を飲みながら腹をさすっていると、森田はおつまみでも作ろうかと尋ねた。

「いや、もうお腹いっぱいだ。それより、話があると言ってたのは、何だったんだい？」

森田の視線が泳いだ。食事のあいだ無言だったのは、言いたいことがあるのに言いだせなくて困っていたのかもしれない。

「ああ――その件ね。先生にも、関係のあることなんだけどね」

森田はもごもごと口を濁した。しっかりしているくせに、意外と気の弱いところがあって、それで中学時代もいじめの対象になりやすかったのだ。

「私に関係があること？」

「うん――まあ、何ていうか」

森田は口ごもって顎を撫で、何を思ったかペットボトルのお茶を喉を鳴らして飲み干した。

「先生は、俺たち生徒の味方だよな？」

突然の問いに、私は一瞬たじろいだ。この数日間の騒動で、自分自身の立ち位置が、だんだんわからなくなってきていた。

「――私は、そのつもりでやってきたよ」

「俺が遠藤にいじめられていた時、先生だけが本気で俺のことを気にかけてくれた。学校でも、外でも。そのせいで俺に刺されたのに、俺の罪が重くならないように、警察にもしっかり話をしてくれて」

森田が語る言葉に、私は少し胸を詰まらせていた。このところ辛いことが多かっただけに、報われた喜びに浸っていた。

「先生がいなかったら、俺は遠藤を刺して、少年院に入ることになってたと思う。あの事件の後も普通に学校に通えたなんて、今から考えても奇跡みたいだ。おまけに、高校まで進学してさ」

「だけど、遠藤のいじめがなければ、おまえは成績も悪くなかったし、高校進学なんて当たり前だったんだ」

「——うん。だけど、事実として遠藤は存在したし、俺は下手すると中学生で殺人犯になっていたかもしれない。ごく当たり前の道に引き戻してくれたのは、湯川先生だ」

卒業して三年以上経った生徒からこんなに温かい言葉をかけられるとは予想外だった。気を引き締めていないと、うっかり涙腺が緩(ゆる)んで、涙がこぼれそうだ。

「嬉しいよ。そんなふうに言ってくれて。私は、森田がこうして立派に就職して、先生にメシまで食わせてくれるようになったなんて、それだけでめちゃくちゃ嬉しい」

「だからな、先生」

森田が真剣な目で、こちらを見つめた。

「俺、先生を信じて、打ち明けることにしたんだ。ていうか、この話を聞いてもらえるのは、先生しかいないと思って」

いったい、何だろう。

私は、怪訝(けげん)な表情を浮かべたに違いない。

その時、彼の背後で、カタリと音がした。ぎょっとしてそちらに目をやると、バスルームの扉が開くところだった。

「――君は」

現れた人物を見て、私は呆然となった。

小柄でほっそりしたシルエット。肩を越えて背中に流れる黒髪。

白いブラウスにジーンズ姿の守谷穂乃果が、薄暗い廊下に立っていた。

16

「君たちは知り合いだったのか？　いったいいつから彼女はここにいたんだ？」

衝撃のあまり口もきけない状態を脱すると、私はふたりを質問攻めにした。

「先生、いま説明するからちょっと待って」

森田のそばに、守谷が来てちょこんと座る。転校前は、もう少し頬がふっくらしていたような気がするが、事件の経過から心配していたよりは、元気そうだった。

あらためて見ると、本当に若い頃の和香によく似ている。真面目で、きりっとした雰囲気を持つ少女だ。

「――無事で良かったよ。行方（ゆくえ）がわからないと聞いて心配していたんだ」

守谷がこくんと頷く。八島のようによく喋る子もいれば、守谷のように物静かな子もいて、女生徒もさまざまだ。

「――何から話そうか。な？」

森田が、うつむき加減の守谷に問いかけたが、彼女は困ったように黙っている。こちらから助け舟を出すべきかと迷っていると、森田がようやく話し始めた。

「なんでも話すけど、その前に先生に聞きたいことがあるんだ」

ためらいがちに話しだした森田を見て、私もピンときた。先ほど八島から聞いた話だ。

「あのさ。先生と守谷って、血のつながり、あるの――？」

私は、なるべく守谷穂乃果を傷つけないように、ゆっくり首を横に振った。

「――ない。実は、さっきその話を八島さんから聞いて、驚いたんだ。私は守谷さんの父親ではない」

「そうなのか――」

守谷はともかく、森田までショックを受けているようだ。彼女を傷つけたくないとは言っても、これだけは、はっきりさせておかなければいけない問題だった。

「守谷さんのお母さん、和香さんは、高校時代の同級生だった。一時期、一緒に登下校したりしたから、当時の高校生の感覚ではつきあっているつもりだったけどね。だが、数か月だけだった。夏休みに入ると、ふたりとも部活動が忙しくなって」

「それだけ？」

「残念だが、本当にそれだけなんだ。卒業後は、穂乃果さんの担任になって、家庭訪問で再会するまでは、会ったこともなかった」

うつむいている守谷穂乃果が、指先で目をこすっている。森田が困惑ぎみに首を振った。

「守谷は、先生が本当の父親なんじゃないかと思っていたんだ。家庭訪問で先生が家に来た後で、守谷のおばさんが、先生とつきあってたって話したんだって」

「和香さんが？　まあ、それも間違いじゃないしな。昔の話だけど。だけど、守谷さんはお父さんとも一緒に住んでるよね。どうして、本当の父親が別にいると思ったんだろう？」

守谷は黙ったままだったが、代わりに森田が説明することにしたらしい。

「血液型だよ。ほら、中学三年の理科で、血液型について習うじゃない」

守谷穂乃果はA型、母親の和香はB型で、父親がO型なのだそうだ。

「先生はA型だろ」

刺された時に、病院で森田とそんな会話をしたことを思い出す。森田もA型で、もし輸血が必要なら自分の血を採ってくれと、看護師さんに訴えていたのだ。

守谷穂乃果は、転校先の理科の授業で血液型の知識を得て、自分の父親が誰なのか疑問を抱いた。

「それで、私が父親だと思い込んだのか――」

彼女の気持ちを思うと、気の毒な話だ。

「お母さんは、何か君に言わなかった？」

守谷が黙ってかぶりを振る。ショックだろう。ずっと父親だと信じていた人は、血液型からそうではないとわかり、ひょっとすると本当の父親かもしれないと期待した教師の私も、またそうではないとわかった。友達にも話していたのなら、恥ずかしくもあっただろう。

「だけど、それは一度ちゃんとお母さんと話したほうがいいと思う。信じられないかもしれないけど、意外と血液型をいい加減に覚えている人もいるからね。お父さんの血液型が、実際とは違うだけかもしれないよ」

守谷が何度も瞬きして、潤んだ目を隠し、頷いた。

「――すみません。変なことを思い込んで」

やっと守谷が喋った。

「私にも、守谷さんと同じくらいの娘がいるからね。謝る必要はないよ。だけど、八島さんに聞いたところでは、私になりすまして、新宿のホテルに来いとメッセージを送った人がいたんだろう?」

守谷が頷く。今度も、口を開いたのは森田だった。

「そうなんだ。メッセージっていうか、郵便なんだよ。びっくりするだろ」

森田がこたつの上に載せたのは、何の変哲もない茶封筒だった。手に取りかけ、思いとどまった。これは、証拠品になるかもしれない。

「手袋はないかな」

森田が、仕事で使うという軍手を出してくれた。

「俺と守谷は、素手で触っちゃったよ」

頷いた。彼らの場合は、触ったことがわかっていれば問題はない。私の場合は、誰かが名前を騙(かた)ったことを証明する必要がある。私の指紋がついていてはまずい。

封筒の中には、白い紙が一枚、入っている。引っ張り出してみると、話したいことがあるのでここに来てほしいというメッセージと、日付と時間、ホテルの名前と地図などが印刷されていた。パソコンのワープロソフトで印刷したらしい。差出人は、湯川鉄夫――つまり私だ。

『ホテルのフロントには、娘が先に到着するかもしれないので、守谷穂乃果と名前を言えば部屋に通してほしいと話してある』

そんなことも書かれていた。なるほど、これを読めば守谷が自分の考えが正しかったと思い込むのも無理はない。

「これを見て、ホテルに行ったんだね」

「はい」

守谷が素直に頷いた。

「ひとりで行ったの？」

「ひとりで行きました」

やはり、私と彼女がホテルの近くまで一緒に行ったというのは、水森の嘘だ。

「フロントには、どう名乗ったの？　守谷穂乃果だと言った？」

「はい。守谷様ですねと言われて、部屋のカードを渡されました」

「それで、中には誰がいた？」

それが一番聞きたかったのだが、守谷は私の目を見て、首を横に振った。

「――誰も」

「誰もいなかった？　現れなかったのか」

「そうなんです」

「週刊誌の記者が言ってたんだけど、守谷さんは何時間かそこにいて、ホテルを出た？」

「はい。三時間ぐらい待っていたんですけど、誰も来なくて。そしたら外線で、ホテルの部屋に電話がかかってきて」

ふいに、守谷の表情が曇った。

「何か言われたんだね？」

「男の人だと思うんですけど、機械を通したような、妙な感じの声でした。『引っかかったな、バーカ』って言われて」

守谷の顔が悔しげに歪む。何と言って慰めればいいのか、言葉に迷った。

悪意にもほどがある。自分の出生に疑いを抱いている中学生の少女にそんないたずらをし、傷つける言葉を投げつける。どんな悪党が、そんなひどいことをしたのだろう。

「気にすんなって、守谷。そいつ、クズなんだ。世の中にはけっこう、クズがいるんだ。おまえは悪くない」

森田がさばさばと言って、守谷の背中を叩いた。守谷が、ホッとしたような目で森田を見つめる。私は森田を見直した。ひとりで悩んで、いじめっ子を刺そうとした少年が、いつの間にか立派な大人になっている。これほど教師冥利（みょうり）につきることはない。

「――それで、ホテルを出たんだね」

騙されたことに気づき、鍵をフロントに預けて、急いでホテルを出たそうだ。

「守谷さんに聞くことではないけど、ホテルの宿泊料はどうしたんだろうな」

「ネットで予約する時に、先払いしていたみたいです」

「いたずらにしては、手が込みすぎてる」

犯人の標的は守谷ではなく、きっと私だ。私がその日、同じホテルに宿泊することを知って、守谷にそんな手紙を出したのだ。週刊手帖に告発することも、その当時から決めていたのかもしれない。

――長い時間をかけて張り巡らせた罠（わな）。

「ホテルを出た後、どうしたんだい。家には帰らなかったんだろう？」

守谷がうつむくと、代わりに森田が話しだした。

「うちに来たんだよ」

「森田の知り合いだったのか？」

常在中学では、同時に在籍したことはないはずだ。

「八島の兄さんと、俺が友達なんだ。八島の家に遊びに行ったら、この子も来てた」

ホテルを出て、守谷は行き場に困った。深夜になっていて、今さら自宅には戻れない。そんな時刻から、八島の家に突然、泊めてもらうわけにもいかない。自分でホテルを取るほど小遣いを持っていないし、だいいち怖い。

深夜、女子中学生がうろつくには、新宿は不適切な街だ。あちこちから声をかけられ、すっかり怖くなって、駅前で佇んでいた守谷を、森田が見かけた。

「俺、たまたまその近くの居酒屋に、先輩たちといたんだ」

「保護してくれたのか」

「大人っぽい服装してたから中学生には見えなかったけど、いかにも慣れてない雰囲気だから、目立っててさ」

そこで、ハッと気づいたように森田が手を振った。

「言っとくけど、俺、何もしてないから。ここに泊めて、次の日に駅まで送っただけだから」

森田は、純な少年だった。それが今も変わってないようで、嬉しくなって笑ってしまった。こんなに気持ちよく笑うのも久しぶりだ。

「先生」

「――ありがとう、ふたりとも。話してもらったおかげで、いろんなことがわかっ

たよ。だけど、守谷さんは、隠れてないで警察にその話をしたほうがいい。どうし

て隠れていたんだ？」

その日、守谷という名前でホテルの予約を入れた人物を捜せばいいのだ。ネット
で予約したということだが、予約時に支払いもすませていたのなら、クレジットカ
ードなどから正体を探ることができるはずだ。素人（しろうと）には無理でも、警察ならでき
る。私と守谷自身にかけられている疑いを晴らすことができる。

「先生、守谷は怖いんだよ」

もじもじとうつむいている守谷の代わりに、森田が説明した。しばらく見ない間
に、彼はずいぶん大人っぽくなっていた。

「何も悪いことなんかしていないのに、これだけ雑誌やテレビで叩かれてさ。叩か
れてるのは先生だけじゃない。この子も、ひどいことを言われてるんだから」

「そうか――。転校先の学校でも、いろいろあったんだろうな」

転校したばかりで味方も少ない。だから、よけいにつらかったはずだ。

「ホテルの件だって、守谷が本当のことを話しても、みんなが信じてくれるとは限
らないだろう。だから、その日のことを知っている俺のところに逃げてきたんだ。
もっと早く先生に話せば良かったんだけど、守谷が決心するのを待っていたんだ
よ」

「なるほどな」

守谷の名前で予約を入れたのが、私、つまり湯川鉄夫だったんじゃないかと疑われる恐れもある。はっきりさせるためには、ネットで予約した人間を突き止めるしかない。

彼女がこれ以上、好奇の目にさらされたり、つらい思いをしたりすることだけは、絶対に避けなければいけない。

警察へは、私自身が話すつもりだった。弁護士の春日や勇山記者にも説明して、協力を仰ぐ。守谷の証言のおかげで、犯人の手がかりが得られるかもしれない。

「わかった。だが、ご両親が心配しているから、とにかく無事を知らせたほうがいいと思う。不安なら居場所を知らせずに、電話か何かで話しておけばどうだろう」

警察にも相談するだろうし、森田が誘拐したと誤解されても困る。森田は今日、守谷のことが心配で、仕事も休んだそうだ。そんなことも、森田の評価に悪影響を与えるかもしれない。

そう説明すると守谷も納得したようで、必ず家に電話すると約束してくれた。

「部屋が狭いけど、うちに泊めるのは、守谷さえ良ければ俺は問題ないんだ。先生ん家に泊めたりすると、よけいに問題がこじれるだろう？」

森田がいたずらっぽく言った。

「まさか守谷さんが、おまえの家にいたなんて、思いもよらなかった。ふたりが知り合いだと知っているのは、八島さんとそのお兄さんくらいか？」

「たぶんね」

それなら、もしも誰かが守谷の行方を捜しても、見つかりにくいはずだ。

森田と守谷の関係が、少し気にはなった。だが、守谷はまるで兄弟と一緒にいるみたいに、リラックスしている。

私のことが週刊手帖の記事になった時に、森田が突然、電話してきたのも、守谷と連絡を取り合っていたからなのだ。

「私はこれから、人に会う約束があるんだ。そのまま家に帰るつもりだけど、森田、後のことは頼んでいいかな。守谷さんがご両親に電話するのを見届けてあげてほしいんだ」

「わかった。守谷のことは、俺が責任持って守るから」

私は、森田を眩しく見つめた。十代の少年少女は、少し見ない間に、どんどんたくましく、大人になっていく。

森田が遠藤に反撃したあの時、私がそばにいて彼を守ることができて良かった。私がやってきたことは、無駄ではなかった。

「頼む。おまえも明日は会社に行けよ」

「うん」

「何か進展があれば知らせるな」

はにかむような笑みを浮かべる森田と、その隣で安心した様子でいる守谷を残し、私は森田のマンションを出た。

事件以来、つらいことが多かった。だが、ようやく少し報われた気がした。


ロックのマンションに着いたのは、九時半ごろだった。

まだ帰宅していないらしくインターフォンに反応はない。近くに時間をつぶす適当な店が見当たらず、マンションのエントランスの外で待つことにした。

守谷和香から、折り返しの電話はまだない。思いついて、穂乃果が無事だというショートメッセージを送ってみた。気がつけば、何か言ってくるだろう。

守谷穂乃果の血液型には、深刻な秘密が隠されている可能性がある。

和香と穂乃果がとてもよく似ているので、養子という可能性は低い。

父親が自分の血液型を勘違いしている。あるいは、穂乃果は今の父親の子ではないということか。穂乃果の誤解にもとづく大胆な行動や、電話に出ない和香の奇妙な態度は、それが原因なのかもしれない。

ただ、それは守谷の家庭の事情で、私が踏み込むべきことではない。

私は、新宿のホテルに守谷の名前で予約を入れた人物を捜さねばならなかった。そいつだ。そいつが、私を陥れた張本人だ。長い時間と手間暇をかけ、私を狙い撃ちにしたやつだ。見つけたら、私は自分を抑制できる自信がない。私だけではない。守谷穂乃果も巻き込んだ。教頭の死だって、無関係のはずがない。

すっかり夜になっていて、マンションの窓にもぽつぽつ明かりが灯っている。私は深呼吸をし、夜空を見上げた。

ホテルの件の調査は、警察に知らせるべきだろうか。だが、自称〈守谷〉は、他人の名前を騙ってホテルを予約し、中学生に嘘をついて部屋まで来させただけで、宿泊費は支払い済みだそうだし、呼び出した守谷穂乃果には、待ちぼうけを食わせただけだ。警察が動くだろうか。

しばし考え、私が電話したのは、週刊沖楽の勇山記者だった。

「守谷穂乃果が見つかりました」

すぐ携帯に出た勇山にそう切りだし、新宿のホテルで起きたことについて、彼女の証言を話して聞かせた。

『ホテルに予約を入れた人間を、突き止めればいいわけですね』

「そうなんです。警察に知らせることも考えましたが、それだけで犯罪だと言うのも難しい気がして」

『湯川先生の信用を貶めるのが目的ですもんね。ネット予約なら、クレジットカードを使ったはずです。ホテル側から聞き出すことができるか、やってみましょうか』

「ぜひ、お願いします。犯人に迫る手がかりになりそうなので」

『安藤珠樹記者が、ホテル側の内部に情報提供者を持っているようなんですよ。防犯カメラのことまで聞き出してましたからね。彼女に話してみます。真実を追求してジャーナリストとしての責任を果たす意味でも、彼女にはそれをやる義務がありますよ』

「あれから安藤さんとは連絡が取れたんですか」

『取れました。スナックで水森の態度を見て、彼が嘘をついていたのかもしれないと、彼女自身が疑い始めましたね。教頭の件もあるので、調査に協力してくれると思います』

ふだんはぼんやりしている勇山の言葉が、頼もしく響いた。礼を言い、通信を切りながら顔を上げると、駅の方角から歩いてくる人影が見えた。三人いる。

ひとりが、こちらに手を振っている。

「湯川先生！　なあに、そのアタマ」

笑いを含んだ大声に、私は思わずドキリとした。だが、通りすぎる人たちは、誰も私に注意を払ってはいないようだ。

「――遠田（えんだ）さん」

ロックとこちらに歩いてくるのは、遠田道子だった。マッシュルームカットした白髪を茶色く染めている外見のイメージから、「きのこ」と呼ばれて人気のある教育評論家だ。ふたりとも、『ソフィアの地平』に、私と一緒に出演していた仲間だ。

「湯川さん、こんばんは」

ふたりの後ろで、私とそっくりの坊主頭の青年が頭を下げた。ほっそりして見えるが筋肉質な身体つきだ。

「君は、たしか――」

「ADの五藤（ごとう）です。ソフィアではお世話になっています」

五藤が白い歯を見せて、頭を下げた。『ソフィアの地平』の現場で、羽田プロデューサーや司会の著名アナウンサーらに小言を食らいながら、走り回っていた彼の姿を思い出す。

「さあ、話は後よ。早く鹿谷（ろくたに）君の家に入りましょう。お酒とおつまみもたっぷり買ってきたし」

入って入ってと、遠田道子が自分の家のようにみんなを急かした。手には、大きなマイバッグを提げている。

「――びっくりしました。鹿谷さんだけかと思っていたので」

「あ、ちょっと待ってくださいね。すぐ説明します。適当に座ってもらえますか」

ロックは、自宅に入るなりパソコンを起ち上げ始めた。遠田はさっさと居間のソファに腰を下ろし、買ってきた飲みものとつまみをテーブルに並べた。彼女はウイスキーとワインが好きな酒豪で、日頃、ビールはウイスキーのチェイサーだと豪語している。

「やあ、こんばんは」

ノートパソコンを居間に持ってきたロックが、いきなり話しだしたので私は目を丸くした。

『こんばんは』

若い男性の声がパソコンから流れだした。テレビ会議を起ち上げていたらしい。

「今井先生、今夜は付き合っていただきありがとうございます」

『いえいえ、私にも興味深いお話でしたので』

ロックが私を手招きした。カメラに映るように隣に座れと言っているらしい。

パソコンの画面には、声から予想したよりも年配の男性がいた。おそらく、私よりも十歳以上、年上だろう。

『湯川さん、初めまして。今井と申します。帝都（ていと）大学の工学部で、情報工学を教えています』

ロックが、今井はいわゆるＡＩの研究をしているのだと教えてくれた。大学教授という肩書からは想像もつかないほど、ものやわらかで丁寧な態度の人物だった。

「今井先生に、湯川さんを中傷する動画や、写真を見てもらったんですよ。昼に、動画のひとつがフェイクだという証拠を見つけたと連絡したでしょう。あれも、今井先生が見つけてくれたんです」

「それで――」

それなら、やはりロックは善意で協力してくれていたのだ。春日弁護士からロックへの疑念を聞かされてから、もやもやしていた気持ちがようやく晴れた。

遠田は、さっそく缶ビールのプルタブを引き、飲み始めながら聞いている。五藤は、強い興味を示してこちらの会話に耳を傾けているようだ。

『近ごろいろいろニュースになっていますから、ディープフェイクという言葉を聞かれたことはあるでしょう。今の技術を使えば、存在しない人間の顔を作り出し、その人物が喋る様子を、本物そっくりに描きだすこともできます。しかし、悪用されると本物と見分けがつかない偽（にせ）動画で世の中が混乱しますから、僕はそれを見分けるための技術を研究しているんです』

今井の説明を聞き、私は頷いた。遠田にディープフェイクという言葉を教えられ、少しは自分でも調べてみたので、今井の話がよく理解できた。驚くほど世の中が進歩しているのだ。

「今井先生には、動画や写真の解析（かいせき）だけではなく、こういうことを実際にやれるスキルを持つ人が、どこにどのくらいいるか尋ねていたんです」

ロックが説明する。遠田道子は、ロックから話を聞いて、自分も聞きたいと押しかけてきたらしい。ＡＤの五藤も、ずっと私のことを心配していたのだと言った。

「羽田さんの態度、許してやってください。スポンサーへの説明責任がありますので、週刊誌に記事が出た時点で湯川先生を降板させるしかなかったんです。でも、湯川先生があんな事件を起こすとはとても思えないと言って、本音ではずっと心配していますから」

そう言われた時には、鼻の奥がつんとした。四面楚歌（しめんそか）で戦っていると思い込んでいただけに、彼らの気持ちが嬉しかったのだ。

「それで、今井先生。あの動画を作れそうな人、あたりはついたんでしょうか」

『個人の特定までは無理でしたが』

今井が、ビデオ会議のチャット欄（らん）に、複数の大学サイトのアドレスをコピーし始めた。

『そういう研究室をリストアップしました。首都圏だけでいいですよね』

「ええ。僕は首都圏の学生だと思うんです。会社員の可能性もないわけじゃないですが、やっていることが少々、子どもっぽいので。湯川先生と個人的な接触がなければ、あんなに執拗に誹謗中傷したりはしないと思いますしね。まあ、首都圏出身で、今は別の大学に通っている可能性もありますが」

『いまチャット欄に書いたのが、可能性がありそうな大学と研究室の一覧です。七つほどあります』

各大学の工学部や、情報科学研究科といった言葉が並ぶリストを見つめた。

——このどこかに、犯人がいるのか。

「学生のリストはありませんよね」

『公開していない大学が多いですからね。ゼミ生の写真だけ載せているところもありましたから、湯川先生に見ていただくと、わかるかもしれませんよ』

「なるほど」

ロックが、今井のリストをもとに、大学の研究室のホームページを調べ始めた。

「湯川先生、ちょっと見てもらえますか」

七つのうちひとつは、博士課程と修士課程の学生の氏名だけ掲載されていた。四つはゼミ風景や集合写真などが何枚か掲載され、ふたつは氏名・写真ともに掲載されていない。

私は氏名から確認を始め、写真に移った。男性も女性もいる。みんな、十代から二十代前半の若々しい笑顔をカメラに向けている。人工知能の研究をしていると聞いたからか、賢そうな若者たちに見える。彼らの中に、悪意に満ちた動画を作ったやつがいるとは、考えたくもない。

だが、一枚、一枚を丹念に見ていくうち、最後の集合写真で手が止まった。

「――湯川先生？」

――そうだったのか。

写真のなかで、そいつはカメラの方向を向いて、にっと唇を歪めている。

私は、まじまじとその顔を見つめ、なんとなく納得した。腑に落ちたと言ってもいい。この男の性格なら、やりかねないと思った。

そこには、森田を執拗にいじめ、あやうく刺されかけた遠藤の四年後の姿が写っていた。

17

私は、遠藤翼というその生徒が三年生になるまで、真面目な優等生だと思い込んでいた。

実際、成績は非常に良かったのだ。

有名私学の附属高校を志望していて、合格する実力は充分あった。とはいえガリ勉タイプでもなく、スポーツもそれなりに楽しみ、体育祭、文化祭などのイベントは率先して動くし友達も多い。一年生の時はサッカー部で、それも女の子にモテる要因だったが、二年生に進級するとすぐ、膝を痛めたという理由で部活動をやめてしまった。

やることなすことそつがないので、教師たちにも可愛がられていたはずだ。

印象が百八十度変わったのは、森田をいじめる現場を目撃してからだ。

（おまえ洗濯くらい、してもらえよなー）

（臭え！）

放課後、階段から声が聞こえて、誰が話しているのかと廊下から覗いたのだ。

遠藤とよくつるんでいる三年生が四人、階段に座り込み、上ろうとしている下級生の邪魔をしていた。

下級生は黙って四人の間を縫って駆け上がろうとしたが、遠藤がなにげなく足を出した。

（うわ、どんくせー）

派手に転んだ下級生を遠藤たちが大笑いしているので、私は驚いた。そういうことをしそうな生徒だと思っていなかったのだ。

（人にそういうことをして楽しいですか）

下級生も負けてはおらず、体勢を立て直すと遠藤に食ってかかった。その顔を見て、私にも状況が呑み込めた。

森田尚己だ。

森田は二年生だが、男子サッカー部のエースだった。体育以外の成績はもうひとつ冴えないが、母子家庭で育ち、母親が仕事を掛け持ちしてほとんど家にいないことも教師の間では知られていた。

――嫉妬だな。

遠藤はサッカーを諦めた。だから、自分よりも勉学の成績で劣る森田が、サッカーで結果を出しているのが悔しいのだろう。森田を辱めようと思えば、彼の家庭の貧困をあげつらうしかない。遠藤の周囲にいる三年生だって、さほど成績優秀とは言えないのだ。

森田に罵倒された遠藤は、真っ赤になって立ち上がり、相手の制服の胸倉を摑んで壁に押しつけた。

（おまえが生意気だからだろ！）

他の三年生が、ただへらへらしながら見ているので、私が止めに入った。

「――遠藤って、いじめっ子だったのね」

私の説明に、遠田道子が納得したように頷いている。鹿谷、遠田、『ソフィアの地平』のAD五藤の三人は、思い思いに飲み物を手にしていた。

「あのとき初めて、遠藤のそういう一面に気づいたんですよ。教師から見えないところで、他にもいじめられていた生徒はいたようです」

傍から見ていると、仲のいい友達同士がじゃれているのか、いじめなのか、区別がつきにくい。森田の件は、初めて遠藤の嗜虐性がはっきり現れたケースだったのかもしれない。

「それで、いじめられ続けた森田君が、遠藤を刺そうとしたわけでしょ。で、そこに湯川先生が割り込んで、間違って刺されたと」

遠田が、スーパーで買ってきたイカのてんぷらをつまみながらワインを飲む。

「湯川先生が森田君と一緒に警察に行って説明したから、森田君は少年院にも行かずにすんだってところは、雑誌の記事で読んだけど。遠藤って生徒はそれからどうなったの」

「遠藤は被害者ですから、咎めなしです。ただ、森田をいじめていたことは校内にも知れ渡ったので、その後は中学を卒業するまでおとなしくしていましたね」

当初の志望通り、有名私大の附属高校に入学したことまでしか知らなかった。そのまま、エスカレーター式に有名私大の工学部に入り、人工知能の研究をしているらしい。

「ただ、悩ましいところですよね。遠藤という学生が、ディープフェイクの動画を作る能力を持つのは確かかもしれない。だけど、例の動画を作ったのが遠藤だという証拠はない」

ロックがジンジャーエールを片手に、思案げに首を傾げている。テレビ会議システムでつながっている今井教授も、頷くだけだ。

「それに、遠藤という学生が犯人だったとして、動機は？　森田君に刺されそうになったのを、湯川先生に助けられたのに」

遠田の疑問は、私自身の疑問にも重なるが、わかるような気もした。

「遠藤は、あの事件まで品行方正な優等生で通っていたんです」

「刺されそうになるまでね」

「ええ。あの事件をきっかけに、何人もの生徒が遠藤にいじめられていたことを、教師たちも認識するようになりました」

あれは、遠藤にとって強烈な「失敗」体験だったのではないか。今の子どもたちは、自分の「キャラ」を確立して、周囲とのコミュニケーションを図ろうとする。

遠藤は、成績優秀で品行方正、朗らかで誰にでも好かれるという優等生「キャラ」の正体を暴かれたのだ。

もしあの時、私が割って入らなければ、遠藤は森田に刺されていた。刺されていれば、彼はまだ被害者面ができた。

森田をいじめていたことで、陰でこそこそ噂されたり、後ろ指を指されたり、仲の良かった友達までだんだん離れていったり、そういう経験をせずにすんだかもしれない。

あるいは、死んでいたかもしれないが。

おまけに、森田は遠藤の代わりに私を刺し、マスコミが「鉄腕先生」というキャラクターを生み出した。しかもこの「鉄腕先生」は、テレビにまで出ているのだ。私を見かけるたびに、失敗体験を繰り返し思い出す。優等生を装っていた遠藤には、さぞかし苦い経験だろう。

「まともな理屈じゃないけど、湯川先生を逆恨みしていた可能性はあるわけね」

遠田がスルメイカを噛(か)みながら唸(うな)る。

そう言えば、先日、ダベッターでおかしな言いがかりをつけてきた奴がいた。

〈そら豆大好き〉というアカウントだ。

(僕はまた、森田を殴った時みたいに、先生が暴力をふるったんじゃないかと心配してました)

あのセリフは、あれが遠藤だったと仮定するなら、筋が通る。

先生と呼びかけているし、「森田を殴った」現場にいたのは遠藤だけなのだから。

「もうひとつ、引っかかってるんだけど」

遠田が真顔になった。

「湯川先生とホテルに泊まったと報道された女の子のこと。正直、あの件では、湯川先生よりむしろ、あの女の子のほうがダメージ大きいんじゃない？　遠藤という学生は、あの女の子に恨みでもあるのかな？」

――なるほど。

守谷穂乃果は、あの事件で大きすぎるとばっちりを受けた。ある意味、彼女こそが一番の犠牲者だ。彼女がホテルに行った事情はわかった。だが、なぜ犯人が守谷を私の相手に選んだのかという、疑問は残る。

私は記憶をたどって、遠藤と守谷の接点を探してみた。

「――どうかな。遠藤が彼女を知っていたかどうかも、よくわかりませんね」

「できれば、その女の子にも聞いてみたほうがいいかもね。もし彼女が遠藤を知らないのなら、まだ他にも共犯がいるのかもしれないし」

遠田の頭の回転の速さは、並みではない。彼女が何を懸念(けねん)しているかわかり、私も頷いた。

「フェイク動画と、遠藤という学生を結びつける証拠は、見つけられますかね」

ＡＤ五藤が言いにくそうに口を挟んだ。

「あら、どうしたの五藤ちゃん。もし証拠を見つけられたら、『ソフィアの地平』で特番組んでくれるの」

遠田が鋭いツッコミを入れる。だが、五藤が意外にも素直に頷いた。

「もし、湯川先生に関する報道や動画などが、フェイクだったと証明できれば、特番を組みたいと羽田さんが言ってるんです」

私は驚き、ロックや遠田と顔を見合わせた。真っ先に私を切ったプロデューサーの羽田が、そんなことを考えているのか。

「さっきも言いましたけど、羽田さんも本心では湯川先生を切りたくなかったんです。もし、これが誰かの悪意による捏造(ねつぞう)だとはっきりすれば、それを番組で伝えることで、湯川先生の名誉を回復するのはもちろんですけど、番組の名誉も回復しますし、それ以上に、ネットやSNSでの悪意に満ちた誹謗中傷で、こんなことが起きていると視聴者に知ってもらうことができます。AIを利用したフェイク動画で、ここまで本物そっくりの動画を作成できると知らせれば、視聴者に警鐘を鳴らすこともできるでしょう」

熱を込めて語る五藤に、嘘はなさそうだ。羽田プロデューサーの考えというよりは、五藤自身の提案なのかもしれないが、私にとっては渡りに船だった。

『動画を作った人間を突き止めるのは難しいですが、あれがフェイク動画だと証明することはできますよ』

ノートパソコンの画面越しに、今井教授が太鼓判を押してくれた。

『近ごろのSNSの殺伐とした状況には、私自身も疑問を持っているんです。フェイクの実情を明らかにして、利用者の意識を高めるお手伝いなら、ぜひやりたいですね』

「本当ですか！」

五藤が目を輝かせた。ひょっとすると、彼の目を輝かせているのは視聴率への期待かもしれないが、私自身も希望を持つことができた。

春日弁護士の話によれば、私を誹謗中傷しているアカウントの持ち主は、かなり

ＩＴに関する知識を持っていて、自分の正体をうまく隠しているそうだ。犯人を突き止め、責任を追及するのは難しいかもしれないが、動画や他の写真がフェイクだとはっきりすれば、私自身の名誉を回復することはできる。

『それにですね。このところ、すっかりディープフェイクという技術は悪者にされてしまっているでしょう。ですが、本来この技術は、正しく使えば良いことに活用できるんですよ。たとえば、芸能人やモデルを使わずに広告を作ることも考えられます。韓国では、実在のニュースキャスターをモデルにしたＡＩのキャスターを作り、報道番組に起用したりもしました。「人間の仕事を奪う」とか、「元の画像の著作権や肖像権を侵害している」という批判もあるんですが、たとえば映画の撮影途中に急死した俳優のかわりに、ＡＩで作成した故人の動画を使うこともできますし、緊急事態が発生した際に、実在のニュースキャスターの代打でＡＩが番組に登場するといった使い方もできるわけです。人間とＡＩは得意なことが違うので、棲み分けも可能なんですよ。著作権や肖像権も大事な問題ですから、どうすればそういう課題をクリアできるのか、考えていかなくてはなりません。そういったことを、私はこの機会に伝えていけたらと思いましてね』

今井の熱弁には、私だけでなくその場にいたみんなが心を動かされたようだ。

「今井先生。大変なことに巻き込んでしまって、申し訳ないと思っています。ですが、先生しか頼れる人がいません。なんとか、お願いします」

「今井さん、僕からもぜひ、お願いします。僕も、SNSでの昨今の中傷合戦には、うんざりしているんです。事実を明らかにして、警鐘を鳴らしたいです」

ロックも口添えしてくれた。

『善意で利用すれば、ネットやSNSは知の集積所としてはかり知れない恵みをもたらしますからね。使い方次第です』

今井は、ネットに溢れている私のフェイク動画や写真を集め、調べると言ってくれた。すでに、いくつかの動画については、詳しい調査結果が出ているそうだ。そちらは、今夜のうちにもメールで送ってくれるらしい。

『フェイク動画を投稿した人物が、どんな方法を使って自分の身元を隠したのか、それも理解してもらえるよう、資料を作りました。テレビに出すなら、見せ方の工夫をお願いしますね』

今井はいろんなことに目配りしている。AD五藤が頷いた。

「悪用を防ぐためですね。わかりました。ありがとうございます。その時になりましたら、今井先生に詳しくご教示を仰ぎます」

途方（とほう）もない安心感が、私の胸に満ちた。

――ようやく、真実が報じられる。

この一週間、私は地獄のような体験をした。たった一週間とは思えない。一か月も、二か月も苦しんだような気がする。

今ようやく、地獄の釜の底から這い上がり、縁に手をかけてひと息ついたところだ。

助かった、と思う。助けてくれた人たちへの感謝の思いが、心の底から湧いてくる。

同時に、このままでは終わらせたくない。

私の名誉が回復し、教師の仕事に戻れ、『ソフィアの地平』に復帰できれば――それで私は満足なのか。

――違う。

私をこんな地獄に突き落とした奴が、自分の正体はわからないだろうと陰であざ笑っているのなら。私が涙ながらに復活するのを見て、腹で嘲弄しているのなら。

他人を呪う者は、必ず自分も地獄に落ちる。それを、そいつの魂に刻み込んでやりたい。

ロックのマンションでの「作戦会議」は、遠田の発案で、進捗状況に応じてまた開催しようという結論になった。

ワインをたらふく飲んで足元の危ない遠田が、陽気に「じゃあね〜」と言いながらAD五藤にタクシーに押し込まれたのを潮(しお)に、初回は散会となり、私も自宅マンションに帰った。

——味方なんてひとりもいないとまで思ったが。

そんなことはない。ロックや遠田、AD五藤や羽田プロデューサー、今井教授。それに、元生徒の森田や、体育教師の辻山に春日弁護士も、仕事というだけでなく、陰になり日向(ひなた)になり自分を支援してくれている。

死んでしまいたいくらい落ち込んでいたことを思えば、嘘のようだ。

SNSでひどい誹謗中傷を受けた人が、死を選んでしまう気分もよくわかった。

——ひとりで思い詰めすぎてはいけないな。

昔の——いや、たった一週間前の私なら、SNSの中傷など気にするなと励ましただろう。だが、たかがSNSといえども、実生活や精神状態にまで影響を及ぼすこともある。

今なら、死んだりするな、敵を喜ばせるだけだから、死んだつもりになって徹底的に戦えと言う。おまえは悪くないから、とにかくがむしゃらに生き延びろと。

周りに味方は必ずいる。

敵と味方をじっくりと見分けるんだ。

自分が考えていたほど味方が多くないことは、今回のことで身に染みた。ほとんどの人は、「自分には関係ない」というスタンスだろう。そのくせ、誰かの悪評や醜聞には、つい耳をそばだててしまう。出る杭は打たれる。「堕ちた英雄」の噂は、いつでも蜜のように甘いのだ。

自宅に戻ると、真っ先に森田にメッセージを送った。

遠藤がディープフェイクの動画を作った可能性があることを知らせ、守谷穂乃果が遠藤を知っているかどうか、尋ねてもらうためだった。

『ごめん。守谷はもう寝てるんだ。明日、起きたら一番に聞いてみる』

森田からの返信はすぐあった。宵っ張りだ。

『先生、遠藤ってあの遠藤？　ひょっとして、あいつが俺のせいで先生に迷惑かけてるの？』

「違う。別件で私を逆恨みしてるんだ」

私もすぐメッセージを返し、嘘をついた。でないと、森田が血迷って何をしでかすかわからない。中学時代の森田は、純朴で直情な子どもだった。カッとなって遠藤を刺そうとしたくらいだ。

いま、森田は理解のある職場にきちんと就職し、真面目に暮らしている。巻き込んで、つらい思いをさせたくない。

安心したのか、もう森田からメッセージは返ってこなかった。

考えてみれば、遠藤もおかしな男だ。彼が通っている大学は、常在中学の卒業生でも、成績が上位数パーセント以内に入っていなければ難しいだろう。

そんないい大学に入学しておきながら、こんな馬鹿げた事件を起こすのか。しかも、人工知能の開発という優れた技術を持ちながら、それを悪用する。ひょっとすると、他人の人生を破壊するのは、奴にとってはただの「いたずら」なのか。

ふと、思い出したことがあった。

森田に刺されそうになった事件の後、遠藤とも面接して事情を聞いたのだ。遠藤の担任教師も同席していた。

どうして森田をいじめたのかと尋ねられ、遠藤はあの薄い唇を歪めて言った。

(だって、遊びですよ。面白いじゃないですか、あいつ真剣に怒るんだから)

遠藤のような男にとっては、人の気持ちを踏みにじり、生活を破壊するのは、ただの遊びに過ぎないのだ。それは、肝に銘じておく必要があるだろう。

『ごめん、いま電話していい？』

朝一番に、森田から電話があった。

時計を見ると、午前七時だ。昨夜は寝たのが遅かったが、学校に行っていれば、もう出勤し始めている頃だった。

「もちろん」

森田は出勤前の忙しい時間帯に、わざわざかけてくれたのだろう。

『守谷に代わるから。遠藤のことは知らないと言ってるんだ』

「そうなのか」

すぐ、守谷の澄んだ声が聞こえてくる。

『先生、守谷です。おはようございます』

「おはよう。朝早くからすまないね」

朝の挨拶まで新鮮な感覚がする。たった一週間で、自分はどれだけ変わってしまったのか。

『森田さんから、大学のホームページに載ってる遠藤さんの写真を見せてもらったんですけど、全然知らない人でした』

遠藤は森田より一学年上で、森田は守谷よりさらに三学年上だ。知らなくて当然だった。

「守谷さんの友達に、遠藤という人はいないかな。お兄さんがいる人とか」

森田と守谷も、兄妹つながりなのだ。

『小学校の友達に遠藤さんがいますけど、お兄さんはいなかったです』

「そうか」

ということは、遠藤が犯人だったとして、なぜ守谷を狙ったのだろう。

守谷は私が実の父親ではないかと疑っていて、それを親しい友達に話していた。子どもの口は軽い。意外と、多くの生徒がその疑惑を知っていたかもしれない。犯人もその疑惑を知り、利用したのだろうか。私を追い詰めるために、これほど面白いネタはないと考えて。

「ありがとう、守谷さん。それなら問題ないんだ。それから――これは念のために聞くんだけど、常在中学にいたころに、セクハラをされたことはないね？　しつこく言い寄ってくるやつがいたりとか」

えっ、と守谷が一瞬、黙り込んだ。

『ない――と思いますけど』

妙におずおずとした言い方だったが、中学生の女の子を相手に、そんな話を延々と続けたくはない。こっちがセクハラしている気分になる。

「わかった。変なことを聞いてごめんな」

また、森田が電話口に戻ってきた。

『なあ、先生。ほんとに、俺の件で先生に迷惑かけてない？　遠藤がやったの？』

「いや、遠藤が真犯人かどうかも、まだわからないよ。だけど、ネットに流れたフエイク動画のできが良すぎてな。誰でも作れるものではないらしい」

『遠藤は、そういう技術を持ってるわけ？』

「どうやらそうらしいんだ。どっちにしても、森田とは関係ない話だから、心配しなくていいよ。いろんな人が先生を助けてくれて、犯人を突き止めようとしてくれているから」

『そうなんだ。良かった』

心底ほっとしたらしく、声が明るくなった。

これから出勤だという森田に礼を言って、通話を終えた。

今日は忙しくなる。ロックのおかげで、私の無実を証明する材料が手に入りそうだからだ。『ソフィアの地平』スタッフとその情報を共有し、特別番組の制作に向けて動きだす。

それに、今井教授が証明してくれたことを、春日弁護士や、警察の担当者にも知らせなくてはいけない。春日にはメールを打ち、警察には後で持参するために、今井が教えてくれた動画の元ネタなど、大量の資料を印刷してファイルにした。

もうひとつ――。

日曜日だが、八時前なら辻山は起きているだろう。この土日、常在中学は臨時休校で、部活動も休ませている。だが、教師たちは今日も出勤して、教頭の転落死の善後策を練るはずだ。

辻山の携帯に電話してみた。七回、呼び出し音を聞いて、いったん切ると、数分後に辻山からかけ直してくれた。

「辻山先生、お休みの日に朝早くからすみません。お話ししたいことがあって」

『いえ、大丈夫です。実は今日も、もう学校に出勤しておりまして』

コーヒーを淹れようとしていた私は、お湯をそのままにして電話に出た。

辻山は少し声をひそめていた。

「私を誹謗中傷している動画や写真が、フェイクだと証明してくれる人が見つかったんです。すでに、いくつかの動画がAIを使って捏造されたものだと証明してくれています」

『そうなんですか。それは良かったじゃないですか』

驚いたのか、辻山の声が大きくなる。

「それで、校長にその旨を報告しておきたいんです。もし校長が今日も出勤されてるようでしたら、そちらに行ってもいいか、聞いてもらえませんか。生徒がいない日のほうが、タイミングとしていいでしょう」

辻山がしばらく迷うように黙り込んだ。

『――湯川先生。お気持ちはわかりますが、今はその話、やめたほうがいいと思います』

「どうしてですか」

一刻も早く、濡れ衣だと証明し、誤解を解きたいのは人情ではないか。辻山は気の毒そうに後を続けた。

『湯川先生が、ご自身の無実を早く証明したいお気持ちは、よくわかるんです。だけど、今は教頭のことで皆さん頭がいっぱいなんですよ。特に校長は、教育委員会やマスコミ対応で、心労が重なっていますから』

動画がフェイクだと証明できても、校長の心証をかえって悪くしては意味がない。そう辻山は私を説得しようとしていた。

『もうしばらく、待ったほうがいいんじゃないですか。湯川先生も、教頭にはとてもよくしてもらったじゃないですか。今は、静かに教頭を見送りましょうよ』

私は唇を噛んだ。辻山には、私が教頭の死を悼まず、自分のことばかり考えているように見えるのだろうか。

「しかし、もうしばらくと言っても、いつになるやら――」

早く誤解を解かなければ、事態がさらに悪い方向に進んでからでは遅い。教育委員会は、私の懲戒免職も視野に入れているような話をしていたではないか。

『次の校長と教頭が決まってからでもいいんじゃないでしょうか』

辻山の言葉に、私は言葉を失った。校長がじき定年退職を迎えることはわかっていたが、教頭の死で、校長と教頭のふたりが代わるということに、今の今まで考えが至らなかった。

『新校長と新教頭にも、詳しい話を聞いてもらったほうがいいと思いますよ』

「もう、候補は決まっているんですか」

辻山がためらったのは、短い時間だった。そのくらい答えておかねば、私が納得しないと思ったのかもしれない。

『校長は、教育委員会から暫定でどなたか来られるようです。教頭は、常見先生でしょうね』

常見と聞いて、私は顔をしかめた。三年生の学年主任だ。常に私を敵視している。だが彼は、昨年のうちに教育管理職昇任試験に合格しており、今の校長が定年で退職した後は、本来なら土師教頭が校長に繰り上がり、常見が教頭に就任するはずだった。

だが、新校長は暫定だというのが気になる。ひょっとすると、早期に常見を校長にするための伏線ではないのか。

「――やはり、今すぐ校長に会って説明したほうがいいと思います」

ふだんから私を目の敵にし、攻撃している常見が入れば、まともな話し合いにならない恐れがある。

辻山がため息をついた。

『――もちろん、湯川先生がそうおっしゃるなら止めません。今日は、これから職員室で教員の全体ミーティングです。どのくらい時間がかかるかわかりませんが、来られるならその後のほうがいいんじゃないですか』

「わかりました。ありがとうございます」

礼を言って、通話を終えた。

18

警察署に行くと、担当刑事が休みだったので、資料を預けた。

受付の警察官にも、外見がすっかり別人のようになったことを驚かれ、私は満足だった。

教員の全体ミーティングがどのくらい時間がかかるかわからないが、あまり早く着いて追い出されてはかなわない。

学校の近くまで行って、カフェを探した。教育委員会の信楽（しがらき）裕子に連絡を取るつもりだった。

『湯川さん。いま私に電話するのは、湯川さんのためにならないと思いますよ』

信楽は日曜で自宅にいた。

アスリートだけあって、常にスポーツマンシップにのっとり、誰にも後ろ指をさされないよう、言動に気を遣っているのだろう。私が信楽を尊敬する所以だ。

「わかっています。ですが、どうしても知りたいことがあって——。信楽さんにしか聞けないんです」

『どういうことでしょうか』

「常在中学の次の校長は、暫定的に教育委員会からどなたか来られると聞きました。具体的に、どなたが来られるのかもう決まっていますか」

『それを聞いて、どうされるんですか。何か湯川さんに影響がありますか』

「次の教頭は、順当に行けば学年主任の常見先生がなる予定です。ただ、彼は私を目の敵にしていて」

私の内心の葛藤が、ため息のように漏れた。信楽は、しばらく考えていた。

『つまり、校長まで湯川さんを敵視するタイプの人なら——と心配されているんですね』

信楽の代わりに送り込まれてきた、川島という教育委員は、明らかに私を嫌っていた。

信楽の沈黙は、彼女の思慮深さの表れだったろう。

『私から聞いたことは、言わないでもらえますか』

「そうすべきであれば、言いません」

『こういうことにならなければ、私の口からは誰にも言うつもりはありませんでした。もちろん、湯川さんにもです』

「信楽さんの口が堅いことは、よくわかっています」

『市議会議員の乗鞍先生が、湯川さんを敵視されているんです。ご存じでしたか』

問いかけられ、戸惑った。乗鞍陽子と言えば、元は高校教諭だった政治家で、五十代後半になった今も教育のプロを自任し、教育現場に何かと口を出す人だ。常在中学の校長とは親しいようで、校長はよく乗鞍に面会している。

ただ、私が敵視されるような理由は、記憶のどこを掘り返しても見当たらない。

『湯川さんは、「ソフィアの地平」の、子どものメンタルヘルスについての番組に出演されましたね』

私の戸惑いを感じ取ったのか、信楽が説明してくれた。

『ソフィアの地平』には、もう五十回を超えて出演しているはずだが、その回のことはよく覚えている。中学生は心身ともにバランスが変化する頃で、メンタルヘルスについての教育が、その後の精神的な不調の予防につながるというテーマで特集したものだ。

さまざまな意見が出るなかで、私は特にスポーツ分野の部活動での、いわゆる「しごき」を否定する意見を述べたのだった。

——そうだ。あの時から、常見の私に対する風当たりが強くなったんだ。

常見は社会科の教師だが、大学時代に野球部にいたとかで、野球部の顧問も務めている。

『湯川さんはあの時、たとえば部活動の最中に水を飲むことを禁止したり、生徒の体調を無視してトレーニングしたりといった、精神論に走りがちな指導を強く非難したんです』

信楽もアスリートだ。彼女自身が、番組での発言をどう受け止めたのかと、私は身構えた。

『私自身は湯川さんの意見にもろ手を挙げて賛成です。スポーツの指導は、もっと科学的に進化していますから。精神論や根性論では、世界を相手に戦えません』

「——安心しました」

『でも、乗鞍先生は、教師時代に女子バレー部の顧問をされていて、指導者の立場で本も書かれているんですよね』

初耳だったが、髪を短く切り、いつもパンツスーツを着てスポーティな印象のある乗鞍の風貌通りではある。

『だいたいご想像がつくと思いますが、乗鞍先生は、スポーツ関係の部活動の指導者は、「鬼であれ」などと著書に書かれているんですよ』

「それは、まさに私が敬遠するタイプの指導者ですね」

『ええ、まさに。湯川さんが番組でバッサリと切り捨てた、古いタイプの指導者像にあてはまるんです。おまけにちょうどその頃、市立小中学校の部活動振興のための意見書を提出しようと、市議会に諮っていたところだったんです。その内容がまさに根性論だったので、「ソフィアの地平」を見た他の議員さんたちに叩かれましてね。意見書は否決されました』

――乗鞍は、それで私をずっと嫌っていたというのか。

私は啞然とした。

『困ったことに、乗鞍先生は教育委員会や校長たちの受けがいいんです。みんながみんな、根性論に賛成しているわけではないでしょうけど、乗鞍先生は、市の教育に関する予算を取るのに、強いリーダーシップを発揮してくれるんですよ。お金を取ってきてくれる人は、みんな大事にしますよね』

「それでは――」

信楽の代わりに常在中学に送り込まれてきた、川島という教育委員が最初から私を敵視していたのも、乗鞍からあることないこと吹き込まれていたのだろうか。

正直、そんなところで敵を作っていたとは知らなかった。いや、まったく気づいていなかった自分の愚かさを思い知らされた気分だった。

『ですから、次に来る校長が乗鞍先生寄りである可能性は、非常に高いと見たほうがいいです。誰になるかは、まだわかりませんが』

私の楽観的な見方を打ち砕くように、信楽が告げた。

「――信楽さん、ありがとうございます」

『がっかりさせてすみません』

「とんでもない。自分の甘さを思い知らされた気分です」

『世の中、正義が力を持つとは限らないですよね。私も無力を感じることがありますよ』

信楽も、正義感の強そうなタイプだ。私はふと、土師教頭を思い出し、胸にこみ上げるものの始末に困った。

「正しい人が殺されることもあるんですから。本当に、浮かばれません」

『殺される――何の話ですか』

「教頭です。土師教頭は、殺されたんだと私は考えています」

『まさか』

信楽が、仰天したように大きな声を出した。

『それはないですよ、湯川さん。警察の捜査で、自殺だという結論が出ましたよ』

それは驚きだった。辻山からは、まだ何も聞いていない。私は、教頭が亡くなった日の朝に私自身が教頭と電話で会話したことや、その会話の内容から、自殺ではありえないと考えていることを説明した。

『自殺ではないと思いたい、湯川さんのお気持ちはわかりますが――。実は今朝、警視庁から教育委員会も説明を受けたんです。土師教頭は、間違いなくひとりで校舎の屋上に行き、フェンスを自分で乗り越えて、飛び降りたそうです。屋上に出る鍵を用務員室から借り出したのも教頭本人ですし、フェンスを乗り越えるところも目撃されていました。靴は屋上に揃えて置いてあって、フェンスには教頭の指紋が残っていたそうです』

「――なんですって」

馬鹿な、と否定したい。ありえないと言いたい。だが、警察が捜査して、そこまではっきり自殺だと言い切れるのなら、あれは本当に自殺だったのか。

――どうして、そんな。

土師教頭は、週刊手帖の記事を発端にした騒ぎが起きてから、常に私を支援し続けてくれた。大変なプレッシャーだったと思うが、教育委員会や校長、マスコミ、

PTAの矢面にも立ち、対応してくれた。

（いや、ここしばらく過労ぎみで、様子がおかしかったんですよ。自宅に帰ってない日もあったみたいです）

辻山の言葉が脳裏によみがえる。

「本当に自殺だなんて――」

私が殺した、私のせいだ、という言葉がぐるぐると胸の中を駆け巡った。

『言っておきますが、湯川さんが責任を感じる必要はありません。こうした事件が起きた時に、教頭が大きなストレスを感じるのは当然で、負担を軽減する措置を私たちが取れなかったのです』

信楽の言葉が、聞こえてはいても、私の心を素通りしていく。

――私のせいだ。

信楽がなおも慰めてくれたが、私はそれさえ聞くのがつらく、早々に通話を終えた。いつも真面目で優しく、教師たち全員に目配りする教頭だった。自分のせいで自殺を選ぶほど追い詰められたのだと思うと、いたたまれない。

いてもたってもいられず、私は常在中学に向かった。職員室で全体ミーティングが開かれているという。そんなところに飛び込んでいくなんて、わざわざ非難を浴びに行くようなものだが、誰かに叱られ、罵られたかったのかもしれない。おまえのせいで教頭が死んだと痛烈に批判されたかったのかもしれない。

日曜で校門は閉まっているが、通用門が開いていた。私が入るのを制止する者もいない。マスコミも今日は来ていない。

ほぼ一週間ぶりの学校が、とても新鮮に感じられる。

これまで毎日、通勤して教壇に立っていたのに、その日々が遠い。

まっすぐ、二階の職員室に向かった。階段を上って職員室につながる廊下を歩きだすともう、スピーカー越しの校長の声が聞こえてきた。

「――たいへん残念な結果になったわけでありますが、教職員の皆さんには、こういった情報が外部に漏れることのないよう、特に取り扱いに注意してください」

何の話なのか、校長は珍しく沈んだ声で、話し続けている。職員室も広いので、ポータブルのスピーカーにマイクをつないで話しているのだ。

職員室のドアは開いていた。立ち聞きを防ぐためだろう。私が近づくと、教師たちが驚いたような顔になった。

「湯川、おまえどうして来た！　来るなと言ったはずだろう！」

はっきり迷惑そうな顔をしたのは、学年主任の常見だった。他の教師たちは、半ば憐れむような、好奇心に満ちたような目で、こちらを見ている。やっぱり来たのかと言いたげな、辻山の顔も見えた。

「まあまあ、常見先生。教頭の件は、湯川君にも伝えないといけないんですから」

意外にも常見を止めたのは校長だ。校長は、手招きして私が近づくのを待った。

「警視庁から連絡があったんだ。土師君は自殺に間違いないとね。それに、自殺の引き金になったらしいものも見つかった」

「――引き金？」

校長は、ビニール袋に入った茶色い事務封筒を見せた。

「もう警察の鑑識が調べて、返してくれたものだから。触ってもいい」

怪訝な思いで、私は封筒を取り出し、中の写真を引っ張り出した。

――これは。

頭の中が真っ白になる。意味がわからない。

そこに写っているのは、守谷穂乃果だ。レンズを意識せず、斜めにどこか見ている守谷の表情から、おそらく望遠レンズで撮影したものだ。その写真に、「次はお前の番だ」と定規で引いたような文字で書かれていた。

「警察が校内を捜索して、焼却前のゴミから見つけたんだ。写真にも封筒にも、土師君の指紋がたくさんついていたそうだから、彼が捨てたのだろう。その日、これらしき封筒が彼の机にあったのを見た人もいる」

意味がわからない。これは教頭に対する脅迫なのか。守谷の写真が、なぜ脅迫になるのか。

「警察が守谷穂乃果さんと連絡を取ろうとしているが、彼女は家出しているらしい。今は両親から事情を聞いているそうだ。湯川君は、土師君から何か聞いていないか？」

校長が私の顔を、探るような視線で見た。

「――何も聞いていません。何がなんだか、さっぱりわかりません」

「――そうか」

校長の太い吐息が、私たちが放り込まれた闇の深さを表している。

「ともかく、こんな情報がマスコミに漏れたら、どんな報道をされるかわからない。土師君の名誉と守谷さんのためにも、外部に漏らさないようにと話していたところだ」

私は頷いた。衝撃だった。何のために今日、学校に来たのか忘れそうになるくらい、強い衝撃を受けていた。

何者かが、「次はお前の番だ」と書いた守谷の写真を、職員室にある教頭の机に置いた。

つまり、教頭を追い詰めた誰かは、職員室に出入りしている。犯人は、教師の中にいるのかもしれないのだ。

ふと、思い出した。週刊手帖の記事が出た直後、私の机にも、誹謗するネットの記事を印刷したものが、大量に置かれていた。同じ人間がやったのではないか。

「湯川君はどうする。来てしまったのだから、全体ミーティングにも参加するか」

校長に問われ、ハッとした。

「――すみません。せっかくですので、この場をお借りして、私からひとこと報告しても良いでしょうか」

マイクを借りて、教師たちに向き直る。二十人を超える教師らの視線が、私に注目している。常見がいかにも憎々しげに私を睨(にら)んでいるが、他の教師らはそうでもない。好奇心を露(あら)わにしている人はいるが、私にそこまで反感を持っているのは少数派だと感じ、意を強くした。

「私が生徒に対し暴力をふるったとする動画が、フェイクだと証明されました。ここに資料を持ってきました」

今井が送ってくれた資料を掲げると、教師らがざわついた。名前は伏せたが、帝都大学工学部の教授が調査したと言うと、驚きの声も上がる。

「湯川君、それは本当か。良かったじゃないか。では、フェイク動画を作成した人間はもうわかったのか」

帝都大学の名前は威力があり、校長が急に態度を軟化(なんか)させた。

「いえ、それは残念ながら。ですが、いろんな方の協力を得て、今も調査を続行してもらっています」

「わかった。詳しく聞くから、校長室で待ちなさい。後で話そう」

「ミーティングがまだしばらくかかりそうなら、後でまた来てもいいですか」

もちろん、校長は断らなかった。

守谷穂乃果の写真の件で、どうしても守谷自身と話したかった。警察は彼女の居場所を知らないが、私は知っている。

その足で、森田のマンションに向かった。たった二駅だ。森田は職場にいるだろうが、守谷はマンションに潜んでいるはずだ。

マンションに向かう間も、周りの風景が目に入らなくなるほど、教頭と写真のことを考え続けていた。なぜ教頭は死なねばならなかったのか。教頭と守谷穂乃果の間に何があったのか。

(次はお前の番だ)

次とは、私の次という意味だろうか。私は守谷穂乃果との関係を疑われ、職を失いかけている。教頭も同じ手を使われたのだろうか。何かおかしい——。

マンションの階段を駆け上がり、森田の部屋のインターフォンを鳴らすが、応答はない。持っていたプリンターの印刷用紙に、ボールペンでメモを書いた。

「守谷さん、湯川です。話したいことがある。開けてくれませんか」

ドアポストに落とし込み、もう一度、インターフォンを押した。ひどく長い時間、待たされた気がしたが、実際には数分程度だったのだろう。

鍵を開ける音がして、ゆっくり、おずおずとドアが開いた。神経質な目をした少女が、こちらを見ていた。私は中に滑(すべ)り込み、ドアを閉めさせた。

「突然ごめんな。どうしても、聞きたいことがあって」

「――いいえ。何でしょう」

昨夜、森田を入れた三人で話し合った時のように、こたつに入り向かい合った。

今朝、校内でセクハラを受けた覚えはないかと尋ねた時、守谷が否定しながらも、わずかに迷うような間が空いたのを覚えていた。あの意味を、ずっと考えていた。

「言いたくないかもしれないが、正直に話してほしいんだ。でなければ、君の身に危害が及ぶかもしれないから」

脅すような言い方は避けたかったが、これは大げさな話ではない。

「君は、教頭とどんな関係だったんだ？」

守谷が、かすかに眉をひそめた。常在中学にいたころは、凛々(りり)しいと呼びたいくらいの気性の女子だったが、今はむしろ臆病さや神経質さが目に現れている。ここ数日の間に、彼女の身に起きたことを思えば、当然かもしれない。

「教頭先生に、その――セクハラされたことはなかったか？　変なことを言うようだけど、手を握られたとか、キスされたとか、ハグされたとか――」

正直、自分でもこんなことは言いたくなかったし、教頭の人格を貶（おとし）めるようで嫌な気分だ。守谷は驚愕（きょうがく）していた。

「いいえ。まさか――そんなことは一度もありませんでした。教頭先生は教頭先生です。関係も何も、直接お話ししたことすら、ほとんどありません」

守谷がようやく、首を横に振って答える。

――この違和感はなんだろう。

彼女は嘘を言っていない。彼女にとって、教頭は本当に「ただの教頭先生」だったのだ。だが、教頭は彼女の写真を見て、死なねばならないと思い詰めた。

――ああ、まさか。

あることに思い至り、胃壁に氷を当てられたような感触がした。

「セクハラ――じゃないですけど、女子に冗談っぽくそういう言葉をかけてくるのは、辻山先生ですよ」

教頭のことで強い衝撃を受けたせいで、守谷の言葉をあやうく聞き逃すところだった。

――そうか、辻山か。

うなずいて、私はようやく守谷の言葉にしっかりと意識を向けた。

「――辻山先生？　彼がどうかしたのか」

守谷は、春ごろまでのきっぱりとした表情と態度を取り戻しつつあった。

「冗談っぽく、顔や身体を誉めるんです。あの先生、常在中学の先生方のなかでは年齢も若いし、見た目かっこいいので女子に人気があるでしょう。それで、そういう嫌らしいことを言われても女生徒が文句を言わないんです。ほら、『ただしイケメンに限る』って言うじゃないですか。そんな感じで許されちゃうので、調子に乗ってるんですよ」

守谷の態度が怒りを抑えているようだったので、私があっけにとられる番だった。辻山が女生徒に人気があることは知っていたが、まさかそういう面があるとは知らなかった。

「それはひどいな――。それで、守谷さんも辻山先生に何か言われたの？」

「声をかけられましたけど、ああいう嫌らしい目で生徒を見る先生って許せなくて。きついことを言い返したと思います」

そうだ。守谷はそういう、女剣士のような少女だった。下手に触れば斬られそうな鋭さと、強さを持つ少女だ。

「たしか辻山先生には、奥さんと子どもがいたよな――」

「ええ、います。だからよけいに許せませんよね」

――辻山先生だって？

辻山は、週刊手帖の記事が出た直後から、教頭とともに私の味方になってくれたひとりだ。ホテルへの送り迎えまで進んでしてくれたし――。

そこで、嫌なことを思い出した。立川のホテルに私が宿泊していることを、誰かがマスコミにばらした。あの時、校内で私の居場所を知っていたのは、教頭と辻山だけだ。顔を知られているので、ホテルの従業員や、近所で見かけた誰かが喋ったのかもしれないと考えて、辻山を疑いはしなかった。

ネットには私の自宅の住所が流出しているが、辻山ももちろん私の住所を知っている。

――あいつが、やったのか？

胃がひきつり、ねじれるような感覚を覚えた。あんなに爽やかな笑顔で、親切めかして、裏で私を陥れようと画策していたのだろうか。

もしそうなら、演技が達者とかそんなレベルの話ではない。人間としてどうかしている。

「守谷さん、話してくれてありがとう。おかげで、少し事情がわかった」

「問題が大きすぎて、辻山先生を犯人扱いするみたいで言えなかったんです。すみません」

守谷の気持ちもよくわかる。

「自宅には、ちゃんと電話した？　お母さんとは連絡取れたのかな」

「昨夜、電話しました。母も家にいました。家に戻れと泣かれましたけど、マスコミが怖いからもうしばらく友達の家に隠れていると言っておきました」

教頭の死が自殺で間違いないと、警察から連絡があったのは今朝だ。守谷穂乃果の写真が自殺の引き金を引いた。その説明を、穂乃果の母、和香はどんな気持ちで聞いたのだろう。

私は守谷に礼を言って、マンションを出た。森田が戻るまで、必ずきっちり戸締りをして、森田と私以外の誰かが来ても、絶対にドアを開けるなと言っておいた。

そして、歩きながら私が電話をかけたのは、守谷和香の携帯電話だった。ずっと待っていたのに、いまだに和香から折り返しの電話はなかった。

『――はい。鉄くん？』

その言い方から、彼女の夫が周囲にいないことがわかった。

「和香さん、どうしても聞きたいことがあるんだ。今からそちらに行ってもいいかな」

『――ここに？』

どぎまぎしているような、彼女の戸惑いとためらいが伝わってきた。

『それは駄目よ。夫がちょっと職場に顔を出して、すぐ戻ると言ってたから』

「それなら、電話で教えてくれ。穂乃果さんの父親のことだ」

彼女が息を呑んだ。聞きにくい質問だったが、これがパズルの最後のピースだと、私は確信していた。

「あの子の父親は、土師教頭だったんだな――？」

和香の沈黙のなかに、私は真実を聞き取っていた。

19

『当時はまだ、教頭じゃなかったの』

和香が上ずる声で言った。

『私は短大を出てすぐ就職して、二年経ったころで、土師(はじ)さんはまだ学年主任にもなってなかった。スポーツマンタイプで若々しい社会科の先生だったの』

電話で聞くようなことではないと思ったが、向こうは夫がじき帰宅するという。

「土師先生は、もう結婚してただろう」

『結婚してた。子どもはまだだったけどね。私は当時、今の主人とつきあっていたけど、結婚する気があるのかどうか、煮え切らない人でね。たまたま居酒屋で知り合った土師さんに、つい愚痴をこぼしたの。それが始まり』

人の話を親身になって聞く人だったなと、私は教頭を懐かしく思い起こした。私の知る教頭は、謹厳実直を絵に描いたような人で、自分より十五歳も若い女を相手に不倫するような人ではない。だが、十五年以上前の教頭のことは知らない。十五年あれば、人間の性格だって変わるかもしれない。

和香によれば、今の夫と土師教頭に二股をかける生活がしばらく続いた後、妊娠したそうだ。土師と結婚できないのはわかっていた。堕胎するのは嫌で、今の夫に妊娠を明かしたところ、煮え切らなかった男が結婚しようと言ったそうだ。

「子どものこと、教頭には——」

『話した。どちらの子どもかはわからないけど、今の夫と結婚するからって。あっさり引き下がって、おめでとうって言ってくれた。まあ、ホッとしたのかもね』

「常在中学に穂乃果さんが入学した時には、さぞ驚いたと思うんだ。教頭は、和香さんに連絡を取ったのか？」

『顔を見て、まさかと思ったんでしょうね。入学してすぐ、電話がかかってきた』

「その時に、自分の子だとわかったんだな」

穂乃果と私との関係を週刊誌が書き立てた時には、何を感じていたのだろう。

今さらだが、教頭が写真を見てすぐ守谷穂乃果の名前を言い当てたことを思い出す。すごい記憶力だと驚いたものだ。穂乃果の保護者に連絡する時も、進んで電話を取ったではないか。教頭の責任感の強さを感じたが、それだけではなかったのかもしれない。

――自分の子が事件に巻き込まれたのだ。

『鉄ちゃんとの記事が出た時も、土師さんから電話があったでしょ。最初は教頭としての電話だったけど、後で私からかけ直して、いろいろ詳しい話を聞いて、びっくりした』

「教頭は、穂乃果さんのことで脅迫を受けていたようなんだ」

黙り込んだ和香に、教頭に届いた写真のことを話した。

「その件で、警察からそちらに事情を聞きに行っただろうけど」

『教頭について、穂乃果が何か言ってなかったか聞かれたけど。穂乃果と直接話したいって――。そうだ。あの子から電話があったの！　マスコミに追いかけられるので、お友達の家に隠れてるんですって』

知ってると正直に言うべきか迷い、私は黙っていた。どうせ、そのうち明らかになる。

『ねえ、鉄ちゃん。土師さんは、穂乃果のことで脅迫されて、自殺したの――?』

そうだ、とは言えなかった。黙っているとすすり泣きが聞こえ、電話は切れた。

この事件が片づいたとして、守谷家はどうなるのだろう。穂乃果の本当の父親が誰か、和香の夫は気づいても気づかぬふりをしてくれるだろうか。

可哀そうなのは、何の罪もない子どもだ。一瞬、穂乃果を憐れみかけたが、ふと森田の顔が浮かんだ。

――彼女には、森田がついているな。

もちろん、森田もまだ若い。幼いと言ってもいい年齢だ。自分のことだけで手一杯でもおかしくない。だが、行き場のない中学生をかくまってくれる男なら、穂乃果の力強い味方になってくれそうだ。

電車に乗って常在中学に戻る道すがら、私は事件の発端について考え続けた。

きっかけはふたつあったのではないか。私を逆恨みした遠藤と、セクハラをとがめられ穂乃果を逆恨みした辻山。ふたりは、常在中学サッカー部の元部員と顧問だ。接点はあった。

彼らは、私と穂乃果のふたりを同時に陥れる方法を考えついた。ついでに、目障りな私を徹底的に叩きのめすことを、楽しんでいたのかもしれない。

辻山は、八島たちの会話から、穂乃果の父親が別にいると気づいた。私が実の父親だと勘違いしたのかもしれない。

――おや。

そう言えば、犯人はいつ、穂乃果の父が教頭だと気づいたのだろう。それに、教頭が私に言った、「気になること」とは、何だったのだろう。

教頭とのやりとりや、和香とのやりとりを反芻しつつ、常在中学の最寄り駅で降りると、改札を出るあたりでスマホが振動した。日曜日だというのに、春日弁護士からだった。

「何か、新しい手がかりが見つかりましたか」

春日弁護士は、フェイク動画や画像の発信者について、発信者情報開示請求の手続きをするかたわら、ハッカーに依頼して犯人の身元を突き止めようとしてくれている。

『メールでリストを送りました。ただ、湯川さんを誹謗中傷する動画や画像を投稿した人物――単独犯なのかグループなのかわかりませんが――は、完璧に自分の身元を隠していますね。身元がわかりそうなのは、その尻馬に乗って中傷投稿を拡散している連中だけです。数が多いですが、影響力があって悪質なアカウントを二十ばかり選んでおきました。この二十件について、裁判所に開示請求を出すつもりですが、リストを確認して、この内容で問題ないかお返事いただけますか』

——いちばん知りたい奴の身元はわからないということか。

正直、がっかりした。私が生徒に暴力をふるった証拠とされる動画や画像を捏造し、ネットにばらまいた人間。その正体こそもっとも知りたいのに。

「春日さん、完璧に身元を隠すなんてこと、どうしてできるんでしょう。警察が調べれば、身元が判明するのでしょうか」

春日に協力してくれているハッカーの腕前を疑うような言葉だったが、遠慮している場合ではない。春日は、気を悪くした様子もなく丁寧に答えてくれた。

『その点、気になりますよね。知人の受け売りなんですが——警察が調べても、同じ結果になるはずです。犯人にたどりつくための手がかりはいくつかあるんです。ひとつは、問題の動画などをSNSに投稿した際のIPアドレスです』

「インターネット上の番地のようなものでしたね」

『そうです。それが、IPアドレスを隠すためのブラウザを使っていて、犯人は海外からアクセスしたように見えるそうです』

まだ私が納得していないと思ったのか、春日はそのブラウザの名前を教えて、ネットで調べてみるようにと言った。

『本来は、セキュリティを高める目的で開発されたブラウザですが、悪用する奴がいるんですよ。それから、SNSにサインインするために、メールアドレスや電話番号などを入力していますが、これが全て使い捨てのメールアドレスだったり、携帯電話だったりで』

「使い捨ての携帯電話とは、どういうものなんですか」

『たとえば海外から日本に旅行に来た人のために、プリペイドのSIMを売っているんですよ。そのへんで中古の端末を買って、そういうSIMを差せばいい。本来はそういう用途ではないんですけどね。悪用しようと思えば、どんなものでも悪用できる』

「かなり費用もかけていますね」

『そうですね。計画的な犯行です』

私にはまだ信じられないような話だった。後で詳しく調べてみるしかない。

「悪質な二十件とは、真犯人の尻馬に乗って騒いだ奴ということですね」

『そうです。そういう連中にお灸をすえることで、話題にもなって湯川さんに落ち度がなかったことがいっそう明らかになるでしょう。「予備軍」を牽制(けんせい)することもできますから』

他人をむやみに誹謗すれば、それが他人の投稿を拡散しただけであっても責任を取らなければならなくなる。そういう戒(いまし)めになればと春日は言った。

「わかりました。いま出先ですので、帰りましたらリストを確認します」

『よろしくお願いします。――湯川さん？』

「はい」

『どうかなさったんですか。今日はなんだか、声が暗いですよ』

真犯人を証明できないと知って、明るい声を出せるはずもない。だが、私は昨夜から今日にかけてわかったことを、春日にも知らせることにした。遠藤と辻山が怪しいということもだ。

「『――急に進展がありましたね』

「『ソフィアの地平』が、特集してくれそうなのがありがたいです」

『そうですね。――それはいいのですが、辻山さんと遠藤さんですか、そのふたりのことは少し気になります』

「気になるというと？」

春日がしばらく、答えをためらっていた。

『うーん。こう言うと湯川さんは気に入らないと思いますが、彼らが犯人だという根拠が乏しいんです。遠藤さんが大学でＡＩを研究していて、フェイク動画を作る能力があるからといって、例の動画を作った犯人だとは限りません。辻山さんもそうです。たしかに、辻山さんには守谷穂乃果さんに報復したい動機があるかもしれない。しかし、実際にやったという証拠はありません』

たしかにその通りだが、春日の冷静な指摘は気に入らなかった。あのふたりが犯人なら、すべての筋が通るのだ。何より動機がある。

『疑わしきは罰せずです、湯川さん』

「証拠を見つけたいと思っています」

『くれぐれも、慎重にお願いします』

礼を言って、私は通話を終えた。

——慎重に、か。

相手はあらゆる汚い手を使って、私の名誉に泥を塗ろうとしているのに、私は慎重に正攻法で戦わなければいけないのか。

真犯人にたどりつく、もうひとつの手がかりが残っている。週刊沖楽の勇山記者が、週刊手帖の安藤珠樹と交渉し、守谷穂乃果をホテルにおびきよせた犯人の手がかりを聞き出してくれるはずなのだ。

ネットで予約し決済したのなら、クレジットカードか何かを利用したはずだ。

勇山に電話しようかとも考えたが、何かわかれば彼から電話してくれるだろう。もう常在中学に着くところだった。

辻山の顔を思い浮かべ、足取りが重くなる。どんな顔をして会えばいいのだろう。動揺が顔に出るタイプだと自覚している。辻山は私の変化を見抜くだろう。

恐る恐る職員室を覗くと、全体ミーティングはもう終わっていた。

「湯川先生、来られたら校長室に来てくださいって」

職員室の隅でコピーを取っていた女性教師が、振りむいて教えてくれた。職員室に溢れていた教師たちは、どうやら半数ほどが帰宅したらしい。学年主任の常見はいたが、取り巻きの教師を従えて、何かしきりに喋っていた。ちらりとこちらを見たが、そのまま話し続けている。

私はコピー機の前にいる教師に礼を言い、校長室に向かった。

辻山を見かけなかったが、彼も帰ったのだろうか。正直、いなくてホッとした。

その時だ。

校長室に向かう私の前に、給湯室から辻山がふいに現れ、互いに驚いて立ち止まった。鼓動(こどう)が激しくなった。

「──もう帰ったのかと」

思ったよ、と言いかけて息切れし、私は無理に微笑んだ。辻山は「いえ」と言って、私の様子を観察するように見つめた。

「やっぱり来られたんですね。来ないほうがいいと言ったのに、湯川先生はほんとに強情なんだから」

冗談を言うかのように、口元は笑っている。だが、目はよそよそしい。私もようやく理解した。この男はいつもにこにこしているが、心の中は別なのだ。

「そうなんだ。強情で執念深いから、どうしても自分で決着をつけないと気に入らない。損な性分だね」

辻山が笑った。笑う時に、顎を上げて哄笑したから、目は見えなくなった。隠したのだと私は感じた。

「動画がフェイクだという証拠が見つかったんでしたね。湯川先生を中傷した犯人が誰だかわかるよう、祈っていますよ」

うっすら微笑んでいる。

絶対に、真犯人を突き止められない。誰がやったか勘づいても、証拠がない。辻山はそう油断しているのだと悟った。

「ありがとう。それじゃ、校長に呼ばれたから、もう行かなきゃ」

「はい。僕はもうすぐ帰りますから」

「お疲れさま」

職員室に向かう辻山を見送り、私は肩の力を抜いた。いつの間にか、息を詰めるようにして辻山と話していた。校長室に向かう前に、深呼吸が必要だった。

「ああ、湯川君。やっと来た」

「遅くなって申し訳ありません。全体ミーティングがもっと長くかかるかと思っていました」

座ってくれと、黒い革のソファを指さして、自分も向かいに腰を下ろす。校長は、この一週間で急に老けた。とびきり厳しい一週間だったはずだ。私だけではない。みんな、大変な思いをしていたのだ。

これまでに判明したことと、『ソフィアの地平』で名誉回復のための番組を作ってくれるかもしれないということを説明した。もちろん、辻山と遠藤についてはぼかしている。証拠もないのに辻山を非難すると取られては、逆にこちらの心証を悪くしそうだ。

「そうか——あの動画が捏造されたものだと、はっきり証明できるんだな」

校長は腕組みし、眉間（みけん）に皺（しわ）を寄せてじっと説明を聞いていた。

「誰が作ったのかは今のところ証明できませんが、元になった動画もはっきりしています。フェイクだと証明できます」

「良かった。それなら問題ないな」

「週刊手帖の記事も、まず週刊沖楽で反論記事を載せてもらう予定です。私が女生徒を部屋に連れ込んだ事実はありませんし、守谷さんがあの日、同じビジネスホテルの別の部屋にいた理由もわかりました」

「守谷さんは、本当にホテルにいたのか」

「彼女も騙されたんです。内密の話ですが、彼女の本当の父親は、戸籍上の父親とは別らしいんです」

あっけにとられた様子の校長に、私は守谷穂乃果が私を父親だと誤解していたことや、それにつけ込まれて私の名前でホテルに呼び出され、「引っかかったな、バーカ」と蔑(さげす)むような電話がかかってきたことも説明した。ただ、本当の父親が教頭だとは言えなかった。

「――なんということだ。湯川君もだが、彼女も被害者なのか」

「そうです。彼女の心の傷は、さらに深いでしょう。これ以上、彼女を傷つけるわけにはいきませんから、彼女に証言を強要するわけにはいかないと思います」

校長は、深刻な表情で頷いた。

「実はこれから、ある生徒と保護者が来ることになっている」

「ある生徒――」

「三年の麻野君だ。両親が電話をかけてきて、どうしても話しておかなければならないことがあるというんだ」

麻野卓人だ。水森と同じく私のクラスの生徒で、取り巻きのひとりだった。

水森が私に暴力をふるわれたと訴えた件は、まだ片がついていない。証人まで来るという。なぜ麻野が両親と一緒に学校に来るのか、興味が湧いた。

「湯川君も同席していいか聞いてみるから、先方の了解が得られれば、一緒に話を聞こう」

「ありがとうございます」

週刊手帖に中傷記事が載った時には、まるで嫌な虫でも見るような目で私を睨んだ校長だった。あの目も、私は忘れていない。

麻野と保護者は校長室に来るそうなので、私はしばらく職員室で待機することになった。

職員室に戻ると、辻山はもういなかった。残っている教師は、数人程度だ。久しぶりに自分の席に座り、置きっぱなしの書類を整理しながら、私はこの一週間について考え続けていた。

自分の人生をすっかり変えた、この一週間と、今後の身の振り方について。

足元に置いたままだった、予備の着替えなどを入れたスポーツバッグに、大型の茶封筒を見つけた。中身を覗き、ハッとした。ネットの中傷記事を印刷して、封筒ごと私の机に置かれていた、あれだ。持ち帰ろうと思って、スポーツバッグに入れたまま忘れていた。

「湯川先生、校長室に来てほしいそうです」

斜め向かいの席にいる教師が、内線電話を受けて私に声をかけた。

「わかりました。すぐ行きます」

答えながら、私はスポーツバッグをもう一度、机の下の奥のほうに隠した。

校長室に、麻野と両親が来ていた。

「湯川先生、ここに」

校長が、応接セットの自分の隣を指して手招きした。Tシャツにジーンズの麻野は、私を見るなりどぎまぎしたように面を伏せた。やましいことがあるのだ。本心では、私と顔を合わせたくなかったはずだ。

私に不利な証言をした。しかも、それは水森に都合のいい、嘘の証言だ。

――顔も見たくない。

本当は、私のほうこそ、そう罵(ののし)りたい。だが、相手は中学生だ。許せるだろうか。いや、そもそも許すべきだろうか。許さないほうが、子どものためになるかもしれない。

「息子から話を聞いて、驚いて校長先生に面談をお願いしました」

ビジネススーツを着た父親と、濃紺のワンピースに白いカーディガンを着た母親が、息子を守るように間に挟んでいる。いかにも、自分たちはきちんとした家庭を築いていて、真面目な子どもを育ててきましたと言いたげな、服装と態度だった。

「卓人、先生にお話ししなさい」

父親に促されたものの、麻野は意気地なくうつむいたままで、言葉にならない。

「昨夜、息子が泣いて白状しました」

諦めたのか、父親が校長と私を交互に見ながら話しだした。

「湯川先生が、水森君に体罰を加えたことはないというんです。自分が『体罰はあった』と証言したのは、水森君にそう言えと強制されたからだと」

もちろんだ。私にはわかっていた。水森は、お山の大将気取りでいつもふたりの「子分」を連れている。麻野はそのひとりだ。取り巻きに嘘の証言をさせたのだ。

「では、湯川先生に暴力をふるわれたというのは、水森君の嘘だった――そういうことですか、麻野君」

校長が、物憂い表情で尋ねている。父親が答えようとするのをさえぎり、校長は麻野の口から答えを聞きたがった。

「――そうです」

麻野が消え入るような声で答える。

水森は不健康そうな肌の色をした小柄な子どもだが、その取り巻きは、水森に輪をかけて小柄な、臆病そうな子どもたちだ。そういう子を水森が選んでいるのだ。彼には特殊な嗅覚があるのか、自分に従順な少年を見分けることができるらしい。

「だけど、そんな嘘をつくのは良くないことだと君もわかっていたでしょう」

「はい」

「わかっていたのに、どうして？　水森君はなんと言ったんですか」

「湯川先生はもうすぐ学校からいなくなるけど、自分はずっといるからなって」

喉に何か詰まらせたような声で、麻野が囁く。校長は眉をひそめ、どう答えたものかと迷うように沈黙した。私の出番だった。

「麻野君。勇気を出して話してくれてありがとう。君は脅されたんだね。正直に話してくれたことには感謝しているよ」

私が声をかけると、麻野は少し救われた気分になったのか、一瞬だけ顔を上げると私の目を見て、「はい」と低く呟いた。

だが、私は嘘をついていた。

嘘と言って悪ければ、必ずしも真実ではなかった。

麻野の告白には感謝しているが、やっぱり許せることではない。たとえ相手が、水森に脅された幼稚で軟弱な子どもであっても。

「水森君が体罰を受けたと証言した生徒は、麻野君以外にもいたんだけど、彼らも水森君の指示を受けたんだろうか」

私が「感謝している」と言ったのを真に受けたのか、校長が急にリラックスした様子で、尋ね始めた。

「桜葉も僕と一緒に言われました」

麻野の口から、水森から指示を受けたもうひとりの取り巻きの名前が転がり出る。嘘をつき続けることが、心の重しになっていたのだろう。語るにつれて、表情が明るく晴れていく。校長は内心で愕然としていたかもしれないが、私にとっては当然の証言内容だった。

――やっぱりそうだった。水森が「取り巻き」の少年たちに、証言を強要したのだ。

「息子から話を聞いて、湯川先生にとんでもないご迷惑をおかけしていると思い、すぐ学校にお電話したんです。このたびは、湯川先生にも学校の皆さんにも、本当に申し訳ないことをしました」

父親が息子の肩に手を置き、自分とともにしっかり頭を下げさせた。

それで溜飲が下がるわけではないが、少し心のつかえがとれたのは確かだった。正直に申し出てくれた麻野の両親に、感謝の念が湧く。甘い親なら、子どもの将来と気持ちを思って、口を拭ってすませたかもしれない。それで不利益をこうむるのは、たかが教師ひとりではないか。

「水森君を悪者にしているようで気が引けますが、正直に言いますと、あちらの親御さんにも問題があると感じていまして」

麻野の父親が、軽く眉をひそめて言った。

「PTAでお会いしたことがありますが、ずいぶん怖がられていましたね」

「水森さんは、PTAでも何か問題になるようなことをされたんですか」

でも、という言葉にうっかり校長の内心が表れていたが、麻野は気づかぬ態で頷いた。

「ご両親とも、何でもないことで急に激昂するんです。お茶がぬるいとか、渡された書類の端が折れてるとか。机を蹴とばしたり、足を踏み鳴らしたりしてね。皆さん怖がって、なるべく近づかないようにしていました。家庭でもあの調子かと思うと、子どもがかわいそうです。今回のことも、子どものせいじゃないですよ。子どもは親の言動を真似しているだけでね」

彼らは、今日の会話をまとめたものに署名するとまで言ってくれた。必要なら証言するとも。これは本気でありがたかった。

麻野親子が何度も頭を下げて帰っていくと、校長が深いため息をついた。

「――もう、生徒すら信じられないのか。ここまで悪質な嘘をつくとは」

そういう時代なのだ。世の中に狡猾なフェイクが溢れているのに、子どもたちだけ真正直で、純粋なままいられるはずがない。むしろ、生地が白いだけに、染まりやすいだろう。

すべては私たち自身の、真贋を見分ける能力にかかっている。

「水森君は、おそらく父親にそそのかされているんでしょう。父親は、『子どもを守る親の会』というダベッターアカウントをつくり、テレビにも出演して、嘘の証言で私を攻撃していました。その証拠もあります。まだ記者の証言は得ていませんが、最初に週刊手帖の記事を書かせたのも水森君の父親で間違いありません」

「なんだと――」

校長が絶句する。まともな神経の持ち主には、とうてい信じられないような話だ。そういう意味では、校長もまた被害者なのかもしれない。だが、まだまだ校長の肝を冷やす話をしなければならなかった。

「証拠を整理したら、水森君の父親を告訴するつもりです。桜葉君からも、話を聞きたいです。私が行くと口を閉ざしてしまうかもしれませんが」

証言という意味では、麻野ひとりではなく、他の子どもからも同じ話を聞くことができれば、よりはっきりする。

「そうだな。教育委員会にも報告する。教育委員会から誰かに来てもらって、私と一緒に面談してもらうことになるな。湯川君、もう安心していい。あとはこちらで何とかする。テレビに流す前に、フェイク動画の証明は、書面か何かほしいな」

「わかりました。相談してみます」

校長の態度が、明らかに前と違っていた。水森を告訴すると言っても、ひるまなかった。彼はようやく私の側についたのだ。私の口から、週刊手帖の記事やＳＮＳの動画が捏造だったと聞かされただけでは半信半疑だったかもしれないが、麻野の証言で確信を得て、態度を変えた。

定年退職まで、あとほんの数か月の短い期間とはいえ、私の名誉が回復した時に、初期の対応が不適切だったと言われたくはあるまい。

教育委員会への報告や記者会見など、しばらくは元の生活に戻れないかもしれない。だが、いずれは落ち着く。普通の教師としての暮らしに戻る。ひょっとすると、「鉄腕先生」としてまたテレビに出る日も来るかもしれない。

――だが。

土師教頭は、もういない。誰が彼の死に責任を取るのか。

守谷穂乃果の家庭は、崩壊する恐れがある。もとはと言えば和香の昔の過ちが原因だが、こんな事件に巻き込まれなければ、彼らはごく普通の家庭を築いていたのではないか。

たとえ私自身が元の生活に戻れたとしても、他人を陥れ、傷つけ、命すら奪った奴らが、安全な場所で高笑いしている現状を、許していいのか。

――許してはダメだ。

校長にあとを任せ、私は学校を辞去した。スポーツバッグと、辻山の机から盗んできたホイッスルを持ち帰った。

教壇に戻るには、教育委員会やＰＴＡを納得させ、マスコミにも発表しなければならない。時間がかかりそうだ。

自宅に戻ると真っ先に、封筒とホイッスルをビニール袋で包んだ。犯人につながる、私を中傷する人物の手がかりだ。

春日弁護士からは、中傷動画を広めた悪質な二十件のアカウントのリストが届いていた。驚いたことに、ＳＮＳのユーザーＩＤやＩＰアドレスだけでなく、氏名まで載っている。私の想像以上に、春日が雇ったハッカーは腕がいいのかもしれない。

そのなかに辻山や遠藤の名がないか、最初に探した。残念ながらなかった。〈そら豆大好き〉という遠藤らしきアカウントも、リストに入っていなかった。

この二十件を調べてもらうほかない。だが、彼らはいちばん悪い奴ではない。他人の尻馬に乗って、面白おかしく騒いで、私の不幸を楽しんだ奴らだ。

春日弁護士に教えられた、発信者のＩＰアドレスを隠せるブラウザなどもネットで検索し、情報を集めた。そういうものが、誰にでも簡単に使えるのだとわかり、自分の無知にも驚いた。

しかし納得できない。どうしても。

本当に真犯人を捕まえられないのか。警察に捜査を依頼し、手に入るかぎりの情報を調べてもらっても駄目なのか。水森と、この二十人だけで我慢しなければならないのか。

調べれば調べるほど胸がむかむかしてきた。

「どうして、こんなひどい状態が放置されているんだろう」

私がどうにか助かったのは、偶然だ。周囲に助けてくれる人が大勢いて、そのなかに卓抜(たくばつ)した知識を持つ人がいた。だから、自分の潔白を証明できた。ふつうなら、こうはいかない。汚名を着せられ、職を追われ、失意のうちに死んでいたかもしれない。

なのに、犯人を捕まえられない。ネットの犯罪はそういうものなのか。

ふと思い立ち、もう一度ネットで「あること」について検索を行った。考えていた以上に、そちらも簡単に利用できることがわかった。費用は胃がきゅっと引き締まるほど、かかる。私の月給など、あっという間に吹っ飛ぶだろう。だが、この手しか残されていないのなら、やるしかない。

ビニール袋に包んだ封筒とホイッスルを、そのままひと回り大きな茶封筒に入れ、宛先を書いた。

日曜日も開いている中央郵便局まで持っていき、窓口で料金を払って、簡易書留にしてもらった。

——水森、遠藤、辻山。

だが本当に遠藤と辻山がやったのかどうか、証拠がない。警察で証拠として認められはしないかもしれないが、私自身の確信がほしかった。

マンションに戻る前に、電話が鳴った。公衆電話と表示されている。

「はい？」

『先生、守谷です。助けてください、森田さんが行っちゃったんです』

「行っちゃった？　どういうこと？」

きりりとした、剣道部に入れてみたいような目をした守谷穂乃果が、他人に助けを求めるとはよほどのことだ。

『昨日からあちこち電話をかけたり、誰かに会いに行ったりして、遠藤という大学生の居場所を捜してたんですけど、やっとわかったようで。いったん家に帰ってきたのに、話をつけてくると言って、さっき出て行きました』

「なんだって」

森田は、自分のせいで遠藤が私に迷惑をかけたのではないかと気にしていた。違うと説明したのだが、騙されなかったらしい。

中学時代、怒りにまかせて遠藤を刺そうとした男だ。私の左腕には、あの時の傷痕がまだ白く残っている。

「森田は刃物なんか持って行かなかっただろうね」

『そういうのは持ってないと思いますけど。でも途中でも買えますし』

守谷の言う通りだ。彼女も森田の剣幕(けんまく)を見て心配になったから、助けを求めたのだろう。

真面目に働き始めた森田の人生を、こんなことで破壊するわけにはいかない。悪意の毒牙にかかるのは、私ひとりで充分だ。

「行き先はわかるか？　先生がこれからすぐ追いかけるから」

守谷は、遠藤が通っている大学から電車一本で行ける住所を言った。そこに、遠藤が住んでいるのかもしれない。

『森田さんがメモしていたんです。メモ帳の次のページに、うすく残っているので』

「わかった、ありがとう。これからすぐに行ってみるよ」

通話を終えると、私はまっすぐ駅に向かって駆けだした。

20

教えられた住所に電車で向かいながら、私は何度も電話をかけた。

森田は携帯に出ない。

守谷が私に知らせることは、想定しているはずだ。だから電話を無視している。

スマートフォンの地図アプリに住所を打ち込み、京王(けいおう)線の桜上水(さくらじょうすい)駅で降りる。

森田が向かった住所は、駅から数分で行けそうな場所にあった。比較的新しい、低層のマンションやアパートが並んでいる。そのひとつらしい。

そちらに向かいながら、私はもう一度、森田に電話をかけた。出ない。ショートメールを送ってみた。

「桜上水に来ている。今どこだ」

どうせ無視されるだろうと思っていた。

急ぎ足で地図を見ながら向かっていると、電話の着信があった。

『なんで来たの』

「心配だからに決まってるだろ！」

『大丈夫だよ。来たけど、あいついないし』

遠藤は留守なのか。安心して、いっきに肩の力が抜ける。

「とにかく、どこにいるんだ。私も来たから、会おう」

『先生、ちょっと待ってて』

しばらく路上で待っていると、四階建てのマンションから森田が現れた。身体にぴったりしたグレーのTシャツに、ダメージ仕様のブラックジーンズを穿（は）いている。建築現場で鍛えられているせいか、そういう服装になると上半身の筋肉が隆々（りゅうりゅう）として見える。

「森田！　こっちだ」

森田は、不満の塊を腹に押し込んだような顔で、こちらに近づいてきた。

「わざわざ来ることないのに」

「何を言ってる。守谷さんが心配して電話をくれたんだ。中学生に心配かけてどうする」

森田がバツの悪そうな表情になった。

「ここ、遠藤の自宅なのか」

「うん。三階に住んでる」

「どうするつもりだったんだ。遠藤がいたら」

彼の目に、小さい火花が散った。

「話を聞こうと思ったんだ。あいつ、俺のことで先生を逆恨みして、今度の事件を起こしたんだろう」

話を聞くだけですむとは思えない。私は首を横に振った。

「そうじゃない。だいいち、遠藤が犯人かどうか、まだわからないんだ」

最初に遠藤の関与について話した時、それをはっきりさせておくべきだった。

「――でも」

森田が何か言いかけ、ふと私の背後に視線をやって、目を丸くした。いぶかしく思って振り返ると、角を曲がったばかりの遠藤が目に入った。

仰天（ぎょうてん）しているのは遠藤も同じだ。私と森田がそろってマンションのエントランス前にいるのを見て取ると、彼はいきなり踵（きびす）を返して駆けだした。

森田の行動も早かった。私を押しのけ、飛ぶように遠藤を追いかけ始めた。

「待てよ、遠藤！」

森田はもう、遠藤の陰湿なイジメに唇を引き結んで耐えていた中学生ではない。つい感動を覚えたほど、彼の背中は堂々としている。

私も、慌ててふたりを追った。

――遠藤が、私たちを見て逃げた。

その事実が、私に手ごたえを与えてくれた。

やはり、遠藤だったのだ。

遠藤が冷静なら、逃げたりしなかったはずだ。体裁を取り繕うのが上手な、ずる賢いやつだから、そ知らぬふりをして挨拶でもしただろう。だが、なにげなく駅を出て角を曲がったとたん、私たちと鉢合わせた。驚愕のあまり、とっさに逃げてしまった。

逃げる理由があるからだ。

森田は足が速かった。サッカー部のエースだった男だ。遠藤は息が上がっている。追う者より、追われる者のほうが恐怖で心拍数が上がるものだ。

「遠藤！　どうして逃げるんだよ」

追いついた森田が、遠藤の左腕を摑んだ。

遠藤は振り払おうとしたが、森田の力が強かった。離れない。振り向かせようと力を入れた時、遠藤が右手に持ったビニールのショルダーバッグを、森田に向かって振った。

森田は手を離し、前腕で受け止めた。何かが割れたような音がした。

「よさないか！　ふたりとも、そこまでだ」

私が駆け寄った時、遠藤は再び逃げようとしていた。逆上して見境をなくしている。森田も怒りを隠さない。

逃げる遠藤の背中に、思いきり蹴りを入れた。まるで子どもの喧嘩だ。よろめいたが、遠藤も倒れない。蒼白な顔で振り向いて、もう一度バッグを森田に向かって振り回した。

「痛！」

再び前腕で受けた森田が、今度は呻いて顔を歪めた。遠藤のバッグは、森田の顎にもヒットした。森田がよろめいて溝に片足を突っ込み、後ろ向きに転んだ。遠藤が脇目もふらず、逃げていく。

「どうした！　大丈夫か」

覗き込むと、倒れた森田は腕と顎から血を滴らせて目を閉じていた。日焼けした腕に、大きな切り傷ができている。

「森田！　しっかりしろ」

静かで人通りの少ない住宅地だが、離れたところで自転車を停めて様子を窺っていた中年の女性が、心配そうにこちらに近づいてくる。

私は森田に声をかけ続けた。先ほど、バッグの中で割れた、スマホかタブレットのようなものの破片が、薄いビニールを破って突き出していたのだろう。腕の傷は深そうだ。

だが、青い顔をして目を閉じているのは、転んだ拍子に頭を打ったからではないか。そちらのほうが心配だった。

「大丈夫ですか。救急車、呼びましょうか」

おそるおそる、自転車の女性が尋ねた。

「お願いします、あっ、それと」

私はとっさに、女性に頼んだ。

「一一〇番もお願いします。あの男、刃物で彼に怪我をさせて逃げたので」

「刃物ですか？」

彼女は私の肩越しに森田の傷を覗き込み、驚いたように携帯電話をかけ始めた。

パトカーと救急車のサイレンが聞こえ始めると、森田のまぶたがかすかに動いた。

「森田！　聞こえるか。もうすぐ救急車が来るからな」

森田は薄く、まぶたを持ち上げようとしていた。その時、彼の唇に、淡い笑みに似たものが、ほんの一瞬浮かんだ。

私の見間違いではないはずだ。

森田は笑った。

背筋に、ぞくりと冷たいものが走るような、うすら笑いだった。

救急車で運び込まれた病院で、森田と私は警察の事情聴取を受けた。軽い脳震盪と、腕の裂傷。傷は全治一週間とされ、森田は包帯を巻かれた手に反対の手を当てて、ふたりの制服警官と話した。

髪を剃っていても、警官はひと目で私を「鉄腕先生」だと見抜いた。渦中の人が、こんな場所で喧嘩の仲裁に入っていたと知り、驚いたようだ。

「被害者の森田君と加害者の遠藤は、ふたりとも私が勤務する常在中学の卒業生なんです」

私は、ふたりの過去の因縁から、森田が遠藤の自宅に押しかけた理由を淡々と説明した。

「それじゃ、遠藤が湯川さんを陥れるためにフェイク動画を作ったのではと考えた森田さんは、遠藤の自宅に行って話を聞こうとした。そういうことですか」

「そうです。鉢合わせした遠藤がいきなり逃げだしたので、森田君は後を追いました。捕まえて問い詰めようとしたら、あんなことに」

森田と私の証言は一致するはずだ。口裏を合わせる必要もない。本当のことだけ喋るからだ。真実がいちばん強い。

私は積極的に、ネットの誹謗中傷について相談している最寄り警察署の刑事の名前を教え、そちらにも事情を聞いてもらうよう頼んだ。そうすれば、事件の全貌が私の話した通りだとわかってもらえるはずだ。

二時間ほどして、ふたりの警官は森田の病室に入ってもいいと言った。

「森田さんには今日一日、様子を見るため入院してもらうそうです。頭を打っていますからね。湯川さんはもう帰っていただいて結構です。事情聴取は終わりました。遠藤は先ほど自宅に戻ったところを、最寄り署に任意で同行しました。事情聴取はこれからですが、刃物を持っていたわけではなくて、鞄に入っていたタブレットが割れて、破片が偶然、凶器になったようですね。加害の意図があったかどうか、話を聞きますので」

「よろしくお願いします。それじゃ、私は森田の様子だけ見て帰ります」

警官たちは微笑み、病室を去った。

私は病室の扉を閉め、森田のベッドに近づいて、脇のパイプ椅子に腰を下ろした。先ほどまで警官が座っていたらしい。

「お前がまだ私の生徒なら、今ごろガミガミ叱ってる」

「それだけじゃないでしょう。一発殴ったんじゃないですか？　ゲンコで」

「まさか。体罰は加えない主義だ。知ってるくせに」

森田がニヤリと唇を歪めた。腕の包帯以外、ふだんの彼に戻っていた。

「――怪我がひどければ、警察が動くと思ったんです。あいつ、いきなり逃げたってことは、自白したのも同じですよね」

その通りになった。森田はちょっとだけ、得意げだ。

「やっぱり、気絶したふりをしていたんだな」

私はため息をついた。森田は、遠藤を「加害者」にするために、捨て身の戦法を取った。優等生ぶった遠藤の仮面を剝ぎ取るため、泥をかぶる覚悟を決めたのだ。

「まさか、鞄を突き破ったガラス片に刺されるとは思わなかったけど。仰向けにひっくり返った時は、本当に衝撃で気が遠くなりましたよ。それで、遠藤は捕まりましたか?」

「任意同行で、事情を聞いているらしい。私はこれから、誹謗中傷動画の捜査を頼んでいる警察署に行って、遠藤の件を伝えてくるよ。遠藤のパソコンを調べてもらえればいいが、そこまでやってもらえるかどうか」

私は一一〇番通報を頼んだ女性に、遠藤が「刃物を持っている」と言ったが、実際には割れたタブレットの破片でしかない。森田を振り払うためにバッグをぶつけただけで、遠藤を傷害罪に問うのは難しいかもしれないし、逮捕もされないだろう。ただ、私たちを見て逃げたという点から、警察が動画の件を彼に尋ねてくれれば、少しは進展があるかもしれない。それに、警察沙汰になった以上は遠藤も私への中傷をやめるだろう。

「先生、守谷が家にひとりで残ってるから、心配するなって言ってやってよ。食料はまだあると思う」

この状況で、自宅に転がり込んでいる中学生に気配りできるとは、森田はたいした男だ。

私は立ち上がり、何か欲しいものがないか尋ねた。森田はないと言い、私はそれを潮に立ち去ることにした。

病院を出てスマホを確かめると、勇山からのメッセージが入っていた。どうやら、事件のことを聞きつけたらしい。

『いま、大丈夫ですか』

電話をかけると、勇山がひそめた声で尋ねた。

「もう病院を出たので、大丈夫です」

『森田君が刺されたそうですね。話を聞いて、びっくりして』

「さすがに地獄耳ですね」

『そりゃそうですよ』

私は、森田が遠藤を訪ねた経緯を話してやった。

『遠藤がフェイク動画の作者だと、証明できたわけではないんですね』

「ええ。今日の事件をきっかけに、警察が遠藤に注目してくれればいいのですが」

『実は、安藤珠樹さんに調べてもらっていた、例のホテルの予約者の件。お知らせしようと思いまして』

「何かわかりましたか」

安藤が協力してくれたとは、心強い。だが、勇山の声が暗い印象なので、良くない知らせだとは見当がついていた。

『守谷さんが招かれた部屋を予約した人は、クレジットカードを使っていました。ですが、どうやら流出した番号だったようで』

「流出ということは――」

『盗まれたカード番号なので、実際に誰が予約したのかは、わからないんです』

私は言葉を返すことができなかった。

黙っているので心配になったのか、勇山がスキミングがどうとか、顧客情報の流出がどうとか、カード情報が盗まれて売られるケースについて解説してくれていたようだが、私はほとんど聞いていなかった。

――なんという用意周到な犯人なのか。

犯人を追い詰められるものが、何ひとつない。

――完敗じゃないか。

その言葉が、私の脳裏に浮かんだ。

たとえ私自身の名誉を回復できても。たとえ世の中にディープフェイクの恐怖や、SNSで他人を安易に中傷することの怖さを訴えかけることができたとしても。被害が大きすぎる。

私の目に、好青年風の辻山の笑顔が浮かぶ。性欲なんてカケラもなさそうに見え、女子にも人気がある若い教師の、こざっぱりした笑顔だ。自分が「イケメン」だと思っているから、嫌がっている女子中学生にも平気でセクハラまがいの言葉をかける。

――あの男、逃げきるのか。

それはだめだ。そんなことは許さない。だって、土師教頭は死んだのだ。人を死なせるほどに追い詰めて、まるで何ごともなかったかのようにあいつが生きていくなんて。

逃がしてはいけない。

21

久しぶりの東都テレビ第二スタジオだ。

私がスタジオ入りすると、先に到着していたロックこと鹿谷が振り向いて、「湯川さん！」と声をかけ手を上げた。

私に気づいたスタッフの間から、静かな拍手が起きた。私は胸に迫るものを感じ、みんなに頭を下げた。

「湯川さん、お帰りなさい。ソフィアに戻ってもらえて、僕も嬉しいです」

拍手しながら、プロデューサーの羽田が現れた。濃いグレーのタートルネックシャツに、淡いグレーのジャケットという、とことん地味になりそうな服装なのに、羽田が着るとなぜか洒落て見える。

あんたが私を切ったくせに、という言葉は呑み込んだ。とにかく私はここに戻ってこられたのだ。羽田を見て、実感が湧いた。

今日のスタジオは、背景がグリーンバックという、黄緑色のカーテンのようなもので覆われている。

放映時には、いつもの『ソフィアの地平』の宇宙空間を意識した画像ではなく、さまざまなディープフェイク画像や、ＳＮＳでのいじめ問題など、最近の報道で使われた映像や写真がびっしりと貼り込まれる予定だ。

今日は、週刊手帖のスクープ記事に始まる、「鉄腕先生」へのＳＮＳでの誹謗中傷の裏側に斬り込むという特集番組の生中継だ。

帝都大学の今井教授も出演し、ディープフェイク動画の解説や、私を中傷した動画がどのように作られたのかを証明してくれる。

ＡＤの五藤から羽田に話が通り、たった一週間ほどで、番組が放送されることになった。今井教授も資料作りに参加してくれたが、忙しいのにずいぶん急かされたようだ。

「あら、湯川先生！　やっぱり湯川先生がいると、スタジオが引き締まるわね」

「きのこ」こと、遠田道子が陽気な挨拶とともにスタジオ入りした。

ここに来るために、動画が捏造だとテレビで証明すれば、事態を早期に解決できると校長や教育委員会を説得した。まだ教壇に戻ってもいないのにテレビに出るなんてと渋った彼らも、ディープフェイクに関する知見を広めることが、啓蒙につながる点には賛成してくれた。

それに、ＳＮＳで嫌がらせや攻撃を受けた場合、被害者側ができる対抗策を広く知ってもらうことも大切だ。泣き寝入りする必要はないし、してはいけない。面と向かってであれインターネットを介してであれ、誹謗中傷は犯罪だ。次の事件を起こさないためにも、加害者にお灸を据えておかねばならない。

テレビに出るのは初めてだそうで、緊張した面持ちの今井教授が到着し、打合せが終わるとすぐ本番開始だった。

司会は、東都テレビアナウンサー、東条剛だ。知的で爽やかな印象の五十代で、歯切れのいい口調で番組の交通整理をする。

番組のオープニング動画が流れ、東条が正面のカメラを見て話し始めた。

「二週間前、この番組で主要コメンテーターを務めていた湯川鉄夫さんが、教え子と恋愛関係にあったという誤った記事が週刊誌に掲載されたのをきっかけに、SNSなどで激しい誹謗中傷に晒されました。なかでも、湯川さんが勤務先の中学の生徒に暴力をふるったとされる動画が注目を集めました。ところが、その動画はAIを使って合成された、ディープフェイクと呼ばれる捏造だったのです。今日は、スタジオに専門家をお招きし、中傷に使われた動画や写真を番組内で検証していただきます」

今井教授の紹介が終わると、事件の概要説明と、今井によるディープフェイクと捏造の過程の解説に入るので、しばらく私の出番はない。彼らの会話と、今井が番組スタッフとあらかじめ制作した、解説動画が続く。

――二週間。

そう、たった二週間前に始まった。だが、あれから数か月も経ったような気分がする。

遠藤の部屋を訪ねた森田が怪我を負った翌々日、私の自宅にふたつの郵便物が届いた。ひとつには、待ちに待った報告書が入っていた。

『鑑定結果報告書』

学校の机に置かれていた、中傷記事を集めて印刷した書類が入った封筒と、辻山の机にあったホイッスルを送った、民間の科学鑑定施設からの鑑定結果だった。ホイッスルについている指紋が、封筒や印刷物にもついていないか、超特急で調べてほしいと依頼したのだ。

鑑定に使用された機器や薬品、手法などといった複雑なところは、読み飛ばした。必要なのは、結論だけだ。

『……従いまして、封筒には当該指紋はありませんでしたが、内容物となる書類の十七枚に存在した右手親指および、右手人指し指の指紋と思われるものが、ホイッスルに存在した指紋と一致しました』

私は大きく息を吐きだし、椅子の背にもたれて天井を仰いだ。

――一致したぞ。

一致したぞ、おい。

辻山が犯人だというのは、私の邪推ではないかという懸念も、わずかに抱いていた。ただの人当たりのいい親切な男かもしれない。守谷穂乃果にセクハラまがいの発言をしたのも、本人はセクハラだなんて夢にも思わず、ただの若い男の自信過剰だったら。

そんな懸念を払拭する結果だった。

辻山は、私をホテルまで送り迎えしたり、八島に証言させたりして、親切な同僚を装っていたのだ。その陰でこうして、私に対する陰謀をめぐらせ、私の反応を見て内心で笑っていたのに違いない。

（湯川先生を中傷した犯人が誰だかわかるよう、祈っていますよ）

あの、人を馬鹿にした言葉。ぜったいに自分が逮捕されることはないと、確信を持っているのだ。教頭を脅迫し、自殺に追いやったくせに。

辻山の自信の理由もわからなくはない。

あれからすぐ、遠藤は大学を退学させられた。森田に怪我をさせ、傷害事件で事情聴取を受けた――からではない。事情聴取の際に、警察は森田の言い分が正しいか調べるため、大学にフェイク動画の件で問い合わせたところ、指導教諭がコンピューターの使用歴などを調査し、遠藤が私のフェイク動画を作った犯人だと突き止めてくれたのだ。

大学も大騒ぎになったらしい。

もちろん、大学だけではすまない。精巧なフェイク動画があだになり、マスメディアが、今度は遠藤の下宿先と実家に殺到した。警察からも事情を聞かれた。姿を隠そうとしたらしいが、彼の周囲に彼をかばってくれる人はいなかったようだ。下宿先に閉じこもったままの彼が、時おり動画にとらえられるたび、憔悴していく様子が手に取るようにわかった。

遠藤は、崩壊していく自分の将来を見つめ、何を考えただろう。せっかく入った大学も、やりたかったであろう仕事も、何もかもが砂上の楼閣のように崩れていく。誰のせいでもない。遠藤自身のせいだ。

警察から聞いたところでは、遠藤は動画制作をそそのかしたり、完成した動画を拡散したりした、もうひとりの人物の正体を知らなかった。ただ、「パピヨン」というＳＮＳのアカウントを知っていただけだ。「パピヨン」とのやりとりはすべて、インターネットを通じて行われた。遠藤は森田の件で私を逆恨みしていたが、もうひとりの人物は、私が目立ちすぎて嫌いだと言ったそうだ。

「パピヨン」の正体が、中学時代にサッカー部の顧問だった辻山だとわかれば、遠藤はなんと言うだろう。

——初めて、辻山と事件を結びつける物証が手に入った。

警察も、春日弁護士も、肝心の「真犯人」にたどりつくことができていない。だがこの指紋も、辻山を「真犯人」と名指しするには弱すぎるだろう。

（ネットでこんなことを書いている人がいますよと、親切のつもりで印刷して、机

に置いておきました）

辻山が、警察官相手にいけしゃあしゃあと出まかせを並べる姿が、目に浮かぶようだ。

もうひとつの封筒を裏返した時、私は思わず息を呑んだ。土師(はじ)教頭の名前が書かれていた。ボールペンの几帳面(きちょうめん)な文字で、かっちりと。

「二〇二二年の暮れあたりからですか、ＡＩで自動生成した画像の精度が飛躍的に高くなり、誰にでも使えるようになったと聞いて、僕は素人ですけど、自分でも試してみたんです。ですから、現在のＡＩのレベルが想像以上に高くなっているし、誰でも気軽に利用できるということは、知っているつもりでしたが――それにしても、フェイク動画が、ここまで見分けがつかないほど精緻(せいち)に作れるものだとは、驚きました」

今井の解説が終わり、東条が真剣な表情で驚いて見せる。

「ええ、会話を生成するＡＩのＣｈａｔＧＰＴなど、今では誰にでも使えるスマホアプリも手に入りますからね。文章でも静止画像でも動画でも、人間の要求に応じてＡＩが作ってくれるようになりました。目に見えるものを簡単に信用してはいけない時代になりましたね」

「本当ですね。――さて、今日はスタジオに、誹謗中傷動画などで大きな被害を受けた鉄腕先生こと、湯川鉄夫さんにもお越しいただいております」

その言葉をきっかけに、スタジオにいる私にもカメラが回るようになっている。

私は辻山の件を心の隅(すみ)に押し込み、「こんばんは」と言いながら、雄々しく事態に立ち向かう被害者の顔をつくった。

ＳＮＳの誹謗中傷によって、自分自身がどのような被害を受けたのか、心の動きと周囲の反応を振り返り、私が説明する番だった。

「ＳＮＳは、理性的なものよりも感情的なもののほうが拡散しやすいんです」

私の説明に、東条が頷きながら聞き入っている。

「激しい怒り、同情、そういった感情をゆさぶる投稿に、ＳＮＳのユーザーは騙されやすい。投稿の内容が本当かどうかは、あまり真剣に検証されないことも多いんです」

――そうだ。

動画の内容が真実かどうか、気にしない人々がそこにいる。

「自分が攻撃にさらされるまでは、ＳＮＳの中傷なんて無視すればいいと考えていました。ですが、実際にはそんな生易(なまやさ)しいものではありませんでした。名誉の失墜どころか、教師の仕事すら失いかねない状況でしたからね。坊主頭にしたのも、道を歩けば指をさされるようになったからです」

出演者が同情の目で私に頷きかける。

私は大げさな感情を交えず、つとめて淡々と話すよう心掛けていた。そのほうが、視聴者に訴えかける力がある。

そうしながら、私はこれからの計画を心の中で温めていた。


生放送が終わると、夜の十時を過ぎていた。

「お疲れさまでした。放送中からすごい反響でしたよ。SNSでもトレンド入りしています」

羽田が出演者をねぎらってくれた。

仕事が残っているテレビ局のスタッフを残し、今井教授とロック、遠田、私の四人で、打ち上げと称して近くの店に飲みに行き、生放送の成功を祝って乾杯した。

私は何度も三人に礼を言った。特に、専門分野の技術を駆使して、テレビの視聴者にもわかりやすく、動画がフェイクだという理由を説明してくれたことには、今井に生涯返せぬ恩ができたと思った。

「いえ、湯川さんのためだけでもないですからね。私は、AIをこんな形で悪用してほしくないんです。視聴者に『見る目』を養ってもらいたいんですよ。このままでは、ＡＩが悪者にされかねないでしょう。新しい技術が悪いんじゃない。悪用する人間が悪いんです」

今井は照れたように首を傾げた。

「この件では、ロックが大活躍だったね。今井先生みたいな凄い人を見つけてくれるし。偉いぞ！」

酔いで顔を赤くした遠田が、豪傑笑いをしながらロックの頭を撫でた。ロックは、きまり悪そうな、なおかつまんざらでもなさそうな表情で、ビールを舐めるように飲んだ。

「湯川さんもこれでもう大丈夫だね。あとは教壇に立つ日を待つだけ」

遠田が自分のことのように嬉しそうに言って、私の肩を叩いた。彼らがいなければ、私は再起できなかったろう。

日付が変わるころお開きになり、私は電車で自宅に戻った。

妻の茜も、娘の結衣もいない、ひとりきりのマンションだ。

（どうして戻ってこないんだ。僕の濡れ衣は、やっと晴れたんだよ。結衣が肩身の狭い思いをする必要もなくなったし）

事件終息の見通しがついた時、私は茜に電話をかけた。

（――そうじゃないの。今度のことで、鉄ちゃんはやっぱり、家族よりも仕事のほ

うが大事なんだなって、強く感じたから）

結衣が自殺未遂を起こした後も、私は病室を毎日見舞ったりはしなかった。

あの時は、私を陥れた犯人を、必死になって捜していた。見つけなければ、結衣のためにも汚名を晴らすことができなかった。だから、茜がそんなふうに感じたとしても、どうすれば良かったのか、正直なところ私はまだ答えを出せていない。

それからすぐ、マンションに引っ越し業者のトラックが来た。茜も現れ、自分と結衣の衣類や雑貨、ベッドなどをトラックに乗せ、十数年も一緒に暮らしたわが家から出て行った。ひとまず実家で暮らすのだそうだ。

だから今、マンションの内部はがらんとしている。茜は、ダイニングセットや家電は置いていったが、夫婦の寝室に入ると、彼女のベッドが置かれていた東側は、ぽっかりと空洞のようになっている。子ども部屋も、まるで結衣が最初から存在しなかったかのように、空っぽだ。

自宅に戻り、人の気配がしない部屋の灯りをつけ、玄関の扉に背中をつけて、しばらく天井を仰いでいた。

ずっとひとり暮らしだったと思えばいいんだ。そう自分を慰める。

スマホにメッセージが届いた。週刊沖楽の勇山だった。

『ソフィアの特番、見ました。これで間違いなく、湯川先生への疑いが晴れますね。安藤珠樹さんからも、水森に騙されてあんな記事を書き、先生に申し訳なかったと電話がかかってきました。直接、謝るのは会社のほうから止められているそうです。察してやってください』

――察してやってください、か。

ひょっとすると、勇山は安藤珠樹とつきあっているのではないか。なんとなく、文面の雰囲気からそう感じた。安藤をかばおうとしているのが見え見えだ。

返事をするのがおっくうになり、私は靴を乱雑に脱ぎ捨てて、ダイニングテーブルに置いたノートパソコンを開いた。

あの時、土師教頭から届いた封筒の中身は、混乱した印象の走り書きのメモとSDカードだった。

『耐えがたい恥辱。逃げる私を許してください。まさか彼に電話を盗み聞きされていたとは。これは辻山君の机で見つけました。活用してください』

電話を盗み聞きされていた――。

心当たりと言えば、教頭が守谷和香にかけたという電話だ。教頭は、穂乃果が自分の娘だと知っていたから、電話でもそのニュアンスで喋っていたはずだ。

常在中学の校門から三十メートル離れた交差点に、郵便ポストがある。教頭がこの封筒を投函したのは、校舎の屋上から飛び降りる直前だったのだろうか。週明けに、私の手元にぶじ届いた。まるで教頭の執念のように。

（私も少し気になることがありましてね）

教頭が何を気にしていたのかはわからない。だが、辻山の机で見つけたＳＤカードを送ってきたということは、教頭も彼を疑って、机を調べたのだろう。

確かめると、中には動画が七つ入っていた。

ひとつ開いてみると、常在中学の校庭が映っている。サッカーのゴールポストが見える。ユニフォーム姿で走り回っているのは、女子サッカー部の生徒らだった。辻山はサッカー部の顧問だ。最初は、駆けまわる生徒を映しただけの、健康的な映像だと思った。だが、しばらく見ていると、カメラはだんだん特定の生徒をアップで映し始めた。じわじわとクローズアップする。生徒の胸。太腿（ふともも）。うなじ。

――そういうことか。

動画を最後まで見るのは、一種の苦行だった。吐き気を感じた。ハレンチな動画だ。撮影している人間の姿は映っていないが、時おり忍び笑いが録音されていた。だが、その声だけで辻山かどうかは判断できない。

『ちゃんと見ててよ、辻やん！』

動画の最後に、生徒のひとりがこちらを振り返ってそう叫んだ。そこで、慌てたように動画は手ブレを起こし、終わった。

——辻やんというのは、女生徒の間での辻山の呼び名だ。

この動画は、撮影した人間が性的なまなざしで生徒を見ていたことの証拠だった。だが、撮影者が辻山だという証拠にはならないだろう。たとえ生徒が「辻やん」とこちらに呼びかけていても、撮影者のそばに辻山がいただけだと反論されれば、覆すことはできない。

残りの動画も、ひとつずつ開いてみる。

そのうち三つは普通にサッカー部の練習試合を撮影したものだったが、後の三つは違った。

公園や河川敷などの広い場所で、カメラはどんどん高いところに飛び上がる。音はない。

——ドローン撮影か。

映像が不安定だ。おそらく、練習のために飛ばして撮影したのだろう。ドローンの操縦者が映っているものは、ひとつもなかった。

だが、ふと思い出す。

先日、自宅のマンションをベランダから覗き込んでいたドローンは、辻山のものだったのではないか。

そう言えば、初めて彼の車に乗せてもらった時、後部座席にリモコンがあった。

てっきり子どものおもちゃだと思って、辻山家の子どもは男の子かと尋ねたら、女の子だと言っていた。

あれは、ドローンのリモコンではないか。

ネットで、おもちゃとして販売されているドローンを探してみた。いろいろ検索してみると、ベランダから覗き見していたドローンによく似た、真っ赤な本体に四つのプロペラがついた機体を見つけた。リモコンの外見も、写真で見るかぎり、辻山の車にあったものとよく似ている。

私の目の前に証拠を置いて、あいつは腹の中で笑っていたのかもしれない。

――校長にこの動画を見せればどうなるか。

事なかれ主義の校長は、「状況証拠にすぎない」と不問に付しそうだ。私の事件も捏造された動画で始まった。その反動で、この動画は格別慎重に扱われそうだ。

警察や春日弁護士に見せても同じだろう。

『ソフィアの地平』の番組スタッフも同じだ。彼らは、動画の撮影者が誰か、科学的に証明できなければ番組で動画を取り上げたりはしない。

つまり、土師教頭が送ってくれたＳＤカードは役に立たない。

――正攻法では。

（活用してください）

教頭はそう書き残した。

（湯川さんもこれでもう大丈夫だね）

遠田道子の声が蘇る。

（激しい怒り、同情、そういった感情をゆさぶる投稿に、ＳＮＳのユーザーは騙されやすい）

これは、私自身の言葉だ。

そうとも。私は身をもって知っている。ＳＮＳのユーザーをたぶらかすのは難しくない。嘘の情報ですら、簡単に騙せるのだ。それが真実なら、小さな火花ひとつで大火事を起こすことだって、難しいはずがない。

私はパソコンに向かった。

春日弁護士の説明や、今井教授の教えを受けて、インターネットの世界で自分の正体を隠す方法にすっかり詳しくなっていた。

とっくに、完全に匿名のメールアドレスや、ＳＮＳのアカウントなどを作成してある。ＳＮＳは、アカウントをつくるだけではだめで、フォロワーというこちらの投稿を見てくれる人間が大勢いなければ、情報が拡散しない。だから、この数日間で、誤った情報を気軽に拡散するタイプのユーザーを積極的にフォローし、フォロー返しをしてもらっていた。

鉄腕先生のフォロワーは十万人いるが、今回の目的に、私自身のアカウントを使うことはできないのだ。だが、長年ＳＮＳを使っているので、コツは知っている。

匿名化できるブラウザを起ち上げる。

教頭が送ってくれたＳＤカードから、辻山が撮影した動画を取り出し、女生徒の胸や太腿をアップにする部分だけ抜き出して編集してある。最後はもちろん、『ちゃんと見ててよ、辻やん！』と生徒がこちらを向いて言うシーンで終わりだ。

女生徒の顔には目隠しを入れた。子どもたちを晒し者にするのは不本意だ。

一分ほどになった動画は、中学生の少女の日常をことさら煽情的なまなざしで切り取った、胸がむかむかするものになっていた。見た人は、これが自分の娘や妹ならと思って怒りをかきたてられ、撮影者を八つ裂きにしてやりたいと感じてもおかしくない。

「【拡散願います】Ｊ中学の教師Ｔは、自分が顧問をしている部活動の練習中に、こんな動画をこっそり撮影していた。子どもを劣情の犠牲にするな！」

ＳＮＳに新たなアカウントでログインし、文章を打ち込んだところで、手を止めた。

あとは、動画をつけて投稿ボタンを押せばいい。

それだけで、この動画は私の手から離れて飛び立つ。自分の身は安全だと、今も高を括っている辻山の心臓に、太い杭を打ちにいく。

名前なんて、イニシャルでも実名を書いたのと同じだ。女子サッカー部のユニフォームをよく見れば、校名が見える。サッカー部の顧問をしており、生徒に「辻やん」と呼ばれる教師は常在中学にひとりしかいない。

私がはっきり書かなくても、獰猛に怒りくるった連中が、ハレンチな教師を血祭にあげるために、正体を暴き始める。辻山がやったように、あいつの自宅の住所と電話番号を私がそっと流してやってもかまわない。

妻と子がいる？　私にもいた。

辻山は涼しげな顔をしているが、いったんセクハラ教師だという噂が広まれば、これまで隠されてきた、さまざまな「セクハラ事件」が、次から次へと明らかにされるだろう。今まで黙って耐えてきた少女たちが、声を上げ始めるだろうからだ。

そうなればチェックメイトだ。

――辻山、おまえの心臓に、これでナイフを刺すことができる。

私は画面を睨んだ。

自分の正体は、完璧に隠している。

やり方は、辻山自身に教わったようなものだ。警察も辻山にたどりつけていない。ということは、私も見つからない。

森田だって、遠藤の犯行を暴くために、自分の手を汚したじゃないか。森田にできて、私にできないわけがない。

やれよ。

あとは投稿ボタンを押すだけだ。

――あいつ、死ぬかもしれないな。

そう思った。生徒に人気のイケメン教師のイメージが、地に落ちるのだ。死にたくなるほど叩かれるだろう。もしそうなったとしても、自業自得だ。教頭は自死の道を選んだ。辻山が選ばせたのだ。

今この瞬間、辻山の命運は私の指先が握っている。

押すか、やめるか。

私はマウスのボタンに指をかけた。

エピローグ

強い雨が降るなか、常在中学の校門前に、テレビカメラが何台も並んでいる。

「先生、ネットで拡散している動画の件で、お話を伺いたいのですが」

「あの動画は本物ですか」

「子どもたちに性的な接触を繰り返していたというのは本当ですか」

学校の敷地に入ろうとする白いハッチバックの前に立ちふさがるように、雨合羽(あまがっぱ)を着たレポーターたちがマイクを突き出し、運転席に向かって声を張り上げる。

近隣住民らは、「またか」と言わんばかりのしかめ面(つら)で窓から覗いているようだ。

私は校舎の玄関を出て、傘を差し、ゆっくり歩いてそちらに向かった。

ハッチバックの運転席にいるのは、辻山だ。

私はあまり急がなかった。辻山は無表情にレポーターらに車から離れるよう告げているが、彼らは梃子(てこ)でも動かない姿勢で、車の窓に張り付いている。

辻山がキレて急発進し、退かない彼らをひき殺すまでに着けばいいのだ。

「皆さん、すみませんがここは学校ですから。取材はご遠慮願えますか」

私の姿を認めると、レポーターはいっせいにこちらにマイクを向けた。

「湯川先生！　復帰おめでとうございます」

「中傷アカウントとの和解について、お話を伺えますか」

その隙(すき)に辻山は車を動かし、学校の敷地に逃げ込んだ。私はマイクに向かって頷きかけた。

「ありがとうございます。その件は、弁護士さんにお任せしておりますので、私から特に申し上げることはありません。雨も降っていますし、皆さんもうお引き取り下さい」

校門前から立ち去るよう、丁寧かつ断固とした態度でお願いして、校舎に戻る。

早いもので、あの事件からもう半年になる。

弁護士の春日は、ダベッターで遠藤や辻山らの尻馬に乗って、私を攻撃した二十のアカウントの発信者情報を開示させた。中傷コメントをつけてフェイクニュースを拡散したユーザーたちだ。春日が損害賠償を要求する書面を送ると、彼らは青くなって和解を申し出た。

『中学生の教え子と性的関係を持つなんて、ひどい教師だと腹が立って、正義感からきつい言葉でコメントしてしまいました』

『あれがまさかフェイクニュースだとは思わず』

損害賠償を請求された彼らの中には、弁護士にでも入れ知恵されたのか、ひたすら低姿勢の詫び状を書いて送ってきたやつもいた。詫びればどうにかなるとでも思ったらしい。

――正義感か。

自分が正しいと感じている人間ほど、正義の刃を他人に振り下ろすことに痛痒を感じないものだ。その正義が、ふとしたことで逆転することもある。

（湯川さん。和解金など必要ないと思っているかもしれませんが、こういうケースはね、彼らが痛みを感じる金額をきっちり請求すべきなんです。匿名だと思い込んで他人をＳＮＳで誹謗中傷すれば、必ず自分の身にも災難が降りかかる。そう理解させなければ、また似たような事件が起きますから）

春日の説得に、なるほどと思った私はすべて彼に任せることにした。

水森とは、名誉棄損で今も裁判を継続中だ。

水森の行動が明らかになるにつれ、世間には驚きの声が溢れた。私が女子中学生とホテルに向かうのを目撃したという虚偽を、雑誌記者に流したこと。学校で行われたヒヤリングの際、自分の子どもとその友達に嘘をつかせたこと。「子どもを守る親の会」というダベッターアカウントをつくり、虚偽の情報で私を攻撃したこと。さらに、テレビにまで出て私が女生徒と性的な関係を結んでいたかのような嘘をついたこと。

マスメディアは、自分たちが水森という性格破綻者に操られていたと気づくと、今度は徹底的に水森を調査し始めた。週刊沖楽の勇山記者が、その先鋒になった。

驚いたことに、水森の子ども時代にまでさかのぼり、彼がどれだけ嘘と虚栄にまみれた人生を送ってきたか、洗いざらい明らかにしたのだ。昔、一年だけ在籍したという劇団の劇団員からは、水森に金銭をだまし取られたという怨嗟の声も溢れた。小学校、中学校のPTA、近所の住人らからは、水森の高圧的で自己中心的な言動について、「これでもか」というほど証言が集まった。

いま、水森のスナック「まりか」は、ずっと閉めたままだそうだ。

子どもに罪はないが、水森健人も学校に来ていない。水森が来なくなると、取り巻きの麻野と桜葉はふしぎと元気が出たようで、生き生きと遊んでいる。

――そして、辻山だ。

「湯川先生。外はどうだった」

校舎内から、新教頭になった常見が私を見つけて声をかけた。

「立ち去るようお願いしました。もう大丈夫です」

「そうか、ありがとう。辻山君、こっちへ」

常見の後ろから、顔色の冴えない辻山が、蹌踉とついていく。

辻山はいま、休職している。

動画がSNSで拡散したのだ。

彼が、指導する女子サッカー部の少女たちを隠し撮りした動画だ。

巧みに編集された、短い動画だった。女生徒の身体のアップ。舐めるような撮影者の視線を否応なく感じる。動画の意図はシンプルだった。

（ここに子どもの敵がいるぞ！）

撮影者が、少女を性欲の対象として見ているのは明らかだ。ラストで「辻やん！」と呼んでこちらに手を振る生徒も、顔はボカシを入れているが、しっかり映っている。テロップで、撮影場所が常在中学の校庭であることや、撮影者が教師の辻山であることも暴露されている。

「湯川先生。こんなところでどうしたんです」

声をかけられ、校舎の玄関口に立ったまま、激しい雨が校庭を打つさまをぼんやり見ていたことに気がついた。

「信楽校長」

教育委員会から常在中学の校長になった信楽裕子が、口元に面映ゆそうな笑みを浮かべる。

「まだ校長と呼ばれるの、慣れませんね。慣れたころには転勤でしょうけど」

彼女は次の校長が決まるまでのリリーフとしてここにいる。信楽校長のもと、あれほど私に嫌みを浴びせていた常見が教頭になったが、事件の経緯を見るうち私に対する見方が変わったらしく、近ごろ少しはあたりが柔らかいようだ。

「辻山さんなら、教頭と一緒に校長室に行きましたよ」

「そうですか。では私も行かなくちゃ」

校長室に急ぐ信楽を見送ると、私は職員室に向かった。

「湯川先生、おはようございます」

「おはよう」

先週から、私は常在中学に復帰した。半年の自粛期間は長かった。テレビ出演も、身の潔白を説明するために『ソフィアの地平』に出演したとき以外は断り、ただひたすら事態の鎮静化を図り、並行して私を陥れようとした連中との裁判で戦っていた。

だが、ようやく仕事に戻れたのだ。

ほぼ入れ替わりで、辻山は学校を追われた。

動画が拡散した当初、教師や教育委員会をはじめとする周囲は、私と同様、辻山も誰かに陥れられたのではないかと疑ったようだ。ＳＮＳも、私の事件の直後だけに、しばらく扱いが慎重だった。

ところが、動画を見た常在中学の女子生徒や卒業生らが、これまで黙っていたがと前置きして、辻山のセクハラめいた言動を糾弾し始めたのだ。親たちは驚愕し、学校に連絡した。数で言えば、私を非難した親たちの比ではなかった。

SNSにアップロードされていたフルバージョンの動画の存在が決め手になった。写真や動画は、編集でいかようにも見せることが可能だが、素のままのデータを見れば、編集で内容が捻じ曲げられていないことが証明できる。

警察が盗撮容疑で辻山から事情を聞き、まだ逮捕はされていないが、家宅捜索も入ったようだ。彼のパソコンからは、女生徒を盗撮した動画や写真が山ほど出てきたらしい。逮捕が近いとも言われている。そのせいか、辻山の妻子は実家に帰ったそうだ。

今日、早朝から彼が学校に呼ばれたのは、辞表を書かせるためだ。

私は時計を見て、自分のタブレットと教科書を抱えた。そろそろショートホームルームの時間だ。他の先生たちもぱたぱたと立ち上がる。

「――湯川さん」

階段の下で、コートを着た辻山と鉢合わせた。校長室から玄関に向かう途中で、ひょっとすると私を待ち伏せていたのかもしれない。

「辻山先生。お話は終わったんですね」

「辞めることにした」

辻山がぶっきらぼうに言った。私はとぼけて表情を消した。近くで見ると、彼ははっきりわかるほど憔悴（しょうすい）していた。眠れていないのだろう。日焼けして健康的な男だが、近くで見ると目の下のくまがはっきり見えた。

「あんたが動画を拡散したんでしょう。私への仕返しに」

敵意を隠すのはやめたらしい。

「私じゃありません。フルバージョンの動画をアップしたのは、土師さんです。短く編集したのが誰かは知りません」

私が穏やかに首を横に振ると、彼は白く色褪（あ）せた唇を噛んだ。

「——土師？」

それにもちろん、編集済みの動画を拡散させたのも、私ではない。

私は、あやういところで思いとどまった。土師教頭から託されたデータだが、もしネットで拡散させてしまえば、辻山や遠藤と同じレベルの人間になる。SNSという、使い方によっては人間を救いもするし、地獄に落とすこともできるツールを、悪用することになる。

あの動画を使わなければ、辻山に罪を償わせることはできないかもしれない。だが、彼のような男は、いつか必ず悪行の報いが彼自身に跳ね返る。幸せになることはない。

そう考えていたら、ある日とつぜん、辻山の動画が拡散し始めた。

私が教頭から受け取った動画がもとになっているのは明らかだった。私は混乱し、自分の手元から動画が漏洩（ろうえい）したのかと慌てたりもした。

だが、調べてみると、フルバージョンの動画は半年以上前にネットで公開されていた。公開された日付を見て、愕然（がくぜん）とした。

——教頭が亡くなった日だ。

最初に動画をアップしたのは、土師だ。彼はパソコンやSNSなどの使い方に、さほど明るくなかった。だから、数十分の動画を未編集のまま、動画サイトに投げ出すように置いた。当然、そんなものを一般の人が見てくれるわけがない。誰の目にも留まらないまま、女子中学生がサッカーをしているだけの不思議な動画として、放置されてきたのだ——動画の意味を悟った誰かが、わかりやすい形に編集して再アップするまで。

だが、土師はその行為ゆえ、死なねばならなかった。

彼は人格者だった。悪行とはいえ他人の秘密を暴露して、平然と生きていられるほど強くもなかった。私にはようやく、彼の死の本当の理由がわかった気がした。

あれは命懸けの告発だったのだ。

「土師さんは、あなたの机でSDカードを見つけて、中身を確認したようです。走り書きですが、彼の遺書を持っているので警察にも提出するつもりですよ」

辻山の顔色がますます白くなる。

「辻山さんは今、私があなたへの仕返しをしたんだと言いましたね。仕返しされるような、身に覚えがあるんですか」

口がすべったことに気づいたのか、辻山は黙っている。

「私への中傷記事を印刷して、わざわざ私の机に置いてくれたのがあなただということは、鑑定機関で指紋を調べてもらったので知っていますよ。他の件があなただということは、残念ながら証拠がありませんけどね」

「ホイッスル――」

辻山が思い出したようにこちらを睨んだ。

「あんただったんだな。いつも置いてある場所から、ホイッスルが消えたことがあった。私の指紋を取ったのか」

「辻山さんが何をしたかったのか、いくら考えてもわからなかった。私が嫌いだったんですか？　だけど、どうして土師さんまで巻き込んだんです？」

辻山は、目を細めて冷たい表情で背筋を伸ばした。

「そんなこともわからないのか」

私は苛立ちを抑えた。この男は、私を怒らせようとしているのだ。他人の感情をマイナスの側に動かすのが楽しいのだ。

「あんた、自分が生徒に好かれていると思ってるだろう。『鉄腕先生』なんて呼ばれて、毎日、生徒の人気を取るために見回りまでして」

あっけにとられた。夜の繁華街を見回ったのは、生徒の人気を取るためではない。むしろ、見回りを始めた当初、生徒らはうっとうしがって嫌っていた。

だが、そんなつもりはないと言っても無駄だ。そう感じたから、私は黙った。他人の心の中まで覗くことはできない。ステレオタイプに評価するしかないのだ。

夜遊びしていた生徒らが、私を最終的に受け入れたのは、私が彼らを裁かなかったからだ。夜遊びが悪いことだとか、生徒らが不良だとか、そんなレッテルは貼らなかった。ただ、彼らの現在と将来を守るために、周囲の大人が防波堤になるべきだと思っていた。だから、淡々といるべき場所に帰りなさいと諭し、どうしても自宅に帰りたくない事情がある生徒からは話を聞き、親との間の防波堤にもなろうとした。

だが、そんなことを辻山に話しても無意味だ。

「あんたがマスコミに叩かれるのを見るのは面白かったよ」

「土師さんまで巻き込むことはなかったはずだ」

辻山は、私をじっと見据えた。

「あいつはとんだ偽善者だったよな」

「──待て。土師さんがどうして」

「知ってるくせに。浮気でよその女に隠し子を産ませていたんだぞ。そのくせ、いかにも人間のできた人格者のようなふりをして、俺たちや生徒に説教垂れてたんだからな」

守谷穂乃果が生まれたことが、和香と現在の夫を強く結びつけた。現に、穂乃果が自分の娘ではないとはっきりした今も、衝撃は受けたかもしれないが、和香の夫は穂乃果を自分の子どもとして、大切にしているようだ。血液型で、うすうす気づいていたのかもしれない。

それに、穂乃果が生まれたことが、土師を変えたのかもしれない。正しい道を歩くだけが、成長をうながすとは限らない。時には道を踏み外し、そこで泥水をすすり、大人になる。そうやって森田も立派な大人になったではないか。

「あんたも土師も、気持ちの悪い偽善者だった。目の前から消えてくれて、せいせいしたよ」

嘲弄するように彼は言い、肩をそびやかして立ち去ろうとした。

そのまま見送っても良かった。だが、ひとつだけ彼に伝えたいことがあった。学校を辞め、もうじき起訴される彼に。

「辻山さん。あの時、私にはたくさんの味方がいた」

マスコミやSNSで私を中傷する記事が飛びかっていた時でも、土師やロック、遠田をはじめとする多くの人が私の味方になり、有形・無形の支援をしてくれた。彼らがいなければ、いま私はこうして復職できていないかもしれない。

「私はあなたを裁かない。あなたにも味方がいるよう、祈っています」

辻山は一瞬だけ足を止め、歩き出した。怒らせた肩が、どこか頼りなく見えた。

──さあ、ホームルームだ。

教室に向かおうとした時、スマホの着信に気がついた。

森田からのメッセージだった。

『先生、守谷が高校に入ったら、俺とつきあいたいんだって。いいのかな、俺で?』

照れくさそうな、自信があるようなないような、森田のはにかむ顔が目に浮かぶようだ。

私は短いメッセージを打ち返した。

「森田なら大丈夫」

辻山のように、自分から幸せを握りつぶすやつもいる。だが、森田ならきっと大丈夫。小さな幸せを見つけて、大事に育てることのできるやつだ。

私はスマホをポケットに戻し、教室に急いだ。自然に笑顔が浮かんでいた。

〈了〉

本書は、二〇二一年十月にＰＨＰ研究所から刊行された作品に加筆・修正を行なったものです。

この物語はフィクションであり、実在の個人・組織・団体等とは一切関係ありません。

著者紹介

福田和代（ふくだ　かずよ）

1967年、神戸市生まれ。神戸大学工学部卒業後、システムエンジニアとなる。2007年、航空謀略サスペンス『ヴィズ・ゼロ』でデビュー。大藪春彦賞候補となったクライシス小説『ハイ・アラート』、テレビドラマ化され話題となった『怪物』など、緻密な取材に裏付けされた、骨太でリーダビリティ溢れる作品を次々に上梓。「航空自衛隊航空中央音楽隊ノート」シリーズ、「梟の一族」シリーズ、『東京ダンジョン』『東京ホロウアウト』『侵略者』など著書多数。

PHP文芸文庫　ディープフェイク

2024年3月19日　第1版第1刷

著者　福田和代
発行者　永田貴之
発行所　株式会社PHP研究所
東京本部　〒135-8137　江東区豊洲5-6-52
文化事業部　☎03-3520-9620（編集）
普及部　☎03-3520-9630（販売）
京都本部　〒601-8411　京都市南区西九条北ノ内町11

PHP INTERFACE　https://www.php.co.jp/

組版　株式会社PHPエディターズ・グループ
印刷所　大日本印刷株式会社
製本所　東京美術紙工協業組合

© Kazuyo Fukuda 2024 Printed in Japan
ISBN978-4-569-90382-8
※本書の無断複製（コピー・スキャン・デジタル化等）は著作権法で認められた場合を除き、禁じられています。また、本書を代行業者等に依頼してスキャンやデジタル化することは、いかなる場合でも認められておりません。
※落丁・乱丁本の場合は弊社制作管理部（☎03-3520-9626）へご連絡下さい。送料弊社負担にてお取り替えいたします。

PHP文芸文庫

東京ダンジョン

福田和代 著

地下鉄全線緊急停止！「爆弾を仕掛け、東京の地下を支配した」と宣言するテロリストたちの行動を阻止できるのか。緊迫のサスペンス。

PHP文芸文庫

官邸襲撃

高嶋哲夫 著

日本の首相官邸をテロ集団が占拠。女性総理と来日中のアメリカ国務長官が人質となるなか、女性ＳＰがたった一人立ち向かう！

PHP文芸文庫

ほかに好きなひとができた

加藤 元 著

簡単に人と付き合うけれど「好きなひとができた」とすぐに別れる男。彼に翻弄される人々の悲劇を描く傑作サスペンス。

PHP文芸文庫

魔性

明野照葉 著

その女はもう逃げられない……。「魔性」を持つサイコパスの男の秘密と、彼に惹かれ転落していく女の運命を描いた、緊迫のサスペンス。

PHPの「小説・エッセイ」月刊文庫

『文蔵』

年10回(月の中旬)発売　文庫判並製(書籍扱い)　全国書店にて発売中

◆ミステリ、時代小説、恋愛小説、経済小説等、幅広いジャンルの小説やエッセイを通じて、人間を楽しみ、味わい、考える。

◆文庫判なので、携帯しやすく、短時間で「感動・発見・楽しみ」に出会える。

◆読む人の新たな著者・本と出会う「かけはし」となるべく、話題の著者へのインタビュー、話題作の読書ガイドといった特集企画も充実！

詳しくは、PHP研究所ホームページの「文蔵」コーナー(https://www.php.co.jp/bunzo/)をご覧ください。

文蔵とは……文庫は、和語で「ふみくら」とよまれ、書物を納めておく蔵を意味しました。文の蔵、それを音読みにして「ぶんぞう」。様々な個性あふれる「文」が詰まった媒体でありたいとの願いを込めています。